LANGTUTENG
XIAOLANGXIAOLANG

来自母版《狼图腾》的名家荐言：

++ 打篮球其实就是一口气，你看过《狼图腾》吗？它给我印象最深的就是狼的整体作战和那股血性。我们就是要当那一群狼，我是头狼，但所有的狼要一起布阵，一起进攻和防守。

——NBA 篮球超级巨星　姚明

++ "苍狼乐队"感谢《狼图腾》，它让我读出：深沉、豪放、忧郁而绵长的蒙古长调与草原苍狼幽怨、孤独、固执于亲情呼唤的仰天哭嗥，都是悲壮的勇士面对长生天如歌的表达；是献给天堂里伟大母亲最美的情感、最柔弱的衷肠、最动人的恋曲……

——蒙古族著名歌唱家　腾格尔

++ 狼不是我们的伙伴，而是我们值得尊敬的对手。作者用三十年时间完成了一个目标，此时的他可能是幸福的，同时也是痛苦的。作者是都市荒原中的狼，痛苦决定了他的深刻。

——中央电视台著名节目主持人　白岩松

++ 这是一部奇书，一部因狼而起，关于游牧民族生存哲学重新认识的大书。它直逼儒家文化民族性格深处的弱性，显示了作家的阅历、智慧和勇气，更显示了我们正视自身弱点的伟大精神。

——著名作家、评论家　周涛

++ 读了《狼图腾》，我觉得狼许多难以置信的战法很值得借鉴。其一：不打无准备之仗，踩点、埋伏、攻击、打围、堵截，组织严密，很有章法。其二：最佳时机出击、保存实力、麻痹对方，置对方于死地。其三：最值得称道的是战斗中的团队精神，协同作战，甚至为了胜利不惜粉身碎骨。商战中这种对手最恐惧，也是最具杀伤力的。

——海尔集团董事局主席　张瑞敏

++《狼图腾》是当代小说中很有价值的作品，是一部深切关注人类土地家园、以灵魂回应灵魂的图书。

——著名文学批评家　雷达

++《狼图腾》把狼、牲畜、老鼠、旱獭、黄羊和人之间的密切关系说得真切、说得生动、说得在理、说得催人泪下。草原是个大舞台，演出了狼与人及其他生物的爱情连续剧。从生态学角度看，《狼图腾》不仅是一部横空出世的文学作品，还是一部历史文化和生态学教科书。

——著名草原生态学家　刘书润

++ 姜戎笔下的草原狼，是生物的狼，也是人文的狼；是现实的狼，也是历史的狼。因之，这是一部狼的赞歌，也是一部狼的挽歌。

——著名文学批评家　白烨

姜戎 著

狼图腾 小狼小狼

LANGTUTENG
XIAOLANGXIAOLANG

浙江少年儿童出版社

小狼小狼
XIAOLANG

作者写给小读者的话

ZUOZHE   XIEGEI   XIAODUZHE   DEHUA

亲爱的小读者，书中的蒙古小狼，将带你进入辽阔的蒙古草原，那是一个充满生命活力的奇异世界。如果你跟随小狼完成这次草原漫游，那么我相信，在你的性格成长过程中，会增加一些自由、独立、自尊和不屈不挠的精神，你的心灵将因此而坚强，未来的人生会更加精彩。

姜戎

2010 年 1 月 1 日

目录
MULU

此书的出现一改千百年来人们对狼刻板、固定、肤浅的印象，让人大有以狼为师的真实冲动。小狼的智慧、尊严、独立、坚忍、强悍会让今天的孩子读一遍则终生受用。

北京学生对草原狼着了迷

那是一个阳光温暖的早春，羊倌陈阵刚刚观察过羊群四周的情况，好像没有什么异常动静，便躺在草地上，眼睛死死地盯着蓝天。天空上盘旋的那些黑点儿，就是凶猛的草原雕。它们会趁人不备，突然俯冲下来，双爪紧紧掐住羊羔，而后腾空飞去。

忽然，陈阵听到羊群哗啦啦一阵轻微骚动，急忙坐了起来。眼前并没有草原雕的影子，却看到一条灰黄色的大狼冲进了羊群，一口叼住一只羊羔的后脖颈，侧头一甩，把羊羔甩到自己的后背上。然后歪着头，背扛着羊羔，顺着山沟，向黑石头山方向，嗖嗖地跑没影了。

羊羔平时最爱叫，声音又亮又脆。一只羊羔的惊叫声，常常会引起几百只羊羔和母羊们的连锁反应，叫得草场惊天动地。可狼嘴叼紧了羊羔的后脖颈，就勒得羊羔的喉咙发不出一点声音。母狼悄无声息地溜走了，羊群平静如初。绝大部分羊还不知道发生了什么事，可能连羊羔妈妈都不知道自己丢了孩子。

如果陈阵听力和警觉性不高的话，他也会像那只傻母羊那样，要

等到下午清点羔羊的时候才会发现丢了羔。陈阵惊讶得像遇到了一个身怀绝技的飞贼，眼睁睁地看着贼在他眼皮底下抢走了钱包。

等喘平了气，陈阵才骑马走到狼偷袭羊羔的地方查看，发现那儿的草丛中有一个土坑，土坑里的草全被压平了。显然，母狼并不是从远处匍匐接近羊群的，那样的话，陈阵也许还能发现。那条母狼其实早已悄悄埋伏在这个草坑里，一直等到羊群走近草坑时，才突然蹿出来的。

陈阵看了看太阳，算了一下，这条狼足足埋伏了三个多小时。在这个季节抓走活羊羔的狼只会是母狼，这是它训练狼崽抓活物的活教材、活道具，也是喂给尚未开眼和断奶的小狼崽鲜嫩而易消化的理想肉食。

陈阵窝了一肚子火，但他心里又暗自庆幸。这些天他和杨克经常隔三差五地丢羊羔，两人一直怀疑是老鹰或草原雕偷的。这些飞贼动作极快，趁人不备一个俯冲就能把羊羔抓上蓝天。可是老鹰抓羊羔，低空俯冲威胁面很大，会惊得整群羊狂跑大叫，守在羊群旁的人，是不可能不发觉的。他俩始终弄不清这个谜。直到此刻，陈阵亲眼看到母狼抓羊羔的技巧，还有这个草坑，才算破了这个案，否则，那条母狼还会继续让他们丢羊羔。

无论牧民怎样提醒、告诫，陈阵还是不能保证放羊不出一点差错。那些狡猾的草原狼，会按照不同的天气和地形，用谁也想不到的办法，来偷走羊羔。狼虽然没有草原雕的翅膀，但草原上真正的飞贼却是狼，让人一次一次地目瞪口呆，也让你多留心眼多长心智。

白天放羊时，除了草原上的风声和羊的叫声，陈阵听不到一点人声，没有人来同他说话。通常，只有在看清周围没有狼的情况下，他才可以掏出随身带的书本，匆匆看上几页。更多的时候，他只能在苦思和幻想中打发时光。

1967 年冬天，陈阵从北京来到额仑草原插队，当时，知青①的蒙古包还没有发下来，他就被安排在牧民毕利格老人家里，分配当了羊倌。一年后，知青支起了自己的蒙古包，陈阵和同班同学杨克共同放一群羊，差不多有一千七百多只。加上牛倌高建中、马倌张继原，这个蒙古包一共有四个北京知青。

放羊对陈阵来说有一个好处：独自一人待在无边无际的草原上，总能找到静静思索的时间。他的脑子里有那么多问号，就像天上的白云，一堆一堆聚拢来、叠起来，然后一片一片飘得好远，再被风吹散。他和杨克从北京带来了两大箱书，书本有如青草肥嫩多汁，晚上

---

①知青：知识青年的简称，指受过学校教育、具有一定文化知识的青年人，特指二十世纪六七十年代到农村或边疆参加生产的城镇初中和高中毕业生。

在羊油灯下看书，白天放羊的时候，就可以学习羊的反刍法来消化它们，细嚼慢咽。

此刻，陈阵想起了刚才那条叼走羊羔的母狼。它的那一窝小狼崽，藏在哪一片山坡的哪一个狼洞里呢？狼妈妈为了抓活物喂养小狼崽，敢于在羊倌眼皮子底下冒险。狼妈妈很勇敢，狼妈妈也很狡猾，懂得埋伏，有耐心；一旦时机到了，会像旋风一样神速出击。

来到额仑草原两年多，陈阵听牧民讲了许多狼的故事，都是自己以前在北京闻所未闻的。

比如，狼抓黄羊有绝招。在白天，一条狼盯上一只黄羊，先不动它，到了天黑，黄羊会找一个背风草厚的地方，卧下睡觉。这会儿，狼是抓不住黄羊的。黄羊的身子睡了，可它的鼻子耳朵不睡，稍有动静，黄羊蹦起来就跑，狼也追不上。一晚上，狼就是不动手，趴在不远的地方死等。等一夜，等到天白了，黄羊憋了一夜的尿，尿泡憋胀了，狼瞅准机会就冲上去猛追。黄羊跑起来撒不出尿，跑不了多远，尿泡就颠破了，后腿抽筋，再也跑不动了。黄羊跑得再快，也有跑不快的时候。那些老狼和头狼，就知道在清晨的那一小会儿能抓住黄羊。只有最精的黄羊，才能舍得身子底下焐热的热气，在半夜站起来撒出半泡尿，就不怕狼追了。额仑的猎人常常起大早，去抢被狼抓着的黄羊，剖开羊肚子，里面尽是尿。

再比如，今年早春，擅长气象战的草原狼，趁着一次寒流袭来的大风雪，在草原"白毛风"的掩护下，成功组织了一场闪电战，把一大群健壮的军马，全部赶进硝泡子①的大泥塘里，马群全军覆没。

事后陈阵亲眼见到了尸横遍野的现场，狼的凶残让他恐惧，狼的

①硝泡（pāo）子：指含硝的小湖泊。牛羊每隔一段时间要吃一点硝。

智慧却让他震惊，狼群互相配合默契的大智大勇，几乎一下子改变了他脑子里原先对"大灰狼"的认识。

最精彩的，是那个关于"飞狼"的传说。

前几年，牧场领导为了减少牧民下夜的辛苦，也为了保障羊群的安全，在接羔草场上，最先盖起了几个大石圈。有一天晚上，狗叫得凶，像是来了狼，但有石圈，牧民就没去查看。想不到第二天一早打开圈门，牧民眼前出现一大片死羊，圈里的地上全是血，有二指厚，连圈墙上都喷满了血。每只死羊的脖子上都有四个血窟窿，还有好几堆狼粪……这一小群狼吃掉了十几只羊，还咬死了二百多只。狼吃饱了喝足了，又飞出了石圈，消失得无影无踪。那石圈的围墙有六七尺高，周围也没有洞，人都爬不过去，狼究竟是怎样进去的呢？

　　场部来了人，进行"破案"侦查，直到发现了圈墙东北角外墙上的狼的血爪印，才算揭开了谜底：狼群是集体作战的，其中有一头最大的狼，在墙外站起来，后爪蹬地、前爪撑墙，用自个儿的身子给狼群当跳板。然后，其他的狼，从几十步以外的地方冲过来，跳上大狼的背，再蹬着大狼的肩膀，一使劲就跳进了石圈，就像飞进去一样。里面的狼吃饱了，就会再搭跳板，把一条吃饱的狼送出来，给饿狼搭狼梯，让它也进去吃个够。外墙上那个狼的血爪印，就是那些踩过羊血的饱狼留下来的。

　　那么，狼群是怎样一条不拉地安全撤离的呢？牧民说，草原狼的集体观念特强，特抱团，决不会让弟兄和家人吃亏。最后走的那条狼，一定是最有本事也最有劲的头狼。它硬是独自叼来圈里的死羊，靠着墙，把死羊一条条摞起来，做成羊梯，然后，蹬着羊梯，成功地"飞"走了。

从那以后，陈阵再也不敢小视蒙古狼。草原狼就像一群飞翔的精怪，一次次出现在他的睡梦中。他觉得自己对狼像是着了迷，产生出许多好奇和疑问——在这蒙古包全新的生活里，面对无边无际的大草原，狼们不再像教科书上写的那样蠢笨，而是生动的、神奇的，充满了智慧和魅力。

蒙古老人毕利格曾对陈阵和杨克说过：你们要想懂草原，先得懂狼。

然而，真要想懂得狼，实在是太难了。人在明处，狼在暗处；狼嗥可远闻却不可近听。那么，怎样才能最短距离地接近狼呢？

陈阵望着那条母狼消失的方向，痴痴地想着。一个念头像电光火石一般，在他心里亮了一亮，全身的血液都呼地沸腾起来。

狼是腾格里(天)派下来保护草原的，狼没了，草原也保不住了；狼没了，蒙古人的灵魂也就上不了天了。

2
好想掏一条小·狼崽

这些日子来，陈阵心里一直徘徊不去的那个念头，越来越强烈了——他下决心要想办法，去抓一条小狼崽。

掏狼崽是草原上一件凶险、艰难、技术性极强的狩猎活动，也是草原民族抑制草原狼群发展的最有用的办法。额仑草原肥美富庶，狼食多，狼崽的成活率极高。春天掏到一窝狼崽（一窝狼崽七八只、十几只），端掉一窝狼崽，就等于消灭了一群狼。

陈阵听过不少掏狼崽的惊险故事，所以他早已有充分的思想准备。大狼为了保护狼崽，会运用狼的最高智慧，以及所有凶猛亡命之徒的看家本领。但是，陈阵心里暗暗藏了自己的一份秘密：他掏狼崽，并不是仅仅为了减少狼害，而是要实现自己的一个心愿——他要把狼崽放在蒙古包旁养着，从夜看到明，从小看到大，把狼看个够，看个透。这个行动虽然非常冒险，却是了解狼、研究狼的一条捷径。

空中飘着雪花，陈阵进了蒙古包，和杨克，还有牛倌高建中，围着铁筒干粪炉，喝早茶，吃手把肉，还有毕利格的儿媳妇嘎斯迈送来的奶豆腐。趁着这一会儿的闲空，陈阵开始劝他俩跟自己去掏狼窝。他认为自己的理由很过硬："咱们以后少不了跟狼打仗，养条小狼才可以真正摸透狼的脾气，才能知彼知己。"

牛倌高建中在炉板上烤着肉，面有难色地说道："掏狼崽可不是闹着玩的。前几天兰木扎布他们掏狼洞熏出一条母狼，母狼跟人玩儿命了，差点没把兰木扎布的胳膊咬断。护羔子的绵羊都敢顶人，护崽的母狼还不跟人拼命？他们一共三个马倌牛倌，七八条大狗，费了好大劲，才打死母狼。狼洞太深，他们换了两拨人，挖了两天才把狼崽掏了出来。可咱们，连条猎枪都没有，就拿铁锹马棒能对付得了？挖狼洞也不是件轻活，上次我帮桑杰挖狼洞挖了两天，也没挖到头，最后只好点火灌烟再封了洞拉倒。谁知道能不能熏死小狼崽。桑杰说母狼会堵烟，洞里也有通风暗口……找有狼崽的洞就更难了，狼的真真假假你还不知道？牧民说，狼洞狼洞，十洞九空，还经常搬家。"

杨克倒是痛快地对陈阵说："我跟你去。我有根铁棒，很合手，头也磨尖了，像把小扎枪。要碰见母狼，我就不信咱俩打不过一条狼。再带上一把砍刀，几个二踢脚，咱们连砍带炸准能把狼赶跑。要是能打死条大狼，那咱们就神气了。"

高建中挖苦道："臭美吧。留神狼把你抓成个独眼龙，咬成狂犬病，不对，是狂狼病，那你的小命可就玩儿完了。"

杨克晃晃脑袋："没事儿，我命大，再说，办什么事都不能前怕狼后怕虎。汉人就是因为像你这样，才经常让游牧民族入主中原。兰木扎布老说我是吃草的羊，他是吃肉的狼。咱们要是自个儿独立掏出一窝狼崽，看他还敢说我是羊了。我豁出一只眼也得赌这口气。"

陈阵说："好！说定了？可不许再反悔噢！"

杨克把茶碗往桌上一放，大声说："嗨，你说什么时候去？要快！听说，场部就要让咱们去圈狼了，我也特想参加围狼大会战。"

陈阵站起来说："要不，今天晚上，我先到毕利格阿爸那儿去一趟，向他请教掏狼崽的窍门？"

杨克说："也好。等你问明白了，明天咱们就上山。"

两个春天了，全场一百多个知青还没有一个人独自掏到过狼崽。陈阵不敢奢望自己能掏到一窝，他一直打算找机会，让毕利格老人带着他去掏狼窝，先学学本领。可是，狼群猎杀马群的事故发生以后，老人就顾不上亲自去掏狼崽了。

既然今天他和杨克都下了决心，陈阵真的要抓紧行动了。

这天傍晚，陈阵把羊群关进了羊圈，便骑马去了毕利格老人的蒙古包。

陈阵一进包，见毕利格一家人正准备吃晚饭。前几天为了保护马群而冻伤了的巴图，还在家里休息。陈阵挨着他坐下，喝了一口奶茶，就对毕利格说："阿爸，我前些日子放羊，一条母狼就在我眼皮子底下把一只羊羔活活地叼走，往东北边黑石头山那边逃了。我想那边一定有个狼窝，里面一定有狼崽。我打算明天一早就去找，想让您带我们去……"

老人说："明儿我是去不了了，这边还有不少急事要办呢。"老人回头问道："母狼真往黑石头山那边去了？"

"没错。"陈阵说。

老人捋了捋胡子，问道："你那会儿骑马追了没有？"陈阵说："没有，它跑得太快，没来得及追。"老人说："那还好，要不那条母狼准会骗你。有人追，它是不会直奔狼窝的。"

老人略略想了想，说道："这条母狼真是精，头年开春，队里刚刚在那儿掏了三窝狼崽，今年谁都不去那儿掏狼了，想不到还有母狼敢到那儿去下崽。那你明儿快去找吧，多去几个人，多带狗。一定得找几个胆大有经验的牧民，你们两个千万别自个儿去，太危险。"

"掏狼窝最难的是什么？"陈阵问。

老人说："掏狼窝麻烦可多啦，找狼窝更难。我告诉你一个法子，能找到狼窝。你明儿天不亮就起来，跑到石头山旁边高一点的山头，趴下。等到天快亮的时候，你用望远镜留神看，这时候母狼在外面忙活了一夜，该回洞给狼崽喂奶。你要是看到狼往什么地方去，那边就准有狼窝，你要仔细找，带上好狗转圈找，多半能找着。可找着了，要把狼崽挖出来也难啊，最怕洞里有母狼，你们千万要小心。"

老人的目光忽而黯淡下来，他说："要不是狼群杀了这么大一群马，我是不会再让你们去掏狼崽的，掏狼崽是额仑草原老人们最不愿干的事情……"

老人看着陈阵，又说："孩子啊，我看你是被狼缠住了。我老了，这点本事传给你，只要多上点心，能打着狼。可你要记住你阿爸的话，狼是腾格里①派下来保护草原的，狼没了，草原也保不住了；狼没了，蒙古人的灵魂也就上不了天了。"

陈阵问："阿爸，狼是草原的保护神，那您为什么还要打狼呢？听说您在场部的会上，也同意大打。"

老人说："狼太多了就不是神，就成了妖魔，人杀妖魔，就没错。要是草原牛羊被妖魔杀光了，人也活不成，那草原也保不住。我们蒙古人也是腾格里派下来保护草原的。没有草原，就没有蒙古人，没有

---

①腾格里：蒙语中"天"、"天神"的意思。

11

蒙古人也就没有草原。"

陈阵心头一震，追问道："您说狼和蒙古人都是草原的卫兵？"

老人的目光突然变得警惕和陌生，他盯着陈阵的眼睛说："……没错。可是你们……你们汉人不懂这个理。"

陈阵一时不敢再问下去，可是，掏狼崽的学问太深奥。他掏狼崽的目的是养一只狼崽，如果再不抓紧时间，等到狼崽断了奶或睁开了眼，那就难养了。必须抢在狼崽还没有看清世界、分清敌我的时候，把它从狼的世界转到人的环境中来。

陈阵认为野性很强的狼崽比麻雀还难养。从小就喜爱动物的陈阵，小时候多次抓过和养过麻雀，可是麻雀脾气大，在笼子里闭着眼睛就是不吃不喝直至气绝身亡。狼崽可不像麻雀那么好抓，如果冒了风险、费了牛劲，抓到了狼崽却养不了几天就养死了，那就亏大了。陈阵扭头看着巴图，他是全场出名的马倌和打狼能手，前几天吃了狼群那么大的亏，正在气头上，待一会儿向他请教掏狼崽的事准能成。

蒙古女人要是像汉族女人那样溺爱孩子，他们的民族可能早就灭亡了，所以蒙古孩子长大以后个个都那么勇猛强悍。

3
舍不得孩子打不着狼

毕利格老人的蒙古包里，那盏有三个灯捻的羊油灯把一家人的脸都照得亮堂堂。矮方桌上两大盆刚出锅的血肠血包、羊肚肥肠和手把肉，冒着腾腾的热气和香气。陈阵眼睛发亮，肚子也突然饿起来了。

嘎斯迈端着肉盆，将陈阵最爱吃的羊肥肠转到他的面前，又端起另一个肉盆，把老人最爱吃的羊胸椎转到老人面前。然后，给陈阵递过一小碗用固体酱油和草原口蘑泡出的蘑菇酱油。这是陈阵吃手把肉时最喜欢的调料，这种北京加草原的调味品，现在已经成为他们两家蒙古包的常备品了。

陈阵用蒙古刀割了一段羊肥肠蘸上调料，塞到嘴里，香得他几乎把狼崽的事忘记。草原羊肥肠是草原手把肉里的上品，只有一尺长。说是肥肠，其实一点也不肥，肥肠里面塞满了最没油水的肚条、小肠和胸膈膜肌肉条。羊肥肠几乎把一只羊身上的弃物都搜罗进来了，却搭配出蒙古大餐中让人不能忘怀的美食，韧脆筋道，肥而不腻。

13

陈阵说:"蒙古人吃羊真节约,连胸隔膜都舍不得扔,还这么好吃。"

老人点头:"饿狼吃羊,连羊毛羊蹄壳都吃下去。草原闹起大灾来,人和狼找食都不容易,吃羊就该把羊吃得干干净净。"

陈阵笑道:"这么说,蒙古人吃羊,吃得这么聪明,也是跟狼学的了?"

全家人大笑,连说是是是。陈阵又一连吃下去三小段肥肠。

嘎斯迈笑得开心。陈阵记得嘎斯迈说过,她喜欢吃相像狼一样的客人。陈阵有点不好意思,此刻自己一定像条饿狼。他不敢再吃了,因为毕利格全家人都爱吃羊肥肠,可一眨眼的工夫他已经把大半根肠吃进肚里了。

嘎斯迈直起腰,用刀子拨开血肠,再用刀尖挑出一大根肥肠来,笑道:"知道你来了就不肯走了,我煮了两大根肠哪。那根全是你的了,你要跟狼一样节约,不能剩。"

一家人又笑了。

嘎斯迈九岁的儿子巴雅尔,连忙把妈妈挑出来的肥肠抓到自己的肉盆前。两年多了,陈阵总是调不好与嘎斯迈的辈分关系,巴图是毕利格的儿子,嘎斯迈是巴图的妻子,正常辈分她应该算是陈阵的大嫂。可是,陈阵觉得嘎斯迈有时是他的姐姐,有时是婶婶,有时是小姨小姑,她的快乐与善良像草原一样坦荡纯真。

陈阵吃下整根肥肠,又端起奶茶一口气喝了半碗,问嘎斯迈:"听说巴雅尔敢抓狼尾巴,敢钻狼洞掏狼崽,敢骑烈马,胆子也太大了,你就不怕他出事?"

嘎斯迈笑道:"蒙古人从小个个都是这样。巴图小时候胆子比巴雅(巴雅是巴雅尔的昵称)还大,巴雅钻的狼洞没有大狼,狼崽又不咬人，掏出一窝狼崽算什么。可是巴图钻的狼洞里面有大狼。他在洞里碰见了母狼，还硬是把母狼从狼洞里拽了出来。"陈阵吃惊不小，忙问巴图："你怎么从来没给我讲过这事，快跟我好好讲讲。"

在蒙古包热闹的气氛中，这几天一直苦着脸的马倌巴图，心情好了起来。他喝了一大口酒，开始给陈阵讲自己小时候钻狼洞、掏狼崽的故事：

"那年我十三岁吧，有一次阿爸他们几个人找了几天，才找到了一个有狼崽的狼洞。洞很大很深，挖不动，阿爸怕里面有母狼，先点火熏烟，想把母狼轰出来。后来烟散了母狼也没有出来，我们以为里面没有大狼了，我就拿着火柴麻袋钻进狼洞去掏狼崽。哪想到钻进去两个半身子深的时候，我就看见了狼的眼睛，离我只有两尺远，吓得我差点尿裤子。

"我连忙划了一根火柴，火光一亮，我看见狼也吓得在那儿哆嗦呢，跟狗害怕的样子差不离，尾巴都夹起来了。

"我趴在洞里不敢动，火刚一灭，狼就冲过来，我退也退不出去，心想这下可完了。哪想到它不是来咬我，是想从我头上蹿过去，逃出洞。

"这时候我怕洞外面的人没防备，怕狼咬了阿爸，我也不知道哪来的胆子，猛地撑起身子，想挡住狼，没想到我的头顶住了狼的喉咙，我又一使劲，就把狼头顶在洞顶上了。

"这一下，狼出不去跑不了，狼急得乱抓，把我的衣服抓烂了。我也豁出去了，急忙坐起来，狠狠顶住狼的喉咙和下巴，不让它咬着我。我又去抓狼的前腿，费了半天劲，才把狼的两条前腿抓住。这下狼咬不着我也抓不着我了，可我也卡在那里没法动弹，浑身一点劲也

15

没了。"

巴图平静地叙述着，好像在讲一件别人的事情：

"外面的人等了半天不见我出来，不知道出了什么事。阿爸急得钻了进来，他划着火柴，见我头上顶着一个狼头，这阵势把他也吓坏了。他赶紧让我顶住狼头别动，然后，抱着我的腰，一点一点往外挪。我一边顶住狼头，一边又使劲拽狼腿，让狼跟着我慢慢往外挪动。阿爸又大声叫外面的人，抓住他的脚一点一点地往外拽。

"一直到把阿爸拽到洞口的时候，外面的人才知道这是怎么回事。大家都拿着长刀棍棒等在洞口，阿爸和我刚把狼拽着顶到洞口边上，外面的人一刺刀就刺进狼嘴，把狼头钉在洞口的顶上，几个人一起把狼从狼洞里拽出来打死。

"后来，我歇够了劲，又钻进洞，越到里面洞越窄，只有小孩能钻进去。最里面倒大了，地上铺着破羊皮和羊毛，上面躺着一窝小狼崽，一共九只，都还活着。那条母狼为了护崽，在狼崽睡觉的地方外，刨了好多土，把最里面的窝口堵了一大半，母狼自个儿留在外面。母狼没熏死，是因为洞上面还有一些小洞，烟都跑上面去了，还能往外面散烟。后来，我就扒开了土，伸手把狼崽全抓了出来，再装到麻袋里，倒着爬了出来……"

陈阵听得喘不过气来。全家人也好像好久没有回忆这个故事了，都听得战战兢兢。陈阵心想，"舍不得孩子打不着狼"，过去还真不理解这句话的意思，"舍不得孩子打不了狼"，难道是用孩子做诱饵，来换一条狼吗？这样做不是太不合情理了吗？现在他才明白，这句话说的是让孩子去冒险钻狼洞掏狼崽，这又深又窄的狼洞，只有孩子的小身子才能钻得进去。陈阵想，蒙古女人要是像汉族女人那样溺爱孩子，他们的民族可能早就灭亡了，所以蒙古孩子长大以后个个都那么勇猛强悍。蒙古人毕竟统治中国近一个世纪，这句流传全中国的老话，八成是从蒙古草原传到中原的。

陈阵感到这个故事和他听到的其他掏狼崽的故事很不一样，又问："我听别人说母狼最护崽，都敢跟挖狼洞的人拼命，可这条母狼怎么不敢跟人拼命呢？"

老人说："其实，草原狼都怕人。草原上能打死狼的，只有人。这条母狼刚让烟给熏晕了，又看着人手里拿着火，敢钻进它的洞，它能不害怕吗？这条狼个头不算小，可我看得出来，这是条两岁的小母狼，下的是头胎。可怜哪。今儿要不是你问起这件事，谁也不愿提起它啊。"

嘎斯迈脸上的笑容不见了，眼里闪着一层薄薄的泪花。

巴雅尔忽然对母亲嘎斯迈说："陈阵刚才悄悄对我说了，他们明天一早要上山掏狼崽，我想帮他们去掏，他们个儿大，钻不到最里面去。今儿晚上我住到他们的包里去，明天一早跟他们一块儿上山。"

嘎斯迈说："好吧，你去，要小心点。"

陈阵慌忙摆手："不成！不成！我真怕出事儿，你可就这么一个宝贝儿子啊。"

嘎斯迈说："今年春天咱们组才掏了一窝狼崽，还差三窝呢。再不掏一窝，那个军代表包顺贵又该对我吼了。"

陈阵说："那也不成，我宁可不掏也不能让巴雅去。"

老人把孙子搂到身边，略一思忖，说："巴雅就别去了。前些天我刚下了不少狼夹子，准能夹着一两条大狼，不交狼崽皮，交大狼皮也算完成定额。这一回，就让这几个北京学生先去练练手吧。"

4
掏狼先得有好狗

陈阵为了使这次行动更有把握，在回家的路上，顺道去了几个蒙古包，想请几位年轻的牧民朋友和他们一起去找狼窝。但牧民都认为那个地方不会有狼崽，第二天早晨谁也没来。

羊群静静地缩卧在土墙内的草圈里，懒懒地反刍着草食，不想出圈。三条看家护圈的大狗，叫了一夜，此刻又冷又饿，全身颤抖地挤在蒙古包门前。陈阵一开门，猎狗黄黄就扑过来，把两只前爪搭在他的肩膀上，舔他的下巴，拼命地摇尾巴，向他要东西吃。陈阵从包里端出大半盆吃剩的手把肉骨头倒给它们。三条狗将骨头一抢而光，就地卧下，两爪夹起大骨棒，侧头狼嚼，咔咔作响，然后连骨带髓全部咽下。

陈阵又从包里的肉盆中挑出了几块肥羊肉，给母狗伊勒单独喂。伊勒毛色黑亮，跟黄黄一样也是兴安岭猎狗种，头长、身长、腿长、腰细、毛薄，猎性极强，速度快、转身快、能掐会咬，一见到猎物就兴奋得直蹿，拽都拽不住。

这两条狗都是猎狐的高手，尤其是黄黄，从它爹妈那儿继承和学会了打猎的绝技。它不会受狐狸甩动大尾巴的迷惑，能直接咬住狐狸尾巴，然后急刹车，让狐狸拼命前冲，再突然一撒口，把狐狸摔个前滚翻，使它致命的脖子和要害肚皮来个底朝天，黄黄再几步冲上去，一口咬断狐狸的咽喉，猎手就能得到一张完好无损的狐皮。

而有些牧民家的赖狗，不是被狐狸用大尾巴扫断了腿，就是把狐狸皮咬开了花，常常把猎手气得将狗狠揍一顿。

黄黄和伊勒见狼也不怵，仗着自己的灵活机敏，跟狼东咬西跳，死缠活缠，还能不让狼咬着自己，为后面跟上来的猎手和猎犬，套狼抓狼赢得时间创造良机。

黄黄是毕利格老人和嘎斯迈送给陈阵的，伊勒是杨克从他的房东家带过来的。额仑草原的牧民总是把他们最好的东西送给北京学生，所以这两条小狗长大以后，都比它们的同胞兄弟姐妹更出色更出名。后来巴图经常喜欢邀请陈阵或杨克一起去猎狐，主要就是看中这两条狗。

去年一冬天下来，黄黄和伊勒已经抓过五条大狐狸了。陈阵和杨克冬天戴的狐皮草原帽，就是这两条爱犬送给他俩的礼物。春节过后，伊勒下了一窝小崽，共六只。其中三只被毕利格、兰木扎布和别的知青分别抱走了。现在只剩三只，一雌两雄，两黄一黑，肉乎乎，胖嘟嘟，好像小乳猪，煞是可爱。

生性细致的杨克宠爱伊勒和狗崽非常过分，几乎每天要用肉汤、碎肉和小米给伊勒煮一大锅稠粥，把粮站给知青包的小米定量用掉大半。当时额仑草原知青的粮食定量仍按北京标准，一人一月30斤，但种类与北京大不相同：3斤炒米（炒熟的糜子），10斤面粉，剩下的17斤全是小米。小米大多喂了伊勒，他们几个北京学生也只好像牧民那样，以肉食为主了。牧民粮食定量每月只有 19 斤，少就少在小米上。小米肉粥是最好的母狗狗食，这是陈阵从嘎斯迈那里学来的知识。伊勒下奶特别多，因此陈阵的狗崽要比牧民家的狗崽壮实。

除了黄黄和伊勒，还有一条强壮高大的黑狗，是本地蒙古品种。狗龄五六岁，头方口阔，胸宽腿长身长，吼声如虎，凶猛玩命。全身伤疤累累，头上胸上背上有一道道一条条没毛的黑皮，显得丑陋威严。它脸上原来有两条像狗眼大小的圆形黄色眉毛，可是一条眉毛像是被狼抓咬掉了，现在只剩下一条，跟两只眼睛一配，像脸上长了三只眼。虽然第三只眼没有长在眉心，但毕竟是三只眼，因此，开始的时候陈阵杨克就管它叫二郎神。

这头凶神恶煞般的大狗，是陈阵去邻近公社的供销社买东西的路上捡来的。那天回家的路上，陈阵总感到背后有一股寒气，牛也一惊一乍的。他一回头，发现一条巨狼一样大的丑狗，吐出大舌头，一声不吭地跟在后面，把他吓得差点掉下牛车。他用赶牛棒轰它赶它，它也不走，一直跟着牛车，跟回了陈阵的蒙古包。

几个马倌都认得它，说这是条恶狗，有咬羊的恶习，被它的主人打出家门，流浪草原快两年了，大雪天就在破土墙根底下憋屈着，白天自个儿打猎，抓野兔、抓獭子、吃死牲口、捡狼食，要不就跟独狼抢食吃，跟野狗差不离。后来它自个儿找了几户人家，也都因为它咬羊，又被打出家门几次。要不是牧民念它咬死过几条狼，早就把它打死了。

按草原规矩，咬羊的狗必须杀死，以防家狗变家贼，家狗变回野狼，搅乱狗与狼的阵线，这也是给其他野性未泯的狗一个教训。牧民都劝陈阵把它打跑，但陈阵没有这样做。陈阵觉得它很可怜，也对它十分好奇，它居然能在野狼成群、冰天雪地的残酷草原生存下来，想必本事不小，便把它带回到自己的蒙古包里。

再说，自从搬出了毕利格老人的蒙古包，离开了那条威风凛凛的杀狼猛狗巴勒，陈阵仿佛缺了左膀右臂。陈阵对牧民说，他们包里的狗都是猎狗快狗，年龄也小，正缺这样大个头的恶狗看家护圈，不如暂时先把它留下以观后效，如果它再咬死羊，由他来赔。

几个月过去了，"二郎神"并没有咬过羊。但陈阵看得出它是忍了又忍，主动离羊群远远的。陈阵听毕利格老人说，这几年草原上来了不少打零工的盲流，把草原上为数不多的流浪狗快打光了。他们把野狗骗到土房里吊起来灌水把它们呛死，再剥皮吃肉。看来这条狗也差点被人吃掉，可能是在最后一刻才逃脱的。它不敢再流浪，不敢再当野狗了。流浪狗不怕吃羊的狼，却怕吃狗的人。

这条大恶狗夜里看羊护圈吼声最凶，拼杀最狠，嘴上常常有狼血。一冬天过去，陈阵杨克的羊群很少被狼掏、被狼咬。在草原上，狗的任务主要是"下夜"（指值夜班看护畜群）、看家和打猎。白天，狗不跟羊群放牧，也隔离了狗与羊，这些条件也许能帮这条恶狗慢慢改邪归正。

陈阵的蒙古包里，其他几个知青对"二郎神"也很友好，总是把它喂得饱饱的。但"二郎神"从来不与人亲近，对新主人收留它的善举也没有任何感恩的表示。它不和黄黄伊勒玩耍，见到主人，连摇尾的幅度也小到几乎看不出来。白天没事的时候，它经常会单身独行在草原上闲逛，或卧在离蒙古包很远的草丛里，远望天际，沉思默想，微眯的眼睛里，流露出一种对自由草原向往和留恋的神情。

某个时刻，陈阵突然醒悟，觉得它不大像狗，倒有点像狼。狗的祖先是狼，中国西北草原最早的民族之一——犬戎族，自认为他们的祖先是两条白犬，犬戎族的图腾①就是狗。

陈阵曾经疑惑：强悍的草原民族怎能崇拜人类的驯化动物狗的呢？可能在几千年前，草原狗异常凶猛，野性极强，或者干脆就是狼性未退、带点狗性的狼？犬戎族崇拜的白犬很可能就是白狼的一种。有史料提及古代西北草原也确实有白狼部族，他们的头领被称为白狼王。陈阵想，难道他捡回来的这条大恶狗，竟是一条狼性十足的狗，或是带有狗性的狼？也许在它身上出现了严重的返祖现象？

陈阵经常有意地亲近"二郎神"，蹲在它旁边，顺毛抚摸，逆毛

---

①图腾：原始社会的人认为跟本民族有血缘关系的某种动物或自然物，一般用作本民族的标志。

挠痒，但它也很少回应。目光说不清是深沉还是呆滞，尾巴摇得很轻，只有陈阵能感觉到。它好像不需要人的爱抚，不需要狗的同情，陈阵不知道它想要什么，不知道怎样才能让它回到狗的正常生活中，像黄黄伊勒一样，有活干，有饭吃，有人疼，自食其力，无忧一生。

陈阵常常也往别处想：难道它并不留恋狗群的生活，打算返回到狼的世界里去？但为什么它一见狼就掐，像是有不共戴天之仇。从外表上看，它完完全全是条狗，一身黑毛就把它与黄灰色的大狼划清了界线。但是印度、苏联、美国、古罗马的狼，以及蒙古草原古代的狼都曾收养过人孩，难道狼群就不能收留狗孩吗？可是它要是加入狼群，那马群牛群羊群就该遭殃了。可能对它来说，最痛苦的是狗和狼两边都不接受它，或者，它两边哪边也不想去。

陈阵有时对自己说，它绝不是狼狗，狼狗虽然凶狠但狗性十足。它有可能是天下罕见的狗狼，或狗性狼性一半一半，或狼性略大于狗性。陈阵摸不透它，但他觉得应该好好对待它、慢慢琢磨它。陈阵希望自己能成为它的好朋友。

后来陈阵和杨克不再叫它二郎神，而管它叫二郎，与二狼谐音，含准狼的意，不要神。

陈阵轻轻地给二郎挠脖子，它还是没有多少感谢的表示。但陈阵知道，一旦带它外出打猎，它的表现肯定会超过黄黄和伊勒。

蒙古老人从来不对狼斩尽杀绝。

5
哪里才是狼的家

第二天凌晨时分，陈阵和杨克已经带着黄黄和二郎悄悄登上了黑石头山附近的一个小山头，两匹马都拴上了牛皮马绊子，站在山后的隐蔽处。二郎和黄黄的猎性都很强，如此早起，必有猎情，两条狗匍匐在雪地上一声不响，警惕地四处张望。

云层遮没了月光和星光，黑沉沉的草原异常寒冷和恐怖，方圆几十里只有他们两个人。而此刻正是狼群出没、最具攻击性的时候。不远处的黑石头山像一组巨兽石雕压在两人身后，使陈阵感到后背一阵阵发冷。身边只有自家的两条狗，孤单单的，显得一点儿气势声威都没有。陈阵开始为身后的两匹马担心，也对自己的冒险行动害怕起来。

忽然，东北边传来了狼嗥声，向黑黑的草原山谷四处漫散，余音袅袅，如箫如簧，悠长凄寒。几分钟后狼嗥的尾音才渐渐散去，静静的草原又远远传来一片狗叫声。陈阵身旁的两条狗依然一声不吭，它俩都懂得出猎的规则：下夜护圈需要狂吠猛吼，而上山打猎则必须敛声屏息。

　　陈阵把一只手伸到二郎前腿腋下的皮毛里取暖，另一只手搂住它的脖子。出发前，杨克已把它们喂得半饱，猎狗出猎不能太饱又不能太饥，饱则无斗志，饥则无体力。食物已在狗的体内产生作用，陈阵的手很快暖和起来，甚至还可以用暖手去焐狗的冰冷的鼻子，二郎轻轻地摇起了尾巴。身边有这条杀狼狗，陈阵心里才感到踏实了一些。

　　杨克紧紧抱着黄黄，小声对陈阵说："嗳，连黄黄也有点害怕了，它一个劲地发抖哩，不知是不是闻着狼味儿了……"

　　陈阵拍了拍黄黄的头，小声说："别怕，别怕，天快亮了，白天狼怕人，咱们还带着套马杆呢。"其实，这会儿陈阵的手，已跟着黄黄的身体轻轻地抖了起来。他故作镇定地说："你看，咱俩像不像特工嘛，深入敌后，狼口拔牙，现在我一点儿也不困了。"

　　杨克也壮了壮胆说："打狼就是打仗，斗体力，斗精力，斗智斗勇，三十六计除了美人计使不上，什么计都得使。"

　　陈阵说："可也别大意啊，我看三十六计还不够对付狼的呢。"

　　杨克说："那倒也是，咱们现在使的是什么计？利用母狼回洞喂奶的线索，来寻找狼洞，三十六计里可没这一条。老阿爸真是诡计多端，这一招真够损的。"

　　陈阵说："谁让狼杀了那么多的马呢！阿爸也是让狼给逼的。我听巴图说，阿爸已经好几年没给狼下夹子了，蒙古老人从来不对狼斩尽杀绝。"

　　天色渐淡，黑石头山已经不像石雕巨兽，渐渐显出巨石的原貌。东方的光线从云层的稀薄处缓缓透射到草原上，视线也越来越开阔。人和狗紧紧地贴在雪地上，陈阵拿着望远镜四处张望，地气很重，镜头里一片雾茫茫。

　　陈阵很担心，如果母狼在地气的掩护下悄悄回洞，那人和狗就白冻半夜了。幸好地气很快散去，变成一层轻薄透明的雾气，在草尖上飘来荡去。如有动物走过，反而会惊动地雾，暴露自己。

　　突然，黄黄向西边转过头去，鬃毛竖起，全身紧张，向西匍匐挪动，二郎也向西边转过头去。陈阵立即意识到有情况，急忙把望远镜镜头对准西边草甸——

　　山下，山坡与草甸交界处的洼地上，长着一大片干黄的旱苇，沿着山脚一直向东北方向延伸。这是狼的钟爱之地，隐蔽，背风，是狼在草原与人进行游击战所凭借的"青纱帐"。毕利格老人常说，一冬一春的旱苇地，是狼转移、藏身和睡觉的地方，也是猎人猎狗打狼的猎场。

　　黄黄和二郎可能听到了狼踏枯苇的声音。时间对，方向也对，陈阵想一定是母狼要回窝了。他仔细地搜索苇地的边缘，等着狼钻出来。老人说过，苇地低洼，春天雪化会积水，狼不会在那儿挖洞。狼洞一般都在高处，水灌不着的地方。陈阵想只要狼从哪儿钻出来，那它的窝一定就在附近的山坡上。

两条狗忽然都紧紧盯着一处旱苇不动了，陈阵赶紧顺着狗盯的方向望去，他的心一下子狂跳起来：一条大狼从苇地里探出半个身子，东张西望。两条狗立刻把头低了下去，下巴紧贴地面。两人也尽量趴下身体。

狼仔细地看了看山坡，然后才嗖地蹿出苇地，向东北方向的一个山沟跑去。

陈阵一直用望远镜跟着狼，这条狼与他上次看到的那条母狼有点像。狼跑得很快但也很吃力，想必在夜里偷了哪家的羊，吃得很饱。他想如果今天这儿就只有这一条狼，那他就不用怕了，两个人加两条狗，尤其是有二郎，肯定能对付这条母狼。

母狼爬上了一个小坡。陈阵想，只要看到它再往哪个方向跑，就可以断定狼洞的大致位置了。但是，就在这时，狼突然在小山坡的顶上站住了，转着身子，东望望，西望望，然后望着人与狗潜伏的方向不动了。

两个人紧张得不敢喘一口气，狼站的位置已经比苇地高得多，它在苇地里看不到人，可是站在这个小坡上应该能看到。陈阵深感自己缺乏实战经验，刚才在狼往山坡上跑的时候他们和狗后退几米就好了，谁会想到狼的疑心这么重。

狼紧张地伸长前半身，使自己更高一些，再次核实一下它所发现的敌情。它焦虑地原地转了两圈，犹疑片刻，然后嗖地掉头45度，向山坡东面的大缓坡蹿去，不一会儿就跑到一个洞口，一头扎进洞里。

　　"好！有门！这下子咱们就可以大狼小狼一窝端了。"杨克拍手大叫。

　　陈阵也兴奋地站起身来说:"快，快上马。"

　　两条狗围着陈阵蹦来跳去，急得哈哈喘气，跟主人讨口令。陈阵手忙脚乱之中，居然忘记给狗发口令了，急忙用手指向狼洞，叫一声"啾"！两条狗立即飞扑下山，直奔东坡的狼洞。两人也飞跑下山，解开马绊子，扶鞍认镫，撑杆上马，快马加鞭向狼洞飞奔。两条狗已经跑到狼洞口，正冲着洞狂叫。

　　两人跑到近处，只见二郎像疯狗一样张牙舞爪冲进洞，又退出来，退出来，又冲进去，却不敢冲得太深。黄黄站在洞口助威呐喊，还不断地就地刨土，雪块土渣飞溅。两人滚鞍下马，跑到洞口一看，真真把他俩吓了一跳：一个直径七八十厘米的蛋形洞口里面，那条母狼正在发狂地猛攻死守，把冲进洞的粗壮的二郎顶咬出洞，还探出半个狼身，与两条狗拼命厮杀。

陈阵扔下套马杆，双手举起铁锹不顾一切朝狼头砸去。狼反应极快，还未等铁锹砸下一半，狼已经把头缩了进去。狼很快又龇着狼牙冲了出来，杨克一铁棒下去，又打了个空。几出几进，几个来回，陈阵终于狠狠地拍着了狼头，杨克也打着了一下。但那狼依然凶猛疯狂，它突然缩到洞里一米左右的地方，等二郎冲进去的时候，狼蹿上去狠狠地在二郎前胸咬了一口。二郎满胸是血退出洞口，气得两眼通红，又怒吼几声一头扎进洞里，洞外只见一条大尾在晃。

陈阵突然想起套马杆，立刻回身从地上捡起杆。杨克一看马上明白了陈阵的意图，说："对了，咱们来给它下一个套。"

陈阵抖开套绳，准备把半圆形的绞索套放在洞口。只要狼一冲出洞，就横着拽杆拧绳，勒套住狼，再把狼拽出洞，那时杨克的铁棒就可以使上劲，再加上两条狗，肯定就能把狼打死。陈阵紧张得喘不过气来。但是，还未等他下好套，二郎又被狼顶咬了出来，它的两条后腿一下子把套绳全弄乱了。紧接着，满头是血的狼就冲出了洞，但是套绳却被它一脚踩住。狼一见套马杆和套绳，像是踩到漏电的电线一样，吓得嗖地缩进洞里，再也不露面了。

陈阵急忙探头往洞里看，洞道向下倾斜35度左右，显得十分陡峭；洞深两米处，地道就拐了弯，不知里面还有多深。杨克气得对洞大吼了三声，深深的黑洞立即把他的声音一口吞没。

陈阵猛地坐到了洞口平台上，懊丧之极："我真够笨的，要是早想起套马杆，这条狼也早就没命了。跟狼斗反应真得快，不能出一点错。"

杨克比陈阵还懊丧，他把带尖的铁棒戳进地里，愤愤地说："妈的，这条狼就欺负咱们没枪，我要有枪，非掀了它的天灵盖不可。这样耗下去，哪是个头？我看咱们还是拿'二踢脚'炸吧！"

陈阵叹了口气说："可是，'二踢脚'也炸不死狼。"

杨克不甘心地说："炸不死狼，但是可以吓狼，把它吓个半死，熏个半死。我把皮袍脱了，等二踢脚一扔进洞，我就用皮袍捂在洞口上，把烟都严严实实捂在洞里头，捂上一会儿，狼准保呛得受不了。"

"要是狼还不出来，怎么办？"

"我听马倌说，狼特怕枪声和火药味，只要扔进去三管二踢脚，那就得炸六响，洞里拢音，声音比外面响好几倍，绝对能把狼炸蒙。狼洞里空间窄，那火药味肯定特浓、特呛。我敢打赌，三炮下去，狼准保被炸出来、呛出来。你等着拽套吧。我看大狼后面还会跟出来一群小狼崽，那咱俩就赚了。"

陈阵想了想说："那好吧，就这么干。这次咱俩可得准备好了。我得先看看这个狼洞附近还有没有别的出口。狡兔还三窟呢，狡狼肯定不止这一个洞。狼太贼了，人的心眼再多都不够用。"

打狼就是打仗，斗体力，斗精力，斗智斗勇，三十六计除了美人计使不上，什么计都得使。

6
眼睁睁地让母狼溜掉了

陈阵骑上马，带上两条狗，以狼洞为中心，一圈一圈地仔细寻找别的出口。

满目残雪枯草，地上的黑洞应该不难找。但是，在直径百米方圆以内，陈阵和狗没有发现一个洞口。陈阵下了马，把两匹马牵到远处，系上马绊；又走到狼洞口，摆放好套绳，放好铁锹、铁棒。

陈阵留神看了一眼二郎，见它正在费劲地低头舔自己的伤口。它的前胸又被狼咬掉一块二指宽的皮肉，伤口处的皮毛在抽动，看来二郎疼得够呛，但它仍然一声不吭。两人身上什么药和纱布也没有，只能眼看着它用自己的舌头和唾液来消毒、止血、止疼。这是狗狗们天生就会的传统疗伤方法，然后等回去后主人再给它上药包扎。二郎身上的伤大多是狼给它留下的，所以它一见狼就分外眼红。陈阵觉得自己也许误解了它，二郎仍然是条狗，一条比狼还凶猛的狼狗。

杨克一切准备就绪，他披着皮袍，抓着三管像爆破筒一样粗的大号二踢脚，嘴里叼着一根点着了的海河牌香烟。

陈阵笑着说:"你哪像个猎人,活像'地道战'里面的日本鬼子。"

杨克嘿嘿笑着说:"我这是入乡随俗,胡服骑射。我看狼的地道里肯定没有防瓦斯弹的设备。"

陈阵说:"好吧,扔你的瓦斯弹吧!看看管不管用。"

杨克用香烟点着了一管二踢脚,哧哧地冒着烟,朝洞里狠劲摔进去,紧接着又点着两管,扔了进去。三个"爆破筒"顺着陡道滚进洞的深处,他随后立即将皮袍覆盖在洞口上。不一会儿,洞里发出沉闷的爆炸声,一共六响,炸得脚下山体微微震动。此刻,洞里一定炸声如雷,气浪滚滚,硝烟弥漫,蒙古草原狼洞肯定从来没有遭受过如此猛烈的轰炸。虽然他俩听不到狼洞深处的鬼哭狼嚎,但两人都觉得深深地出了一口恶气。

杨克冻得双手交叉抱着肩问:"哎,什么时候打开?"

陈阵只能被迫担当起指挥员的角色,说:"再闷一会儿。先开一个小口子,等看到有烟冒出来,再把洞口全打开。"

陈阵掀开皮袍的一小角,没见到多少烟,又把它盖上。他看杨克冻得有些发抖,就想解腰带,跟他合披一件皮袍。

杨克连忙摆手说:"留神,狼就快出来了!你解了袍子腰带,动作就不利索了。没事,我能扛住了。"

两人正说着,忽然,黄黄和二郎一下子站了起来,都伸长脖子往西北方向看,嘴里发出呜呜呼呼的声音,显得很着急。两人急忙侧头望去,西北方向二十多米远的地方,从地下冒出一缕淡蓝色的烟。

陈阵呼地站起来,大喊:"不好,那边还有一个洞口,你守着这儿,我先过去看着……"陈阵一边说一边拿着铁锨向冒烟处跑去,两条狗紧随其后。

这时,只见从冒烟的地下,忽地蹿出一条大狼,就像隐蔽的地下

发射场发出的一枚地对地导弹，嗖地射出，以拼命的跳跃速度朝西边山下苇地奔去，眨眼间，就冲进苇地，消失在密密的枯苇丛林里。二郎紧追不舍，也冲进苇地，苇梢一溜晃动，一直向北延伸。

陈阵害怕有诈，急得大喊："回来回来！"二郎肯定听到了喊声，但它仍是穷追不舍。黄黄冲到苇地旁边，没敢进去，象征性地叫了几声就往回走。

杨克一边穿着皮袍，一边向刚才冒烟的地方走去，陈阵也走了过去。到了那个洞口，两人又吃一惊：雪地上的这个洞是个新洞，碎石碎土都是新鲜的，显然是狼刚刚刨开的一个虚掩的临时紧急出口。这里，平时像一块平地，战时就成了逃命的通道。

杨克气得脖子上青筋绽出，大叫："这条该死的狼，把咱俩给耍了！"

陈阵长叹一声说："狡兔三窟虽然隐蔽，总还在明处。可狡猾的狼，就不知道它有多少窟了。这个洞的位置大有讲究，你看，洞外就是一个陡坡，陡坡下面又是苇地。只要狼一出洞，三步两步就蹿到安全的地方了。这个洞的选址智商极高，比狡兔的十窟八窟还管用。上次包顺贵说狼会打近战、夜战、奔袭战、游击战、运动战，一大堆的战。下次我见到他还得跟他说说，狼还会打地道战和青纱帐战，还能把地道和青纱帐连在一起用。'兵者，诡道也。' 狼真是天下第一兵家。"

杨克仍是气呼呼的："电影里把华北的地道战、青纱帐吹得天花乱坠，好像是天下第一大发明似的。我现在算是明白了，实际上狼在几万年前就发明出来了。"

"认输了？"陈阵问。他有点怕他的老搭档退场，打狼可不是一个人能玩得转的事情。

"哪能呢。草原上放羊太寂寞，跟狼斗智斗勇，又长见识又刺激，挺好玩的。我是羊倌，护羊打狼，也是我的本职。"

两人走到大洞口旁边，洞里还在往外冒烟，烟雾已弱，但火药味仍然呛鼻。

杨克探头张望："小狼崽应该爬出来了啊，这么大的爆炸声，这么呛的火药味，它们能待得住吗？是不是都熏死在里面了？"

陈阵说："我也这么想。咱们再等等看，再等半个小时，要是还不出来，那就难办了。这么深的洞怎么挖？我看比打一口深井的工程量还要大。就咱俩，挖上三天三夜也挖不到头。狼的爪子也太厉害了，在这么硬的沙石山地居然能挖出这么庞大的地下工事。再说，要是狼崽全死了，挖出来有什么用？"

杨克叹道："要是巴雅来了就好了，他准能钻进去。"

陈阵也叹了一口气说："可我真不敢让巴雅来，你敢保证里面肯定没有别的大狼？嘎斯迈就这么一个宝贝儿子，她舍得让巴雅抓狼尾、钻狼洞？"

杨克恨恨地说："草原狼真他妈厉害，繁殖能力比汉人还强，而且连下崽都要修筑这么深、这么坚固复杂的产房工事，害咱俩白忙乎半天……算了，回头再讨伐它，咱们还是先吃点东西吧，我真饿了。"

陈阵走到马旁，从鞍子上解下帆布书包，又走回洞口。黄黄一见这个满是油迹的土黄色书包，立刻摇着尾巴，咧着嘴，哈哈、哈哈地跑过来。这个书包是陈阵给狗们出猎时准备的食物袋。他打开包，拿出一小半手把肉递给黄黄，剩下的给二郎留着，二郎还没回来，陈阵有些担心。冬春的苇地是狼的地盘，如果二郎被那条狼诱入狼群，肯定凶多吉少。二郎是守圈护羊的主力，这次出师不利，假如又折一员大将，那就亏透了。

黄黄一边吃肉一边频频摇尾。黄黄是个机灵鬼，它遇到兔子、狐狸、黄羊，勇猛无比；遇到狼，它会审时度势：如果狗众狼寡，它会凶猛地去打头阵；如果没有强大的支援，它绝不逞能，不单独与大狼搏斗。它刚才临阵脱逃，不去帮二郎追狼，是它怕苇地里藏着狼群。黄黄很善于保护自己，这也是它的生存本领。陈阵宠爱通人性的黄黄，不怪它不仗义，但开春以来，他越来越喜欢二郎了。它似乎不太通人性，身上的兽性显得更强。在陈阵看来，在这个残酷竞争的世界里，一个民族首先需要的是猛兽般的勇气和性格。他站起来，用望远镜向西北边的苇地望去，希望看到二郎的去向。

但二郎完全不见了踪影。陈阵从怀里掏出一个生羊皮口袋，这是嘎斯迈送给他的食物袋，防潮隔油，揣在怀里既保温又不脏衣服。他掏出烙饼、手把肉和几块奶豆腐，和杨克分食。两人都不知道下一步该怎么办，一边吃一边苦想。

7

第一次钻狼洞

　　杨克把烙饼撕下一大块塞进嘴里，说："这狼洞真真假假，虚虚实实，有狼崽的洞，总是在人最想不到的隐蔽地儿。这回咱俩好不容易找准一个，可不能放过它们。熏不死，咱就用水灌洞，拉上十辆八辆木桶水车，轮番往里灌，准能把小狼崽淹死！"

　　陈阵讥讽道："草原山地是沙石地，哪怕你能搬来水库，水也一会儿就渗没了。"

　　杨克想了想，忽然说："对了，反正洞里没有大狼了，咱们是不是让黄黄钻进洞，把小狼崽一个一个地叼出来？"

　　陈阵忍不住笑起来："狗早就通了人性，背叛了狼性。它的鼻子那么尖，一闻就闻着狼味儿了。狗要是能钻进狼洞叼狼崽，那就趁母狼不在洞的时候敞开叼好了，那草原上的狼，早就让人和狗消灭光了。你当牧民都是傻蛋？"

　　杨克不服气地说："咱们可以试试看嘛，这也费不了多大劲。"说完，他就把黄黄叫到洞边，洞里的火药味已散去大半。杨克用手指了指洞里面，然后喊了一声"啾"。黄黄马上明白了杨克的意图，立刻吓得往后退。杨克用两腿夹住黄黄的身子，双手握住它的两条前腿，使劲把黄黄往洞里塞。黄黄吓得夹紧尾巴呜嗷直叫，拼命挣扎，斜着眼可怜巴巴地望着陈阵，希望能免了它这个差事。

陈阵说："看见了吧，别试了。进化难，退化更难。狗是退化不成狼了。狗只能蜕变成弱狗，懒狗，笨狗。人也一样。"

杨克放开了黄黄，说："可惜二郎不在，它的狼性特强，没准它敢进洞。"

陈阵说："二郎要是敢进洞，准把小狼崽一个个全咬死了，可我想要活的。"

杨克点头："那倒是，这家伙一见到狼就往死里掐。"

黄黄吃完了手把肉，独自到不远处溜达去了，它东闻闻，西嗅嗅，并时时抬起后腿，对着地上的突出物撒几滴尿做记号。它越走越远，二郎还没回来，陈阵和杨克坐在狼洞旁傻等傻看，一筹莫展。狼洞里一点动静也没有。一窝狼崽七八只、十几只，即使被炸被熏，也不可能全死掉，总该有一两只狼崽逃出来吧？就是凭本能它们也应该往洞外逃的。又过了半小时，仍然不见狼崽出来，两人嘀咕着猜测：要不狼崽已经全都熏死在洞里；要不，这狼洞里根本就没有狼崽。

正当两人收拾东西准备回撤的时候，突然隐隐听见黄黄在北面山包后面不停地叫，像是发现了什么猎物。陈阵和杨克立即上马向黄黄那边奔去。登上山包顶，只听到黄黄叫，仍不见黄黄的身影。

两人循声策马跑去，但没跑多远马蹄就绊上了雪下的乱石，两人只好勒住马。前面是一大片沟壑条条、杂草丛生的破碎山地，雪面上有一行行大小不一、图案各异的兽爪印，细细查看，可知有兔子、狐

狸、沙狐、雪鼠，还有狼，曾从这里走过。雪下全是石块石片，石缝里长的大多是半人多高的茅草、荆棘和地滚草，干焦枯黄，一派荒凉，像关内荒山里的一片乱坟岗。

两人小心翼翼地控制着马嚼子，马蹄仍不时磕绊和打滑。这是一片没有牧草、牛羊马都不会来的地方，陈阵和杨克也从未来过此地。

黄黄的声音越来越近了，但两人还是看不见它。陈阵说："这儿野物的脚印多，没准黄黄抓着了一条狐狸，咱们快走。"杨克说："那咱们就算没白来一趟。"两人总算绕过荆棘丛，下到沟底，拐了个小弯，终于看到了黄黄。

这次陈阵和杨克更是吓了一大跳：黄黄居然翘着尾巴，冲着一个更大更黑的狼洞狂叫。沟里阴森恐怖，狼气十足，冷风吹来，陈阵的头皮一阵阵发麻。他感到像是误入了狼群的埋伏圈，数不清的狼眼从看不见的地方向你瞪过来，吓得他身上的汗毛像豪猪毛刺一样地竖了起来。

两人下了马，上了马绊，拿着家伙，急忙走到洞前。这个狼洞，坐北朝南，洞口高约一米，宽有 60 厘米。陈阵从来没有见过这么大的狼洞，比他在中学时去河北平山学农见到的抗战时期的地道口还要大。它隐蔽地藏在大山沟的小沟折里，沟上针草丛生，沟下尖石突兀，不到近处，难以发现。

黄黄见到两个主人顿时兴奋，围着陈阵跳来蹦去，一副邀功请赏的样子。陈阵对杨克说："这个洞肯定有戏，没准黄黄刚才看见狼崽了，你瞧它直跟我表功哪。"

杨克说："我看也像，这儿才像真正的狼巢，阴森可怕。"

陈阵说："狼骚味真够冲的，肯定有狼！"

陈阵急忙低头查看洞外平台上的痕迹，狼洞外的平台，是狼用掏洞掏出的土石堆出的，洞越大，平台就越大。这个平台有两张课桌大

小，平台上没有雪，有许多爪印，还有一些碎骨。

陈阵的心怦怦直跳，这正是他想看到的东西。他把黄黄请出平台，让它站在一旁替他们放哨，然后和杨克跪在平台旁边，俯下身细细辨认。黄黄已经把平台上原先的痕迹踩乱了，但是两人还是找到了不少确凿的证据——两三个大狼的脚印和五六个小狼崽的爪印。狼崽的爪印，呈梅花状，两分镍币大小，小巧玲珑，非常可爱。小爪印非常清晰，好像这窝小狼崽刚才还在平台上玩耍过，听见了陌生的狗叫声才吓回洞里去。而这个平展无雪的平台，好像是母狼专为小狼崽清扫出来的户外游戏场。

平台上还有一些羊羔的碎骨渣和卷毛羔皮，羊羔嫩骨上面有小狼崽的舔痕和细细的牙痕。在平台旁边还发现几根小狼崽的新鲜粪便，筷子般粗细，约两厘米长短，乌黑油亮，像是用中药蜜丸搓成的小药条。

陈阵用巴掌猛一拍自己的膝盖说："我要找的小狼崽就在这个洞里。咱们两个大活人让那条母狼给涮了。"

杨克也突然猛醒，他用力拍了一下平台说："没错，那条母狼原本就是往这个洞的方向跑的，它在山包上看见了人影，突然临时改变路线，把咱俩骗到那个空洞去了。它还装得跟真的似的，跟狗死掐，真好像在玩命护犊子。狼他妈的狼，我算是服了你了！"

陈阵回忆说："它改变路线的时候，我也有点怀疑，但是它实在装得太像了，我就没有怀疑下去。它可真能随机应变。要不是你炸了它三炮，它绝对可以跟咱俩周旋到天黑，那就把咱们坑惨了。"

杨克说："咱们也亏得有这两条好狗，没它们，咱俩早就让狼斗得灰溜溜地败下阵来了。"

陈阵发愁地说："现在更难办了，这条母狼又给咱俩出了难题，它让咱俩浪费了大半天时间，还浪费了三个'瓦斯弹'。这个洞在山的肚子里，比刚才那个洞还深，还复杂。"

杨克低头朝洞里看了半天，说："时间不多了，'瓦斯弹'也没了，好像真是没什么招了。我看还是先找找这个洞有没有别的出口，然后咱们再把所有洞口的出口全部堵死，明天咱们再多找些牧民一块儿来想办法，你也可以问问阿爸，他的主意最多最管用。"

陈阵有点不甘心，心一横，说："我有一招，可以试试。你看这个狼洞大，跟平山的地道差不多，平山的地道咱们能钻进去，这个狼洞怎么就不能钻进去呢？反正二郎正跟那条母狼死掐着呢，这洞里多半没有大狼。你用腰带拴住我的脚，慢慢把我顺下去，没准能够着小狼崽呢。就算够不着，我也得亲眼看一看狼洞的内部构造。"

杨克听了连连摇头说："你不要命啦，万一里面还有大狼呢。我已经让狼给涮怕了，你敢说这个洞就是那条母狼的洞？如果是别的狼洞呢？"

陈阵心中憋了两年多的愿望突然膨胀起来，压倒了心虚和胆怯。他咬牙说道："连蒙古小孩都敢钻狼洞，咱们不敢钻，这不是太丢人了吗？我非下去不可。你帮我一把，我拿着手电和铁钎子，要是真有大狼也能抵挡一阵子。"

杨克也来了劲："你要真想下，那就让我先下，你比我瘦，我比你有劲儿！"

陈阵说："这恰好是我的优势，狼洞里面窄，到时候准把你卡住。现在，别争了，谁胖谁留在洞外。"

陈阵脱掉皮袍，杨克勉强地把手电、铁钎和书包递给他，并用陈阵那条近两丈长的蒙袍腰带，让陈阵拴住自己的双脚。杨克又把自己的长腰带解下来，连接在陈阵的腰带上。

陈阵在入洞前说："不入狼穴，焉得狼崽！"杨克一再叮嘱："如果真遇上大狼，就大声喊、用力钩腿、拽腰带、发信号，我立即就会把你拉出来。"

陈阵打开电筒，匍匐在地，顺着向下近40度的斜洞往下爬滑。

洞里有一股浓烈的狼骚味，呛得他不敢大口呼吸。他一点一点地往下爬，洞壁还比较光滑，有些土石上挂着几缕灰黄色的狼毛。在洞道的地面上布满了小狼崽的脚爪印。陈阵很兴奋，心想也可能再爬几米就能摸到小狼崽了。他的身体已经完全进洞，杨克一点一点放腰带，并不住地大声问要不要出来。陈阵大声喊："放带放带！"然后用两肘代手前后挪动，几寸几寸地往下蹭。

大约离洞口两米多，狼洞开始缓缓拐弯，再往里爬了一会儿，洞外的光线已经照不到洞里了。陈阵把手电开关推到头，洞里的能见度全靠电筒光来维持。拐过弯去，洞的坡度突然开始平缓，但是洞道也突然变矮变窄，必须低头缩肩才能勉强往里挪。

陈阵一边爬一边观察洞道洞壁，这儿的洞壁比洞口处更光滑，更坚固。不像是狼爪子掏出来的，倒像是用钢钎凿出来的一样。他用肩膀蹭壁，也很少蹭下土石碎渣；用铁钎捅了捅洞顶，也没有多少土渣落下，这使他消除了对洞内塌方的担忧。他简直难以相信狼用它们的爪子在这么坚硬的山地里，能掏出如此深的洞来。洞的侧壁上的石头片已被磨掉棱角，光滑如卵石。根据这种磨损程度，这个狼洞肯定是个百年老洞，不知有多少大狼小狼，公狼母狼，曾在这个洞里进进出出。陈阵感到自己已完全进入狼的世界，狼气逼人。

陈阵爬着爬着，越来越感到恐惧。他鼻子下面就有几个被狼崽爪印踩过的大狼爪印，万一这洞里有大狼，靠这根铁钎能打得过吗？洞窄，狼牙可能不容易够得着人，但是狼的两条长长的前腿和前爪，却可以在这个窄洞里游刃有余，那他还不被狼撕烂？怎么就没想到狼爪呢，他全身的汗毛又竖了起来。

陈阵停了下来，犹豫着，只要用脚钩一钩腰带，杨克就可以迅速地把他拽出去。但他想到可能近在咫尺的八九只、十几只小狼崽，实在舍不得退出去，便下意识地咬紧了牙，没动腰带，硬着头皮继续往里蹭挪。洞壁已几乎把他的身体包裹起来，他觉得自己不像个猎人，倒很像个掘墓大盗。空气越来越稀薄，狼骚味越来越浓重，他真怕自己憋死在洞里。考古发掘经常发现盗墓者就是死在这样的窄洞里的。

一个更小的窄洞卡口终于挡在面前，这个卡口仅能通过一条匍匐行进的母狼，而恰恰能挡住一个成年人，显然，这是狼专门为它在草原上唯一的天敌设置的。陈阵想，狼也一定是在这个卡口，做好了堆土堵烟堵水的防备。这个卡口实际上是一个防御工事，陈阵确实是被防住了。

陈阵仍不甘心，就用铁钎凿壁，企图打通这个关口。但是狼选择此地做关卡绝对有它的道理，陈阵凿了几下就停了手。这个卡口的上下左右全是大石块、大裂缝，看上去既坚固又悬乎。陈阵呼吸困难，再无力气撬挖，即使有力气也不敢撬，如果凿塌方了，那他反倒成了狼的陷阱猎物了。

陈阵大口吸着狼骚气，毕竟那里面还有几丝残碎的氧分子。他泄了气，知道已不可能抓到小狼崽了。但他还不能马上撤离，还想看看卡口那边的构造，万一能看上一眼小狼崽呢。

陈阵把最后的一点力气全用到最后的一个愿望上。他把头和右手伸进卡口，然后伸长了胳膊，用手电照。眼前的情景使他彻底泄气：在卡口那边竟是一个缓缓向上的洞道，再往上就什么也看不见了。上面一定更干燥舒适，更适于母狼育崽，还可以预防老天或天敌往洞里灌水。尽管他对狼洞的复杂结构早有思想准备，眼前这一道有效实用的防御设施，仍使他惊叹不已。

陈阵侧头细听，洞里一点声音也没有，可能小狼崽全睡着了，也可能它们天生就有隐蔽自己的本能，听见陌生声音进洞，便一声不吭。要不是他已喘不过气来，陈阵真想在离洞前，给它们唱一首儿歌："小狼儿乖乖，把门儿开开……"可惜汉人的"人外公"还是抱不走蒙古"狼外婆"的小狼崽。陈阵终于憋得头晕眼花，他用了最后一点力气向上钩了钩后腿，杨克又着急又兴奋因而特别用力，竟然像拔河一样，把他快速地拔出了洞口。

陈阵灰头土脸，瘫坐在洞外大口大口地喘气，一边跟杨克说："没戏了，像是个魔鬼洞，怎么也到不了头。"

杨克失望地把皮袍披在陈阵的身上。

歇过气，两人又在方圆一两百米的范围内找了半个小时，只发现了大狼洞的另外一个出口，便就地撬出了几块估计狼弄不动的大石头，堵住副洞和主洞口，还用土把缝隙拍得严严实实。

临走前，陈阵还不解气，示威一般将铁锨插在大狼主洞的洞口，明确地告诉母狼：明天他们还要带更多的人和更厉害的法子来的。

天近黄昏，二郎还没有回来。那条母狼阴险狡猾，光靠二郎的骁勇凶猛可能还对付不了，两人都为二郎捏一把汗。陈阵和杨克只好带着黄黄回家。快到营盘时，天已漆黑，陈阵让杨克带上工具和黄黄先回家，给高建中报个平安，自己急忙拨转马头，朝毕利格老人的大蒙古包跑去。

草原狼的集体观念特强，特抱团，决不会让弟兄和家人吃亏。最后走的那条狼，一定是最有本事也最有劲的头狼。

8
蒙古老人的训词

老人抽着旱烟，不动声色地听完陈阵的讲述后，不客气地把他一顿好训。他最生气的是两个汉人学生用大爆竹炸狼窝，他还从来不知道用爆竹炸狼窝有这么大的威力和效果。老人捏着的银圆烟袋锅盖，在烟袋锅上抖出一连串的金属声响。

他抖着胡子对陈阵说："作孽啊，作孽啊……你们几炮就把母狼炸了出来。你们汉人比蒙古人点火熏烟厉害得多，母狼连刨土堵洞的工夫也没有了，蒙古狼最怕火药味。要是你们炸的是一个有狼崽的洞，那一窝狼崽就都会跑出洞，让你们抓住。这样杀狼崽，用不了多少时候，草原上的狼就通通没有啦。狼是要打的，可是不能这样打。这样打，腾格里（天）会发火的，草原就完啦。以后再不能用炮炸狼窝，万万不能告诉小马倌和别的人用炮炸洞，小马倌都会让你们带坏了……"

陈阵没有想到老人会发这么大的火，老人的话也使他感到炸狼窝掏狼崽的严重后果。此法一旦普及，狼洞内的防御设施再严密，也很难挡住大爆竹的巨响和火药呛味。

草原上一直没有节日点爆竹放焰火的风俗，烟花爆竹是盲流和知青带到草原的。草原上枪弹受到严格控制，但对爆竹还未设防，内地到草原沿途不查禁，很好带。如果爆竹大量流入草原，再加大药量，加上辣椒面、催泪粉，用于掏狼杀狼，那么称霸草原几万年的狼就难逃厄运了，草原狼从此以后真有可能被斩尽杀绝。

火药对于仍处在原始游牧阶段的草原，绝对具有划时代的杀伤力。狼是蒙古草原民族的图腾，这个民族的图腾如果被毁灭，那么民族的精神可能也就被扼杀。而且，蒙古民族赖以生存的草原也可能随之消亡……

陈阵也有些害怕了，擦了擦额头上的汗说："阿爸，您别生气，我向腾格里保证，以后一定不会再用炮来炸狼窝了，我们也保证不把这个法子教给别人。"陈阵特别作了两次保证。

在草原，信誉是蒙族牧民的立身之本，是大汗留下来的训令之一。"保证"这个词的分量极重，草原部落之间从来都相信保证。蒙古人有时在醉酒中许下某个诺言，事后失信，因而丢掉了好狗好马好刀好杆，甚至丢掉了自己的好朋友。

老人的脸部肌肉开始松弛，他望着陈阵说："我知道你打狼是为了护羊护马，可是护草原比护牛羊更重要。现在的小青年小马倌，成天赛着杀狼，不懂事理啊……收音机里尽捧那些打狼英雄。农区的人来管草原牧区，真是瞎管。再往后，草原上的人该遭罪了……"

嘎斯迈递给陈阵一碗羊肉面片，还特别把一小罐腌韭菜花放到他面前。她跪在炉子旁，又给老人添了一碗面片，对陈阵说："你阿爸的话现在不大有人听了，让别人不打狼，可他自个儿也不少打狼，谁还信你阿爸的话？"

老人无奈地苦笑着，接过儿媳的话问陈阵："那你信不信阿爸的话？"

陈阵说："我信，我真的信。没有狼，草原容易被破坏。在很远很远的东南边大海边上，有一个国家叫澳大利亚。那儿有很大的草原，那儿原来没有狼也没有兔子，后来有人把兔子带到这个国家，一些兔子逃到草原。因为没有草原狼，兔子越生越多，把草原挖得坑坑洼洼到处都是洞，还把牧草吃掉一大半，给澳大利亚的牧业造成巨大损失。澳大利亚政府急得什么法子都用上了，都不管用。后来又做了大批铁丝格子网，铺在草原上，草能长出来，可兔子就钻不出来了。他们想把兔子全饿死在地底下。但是，这个法子还是失败了，草原太大，政府拿不出那么多的铁丝来。我原来以为内蒙草原草这么好，兔子一定很多，可是到了额仑草原以后，才发现这儿的兔子不太多，我想这肯定是狼的功劳。我放羊的时候，好多次见到狼抓兔子，两条狼抓兔子更是一抓一个准。"

老人听得入迷了，他目光渐渐柔和，不停地念叨："澳大亚利，澳大亚利，澳大利亚。"然后说："明天，你把地图给我带来，我要看看澳大利亚。往后谁要是再说把狼杀光，我就跟他说说澳大利亚。兔子毁草场可不得了，兔子一年可以下好几窝兔崽，一窝兔崽比一窝狼崽还多哪。到冬天，旱獭和老鼠都封洞不出来了。可兔子还出来找食吃，兔子是狼的过冬粮，狼吃兔子就能少吃不少羊。可就是这么杀，兔子还是杀不完。要是没有狼，在草原上走上三步就得踩着一个兔子洞了。"

陈阵赶紧说："我明天就给您送地图。我有很大的世界地图，让您看个够。"

老人想了想，又说："在蒙古草原，草和草原是大命，剩下的都是小命，小命要靠大命才能活命，连狼和人都是小命。吃草的东西，要比吃肉的东西更可恶。草虽是大命，可草的命最薄最苦，根这么浅，土这么薄，长在地上，跑，跑不了半尺；挪，挪不了三寸；谁都可以踩它、吃它、啃它、糟践它。一泡马尿就可以烧死一大片草。草要是长在沙里和石头缝里，可怜得连花都开不开、草籽都打不出来啊。在草原上，要说可怜，就数草最可怜。蒙古人最可怜最心疼的就是草和草原。兔子杀起草来，比打草机还厉害，把草原的大命杀死了，草原上的小命全都没命！狼吃的可都是祸害草场的活物啊。"

陈阵听得入神，但心里仍在想着掏狼崽的事情。

"好啦，你累了几天了，早点回去休息吧。"老人看陈阵还不想走，又说，"你是不是想问你老阿爸怎么把那窝狼崽掏出来？"

陈阵犹豫了一下，还是点了点头，说："这是我第一次掏狼崽，阿爸，您怎么也得让我成功一次啊。"

老人说："教你可以，可往后不要多掏了。"

"那一定。"陈阵又作了一次保证。

老人喝了一口奶茶，诡秘地一笑："你要是不问阿爸，你就别想再抓到那窝小狼崽了。我看，你最好饶了那条母狼吧，做事别做绝。"

陈阵着急地追问："我怎么就抓不到那些小狼崽了呢？"

老人收了笑容说："那个狼洞让你们炸了，后来那个洞又让你们钻过，洞里有了人味，洞口还让你们给堵了。母狼今晚准保搬家，它会刨开别的洞口钻进去，把小狼崽叼出洞，再到别处挖一个临时的洞，把狼崽藏起来。过几天它还会搬家，一直搬到人再也找不到的地方。"

陈阵的心狂跳起来，他忙问："这个临时的洞好找吗？"

老人说:"人找不着,狗能找着。你的黄狗,还有两条黑狗都成。看来,你真是铁了心要跟这条母狼干到底了?"

陈阵说:"阿爸,要不明天您老还是带我们去吧,杨克说他已经让狼给骗怕了。"

老人笑道:"我明儿还要去北边遛套①。昨儿夜里我下的夹子夹了一条大狼,我没动它,估摸今儿夜里还有狼上夹。北边的狼群饿了,又回来了。这两天你要睡足觉,准备打围。这事儿最好等打过围再说吧。"

陈阵一时急得脸都白了。老人看看陈阵,口气松了下来:"要不,你们俩明儿先去看看,狼洞味重,带着狗多转几圈,准能找着。新洞都不深,要是母狼把狼崽叼进另外一个大狼洞,那就不好挖了。掏狼崽还得靠运气。要是掏不着我再去。我去了,才敢让巴雅钻狼洞。"

小巴雅尔十分老练地说:"你刚才说的那个洞卡子,我准能钻过去。钻狼洞非得快才成,要不就憋死啦。今天你要是带我去,我肯定把狼崽全掏出来了。"

回到蒙古包,杨克还在等他。陈阵将毕利格的判断和主意给他讲了两遍,杨克仍是一副很不放心的样子。

半夜,陈阵被一阵凶猛的狗叫声惊醒,竟然是二郎回来了,看来它没被狼群围住。陈阵听到它仍在包外健步奔跑,忙着看家护圈,真想起来去给它喂食和包扎伤口,但是他已经困得翻不了身。二郎叫声一停,他又睡死过去。

---

①遛套:猎人在猎物经常出没的地方设置圈套,猎人要经常去查看是否有猎物被套住。

9
一锹挖出了小·狼崽

早上陈阵醒来时，发现杨克、高建中、道尔基正在炉旁喝茶吃肉，商量掏狼崽的事。道尔基是三组的牛倌，二十四五岁，精明老成，初中毕业后回家放牧，还兼着队会计，是牧业队出了名的猎手。他的父亲来自靠近东北的半农半牧区，在牧场组建不久带全家迁来落户，是大队里少数几家东北蒙古族外来户中的一家。

在额仑草原，东北蒙古族和本地蒙古族的风俗习惯仍有很大的差异，很少相互通婚。半农区的东北蒙古族都会讲一口流利的东北口音的汉话，他们是北京学生最早的蒙古语翻译和教师。但毕利格等老牧民几乎不与他们来往，知青也不想介入他们之间的矛盾。

杨克一大早就把道尔基请来，肯定是担心再次上当或遇险，想让道尔基来当顾问兼保镖。道尔基是个不见兔子不撒鹰的猎手，他能来，掏到狼崽就多了几分把握。

陈阵急忙起身穿衣招呼道尔基。道尔基冲陈阵笑了笑说："你小子敢钻进狼洞去掏狼？往后可得留神了，母狼闻出了你的味，你走到哪儿，母狼就会跟到哪儿。"

陈阵吓了一跳，绒衣都穿乱了套，忙说："那咱们真得把那条母狼杀了，要不我还活不活了？"

道尔基大笑："我吓唬你呢！狼怕人，它就是闻出了你的味儿也不敢碰你。要是狼有那么大的本事，我早就让狼吃了。我十三四岁的时候也钻过狼洞，掏着过狼崽，我现在不是还活得好好的？"

陈阵松了一口气，问道："你可是咱们大队的打狼模范，你这些年一共打死了多少条狼？"

"不算狼崽，一共有七八十条吧。要算小狼崽，还得加上六七窝。"

"六七窝至少也得有五六十条吧？那你打死的狼快有一百三四十条了，狼没有报复过你？"

"怎么没报复？十年了，我家的狗让狼咬死七八条，羊就更多，数不清了。"

"你打死这么多狼，狼要是杀没了，蒙古人死后，还怎么天葬啊？"

"我们从农区来的蒙古族，跟你们汉人差不多，人死了不喂狼，打口棺材土葬。这儿的蒙古族……太落后。"

陈阵沉下脸说："额仑的牧民敬狼拜狼，人死了喂狼，让狼把人的灵魂带到腾格里去，是这儿的风俗；在西藏，人死了还喂鹰呢。要是你把这儿的狼打光了，额仑的人不恨你吗？"

道尔基满不在乎地说："草原的狼太多了，哪能打得完？政府都号召牧民打狼，说打一条狼保百只羊，掏十窝狼崽保十群羊。我打的狼还不算多。白音高毕公社有个打狼英雄，他前年一个春天就掏了五窝狼崽，跟我十年掏的差不离。白音高毕的外来户多，东北蒙古族多，打狼的人也多，所以他们那儿的狼就少。"

陈阵问："他们那儿的牧业生产搞得怎么样？"

道尔基回答说："不咋样，比咱们牧场差远了。他们那儿的草场不好，兔子和老鼠太多。"

陈阵穿好皮袍，急忙出门去看二郎，它正在圈旁吃一只已被剥了羔皮的死羊羔。春天隔三差五总有一些伤病冻饿死的羊羔，是很好的狗食，草原上的狗们只吃剥了皮的死羔，从来不碰活羔。可是陈阵发现二郎一边啃着死羔，一边却忍不住去看圈里活蹦乱跳的活羔。

陈阵喊了它一声，它不抬头，趴在地上啃吃，只是轻轻摇了一下尾巴。而黄黄和伊勒早就冲过来，把爪子搭在陈阵的肩膀上了。

杨克已经给二郎的伤口扎上了绷带，但它好像很讨厌绷带，老想把它咬下来，还用自己的舌头舔伤口。看它的那个精神头，还可以再带它上山。

喝过早茶，吃过手把肉，陈阵又去请邻居官布替他们放羊。高建中看陈阵和杨克好像就要掏着狼崽了，他也想过一把掏狼崽的瘾，便也去请管布的儿子替他放一天牛。在额仑草原，掏到一窝狼崽，是一件很荣耀的事情。

一行四人，带了工具武器和一整天的食物还有两条狗，向黑石山方向跑去。这年的春季寒流，来势如雪崩，去时如抽丝。四五天过去，阳光还是攻不破厚厚的云层，阴暗的草原也使牧民的脸上渐渐褪去了紫色，变得红润起来。而雪下的草芽却慢慢变黄，像被子里捂出来的韭黄一样，一点叶绿素也没有，连羊都不爱吃。

道尔基看了看破絮似的云层，满脸喜色地说："天冻了这老些天，狼肚里没食了。昨儿夜里营盘的狗都叫得厉害，大狼群八成已经过来了。过两天，队里就该组织打围了。"

四人顺着前一天两人留下的马蹄印，急行了两个多小时，来到荆棘丛生的山沟。狼洞口中间的那把铁锹还戳在那里，洞口平台上有几个大狼的新鲜爪印，但是洞口封土和封石一点也没有动，看来母狼到洞口看到铁锹就吓跑了。

两条狗一到洞边立即紧张兴奋起来，低头到处闻到处找。二郎更是焦躁，眼里充满了报复的欲火。陈阵伸长手，指了指附近山坡，喊了两声："啾，啾。"两条狗立刻兵分两路，各自嗅着狼足印搜索去了。

四人又走到狼洞的另一个出口，洞口旁边也有新鲜的狼爪印，堵洞的土石也是原封不动。道尔基让他们三人再分头去找其他的出口，四人还没转上两圈，就听到北边坡后传来二郎和黄黄的吼叫声。四人再也顾不上找洞了，陈阵连忙拔出铁锹，一起朝北坡跑去。

一过坡顶，四人就看到两条狗在坡下的平地上狂叫，二郎一边叫一边刨土，黄黄也撅着屁股帮二郎刨土，刨得碎土四溅。

道尔基大叫："找着狼崽了！"四人兴奋得不顾乱石绊蹄，从坡顶一路冲到两条狗的跟前。四人滚鞍下马，两条狗见主人来了也不让开身，仍然拼命刨土，二郎还不时把大嘴伸进洞里，恨不得把里面的东西叼出来。陈阵走到二郎旁边，抱住它的后身，把它从洞口拔出。

但是眼前的场景使他差点泄了气：平平的地面上，只有一个直径30厘米左右的小洞，和他以前见到的大狼洞差得太远了。洞口也没有平台，只有一长溜碎土，松松散散地盖在残雪上，两条狗已经将这堆土踩得稀烂。

高建中一看就撇嘴说："这哪是狼洞啊，顶多是个兔子洞，要不就是獭子洞。"

道尔基不慌不忙地说："你看，这个洞是新洞，土全是刚挖出来的，准是母狼把小狼搬到这个洞来了。"

陈阵表示怀疑："狼的新洞也不会这么小吧，大狼怎么钻得进去？"

道尔基说："这是临时用的洞，母狼身子细，能钻进去。它先把狼崽放一放，过几天它还会在别的地方给小狼崽挖一个大洞的。"

杨克挥着铁锹说："管他是狼还是兔子，今天只要抓着一个活物，咱们就算没白来。你们躲开点，我来挖。"

道尔基马上拦住他说："让我先看看这个洞有多深，有没有东西。"说完就拿起套马杆掉了一个头，用杆子的粗头往洞里慢慢捅，捅进一米多，道尔基就乐了，抬头冲陈阵说："嗨，有东西，软软的，你来试试。"

陈阵接过杆子也慢慢捅，果然手上感到套马杆捅到了软软的有弹性的东西。陈阵乐得合不上嘴："有东西，有东西，要是狼崽就好了。"

杨克和高建中也接着试，异口同声说里面肯定有活物。但是谁也不敢相信那活物就是小狼崽。

道尔基把杆子轻轻地捅到头，在洞口握住了杆子，然后把杆子慢慢抽出来，放在地上，顺着洞道的方向，量出了准确的位置，然后站起身，用脚尖在量好的地方点了一下，肯定地说："就在这儿挖，小心点儿，别伤了狼崽。"

陈阵抢过杨克手中的铁锹，问："能有多深？"

道尔基用两只手比了一下说："一两尺吧。一窝狼崽的热气能把冻土化软了，可别太使劲儿。"

陈阵用铁锹清了清残雪，又把铁锹戳到地上，一脚轻轻踩下，缓缓加力，地面上的土突然哗啦一下塌陷下去。两条狗不约而同冲向塌方口，狂吼猛叫。陈阵感到热血冲头，一阵阵地发懵。他觉得这比一锹挖出一个西汉王墓更让人激动，更有成就感。碎石沙砾中，一窝长着灰色茸毛和黑色狼毫的小狼崽，忽然显露出来。

"狼崽！狼崽！"三个北京知青停了几秒钟以后，都狂喊了起来。随后，陈阵和杨克都傻呆呆地愣在那里，几天几夜的恐惧紧张危险劳累的工程，原以为最后一战定是一场苦战恶战血战，或是一场长时间的疲劳消耗战，可万万没有想到，最后一战竟然是一锹解决问题。

两人简直不敢相信眼前的这堆小动物就是小狼崽。那些神出鬼没、精通兵法诡道、称霸草原的蒙古狼，竟然让这几个北京学生端了窝。这一结局让他们欣喜若狂。

杨克说："我怎么觉着像在做梦，这窝狼崽真把咱们给蒙着了。"

高建中坏笑道："没想到你们两个北京瞎猫，居然碰到了蒙古活狼崽。我攒了几天的武艺功夫全白瞎了，今天我本打算大打出手的呢。"

陈阵蹲下身子，把盖在狼崽身上的一些土块碎石小心地捡出来，仔细数了数这窝狼崽，一共七条。小狼崽比巴掌稍大一点，黑黑的小脑袋一个紧挨着一个，七只小狼崽缩成一团，一动不动。但每只狼崽都睁着眼睛，眼珠上还蒙着一层薄薄的灰膜，蓝汪汪的，充满水分，瞳孔处已见黑色。陈阵在心里默默地对狼崽说："我找了你们多久呵，你们终于出现了。"

道尔基说："这窝小狼生出来有二十来天，眼睛快睁开了。"

陈阵问："狼崽是不是睡着了，怎么一动也不动？"

道尔基说："狼这东西从小就鬼精鬼精的，刚才又是狗叫又是人喊，狼崽早就吓醒了。它们一动不动是在装死，不信你抓一只看看。"

陈阵生平第一次用手抓活狼，有点犹豫，不敢直接抓狼崽的身子，只用拇指和食指，小心地捏住一只狼崽的圆直的耳朵，把它从坑里拎出来。小狼崽还是一动不动，四条小腿乖乖地垂着，没有一点张

牙舞爪拼命反抗的举动。它一点也不像狼崽，倒像是一只死猫崽。

小狼崽被拎到三人的面前。陈阵看惯了小狗崽，这么近地看小狼崽，立即真切地感到了野狼与家狗的区别。小狗崽生下来皮毛就长得整齐光滑，给人的第一印象就非常可爱。

而小狼崽则完全不同，它是个野物，虽然贴身长着细密柔软干松的烟灰色绒毛，但是在绒毛里又稀疏地冒出一些又长又硬又黑的狼毫，绒短毫长，参差不齐，一身野气，像一个大毛栗子，拿着也扎手。狼崽的脑袋又黑又亮，像是被沥青浇过一样。它的眼睛还没完全睁开，可是它细细的狼牙却已长出，龇出唇外，露出凶相。

从土里挖出来的狼崽，全身上下散发着土腥味和狼骚气，与干净可爱的小狗崽简直无法相比。但在陈阵看来，它却是蒙古草原上最高贵最珍稀的小生命。

陈阵一直拎着小狼崽不放，狼崽仍在装死，没有丝毫反抗，没有一点声音。可是他摸摸狼崽的前胸，里面的心脏却怦怦急跳，快得吓人。

道尔基说："你把它放到地上看看。"陈阵刚把小狼崽放到地上，小狼崽突然就活了过来，拼命地往人少狗少的地方爬，那速度快得像上紧了发条的玩具汽车。黄黄三步两步就追上了它，刚要下口，被三人大声喝住。

陈阵急忙跑过去把小狼崽抓住，装进帆布书包里。黄黄非常不满地用眼瞪着陈阵，看样子它很想亲口咬死几只狼崽，才能解它心头之恨。陈阵发现二郎却冲着小狼崽发愣，还轻轻地摇尾巴。

陈阵打开书包，三个知青立刻兴奋得像是三个顽童，到京城郊外掏了一窝鸟蛋，几个人你一只我一只，抢着拎小狼崽的耳

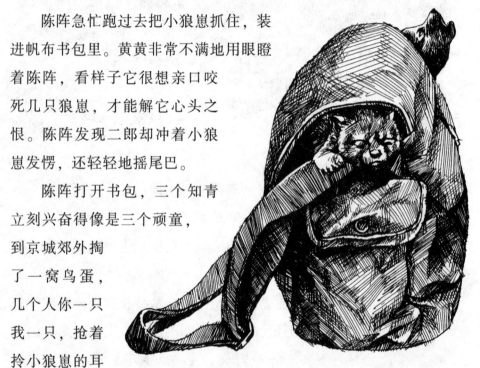

朵，一眨眼的工夫，就把洞里的小狼崽全部拎到帆布包里。

陈阵把书包扣好，挂在马鞍上，准备回撤。道尔基看了看四周说：母狼一定就在不远的地方，咱们往回走，要绕个大圈，要不母狼会跟到营盘去的。三人好像突然意识到危险，这才想起书包里装的不是鸟蛋，而是让汉人闻之色变的狼！

10
一定要养活这条小·狼

陈阵一行匆匆跨上马，跟着道尔基向西穿苇地，再向南绕碱滩，专走难留马蹄足迹的地方往家急行。一路上，三个北京学生都有些紧张，不仅没有胜利的感觉，相反还有做贼于豪门的心虚，生怕事后发了疯的失主率兵追踪，跟他们玩命。

但陈阵想到了被母狼叼走的羊羔，心里稍稍感到一点平衡，他这个羊倌总算替被杀的羊羔报了仇。掏一窝狼就等于保一群羊，如果他们没有掏到这七只狼崽，那么它们和它们的后代，日后还不知道要祸害多少牲畜。

掏狼窝绝对是蒙古草原人与草原狼进行生存战争的有效战法。掏一窝狼崽，就等于消灭一小群狼，掏到这七只狼崽虽然很难，但还是要比打七条大狼容易了许多。可是为什么蒙古人早已发明了这一快捷有效的灭狼战法，却仍然没有减缓狼灾呢？陈阵向道尔基提出了这个疑问。

道尔基说："狼太精了，它下狼崽会挑时候。都说狼和狗一万年前是一家，实际上狼比狗不知要贼多少倍。狗每年在春节刚过的时候就下崽，可狼下崽，偏偏挑在开春，那时雪刚刚化完，羊群开始下羔了。春天接羔，是蒙古人一年最忙最累最打紧的时候，一群羊分成了下羔羊群和带羔羊群，全部劳力都上了羊群。人累得连饭都不想吃，哪还有力气去掏狼。等接完羔，人闲下来了，可狼崽已经长大，不住在狼洞里了。狼平时不住狼洞，只有在母狼下崽的时候才用狼洞。小狼差不多一满月就睁开眼，就能跟狼妈到处乱跑。这时候再去掏狼，狼洞早就空了。要是狼在夏天秋天冬天下崽，那时候人们有闲工夫，大家都去掏狼崽，那狼早就让人给打完了。狼在开春下崽还有个好处，母狼可以偷羊羔喂狼崽。嫩羔肉可是狼崽的好食，只要有羊羔肉，母狼就不怕奶不够，就是下了十几只狼崽也能养活……"

杨克一拍马鞍说道："狼啊，狼，我真服了你了，下崽还要挑时候。可不嘛，春天接羔太累，我跟着那些下羔的羊群，天天背着运羔的大毡袋，一次装四五只，一天来回跑十几趟，人都累趴蛋了。要不是咱们第一次掏狼，图个新鲜，谁能费这么大牛劲！以后我可再也不去掏狼窝了，今儿我回去就得睡觉。"

杨克连连打哈欠。陈阵也突然感到困得不行，也想回包倒头就睡。但是狼的话题又使他舍不得丢掉，他强打起精神问下去："那，这儿的老牧民为什么都不太愿意掏狼崽？"

道尔基说："本地的牧民都信喇嘛，从前差不多家家都得出一个人去当喇嘛。喇嘛行善，不让乱杀生，多杀狼崽也会损寿。我不信喇嘛，不怕折寿。我们东北蒙族学会种地以后，就快跟你们汉人一样了，也相信入土为安。"

离被掏的狼洞越来越远，但陈阵总感到背后有一种像幽灵一样的阴风跟随着他，弄得他一路上心神不宁，隐隐感觉到灵魂深处传来的恐惧和不安。在大都市长大、以前与狼毫无关系的他，竟然决定了七条蒙古狼的命运。这窝狼崽的妈，太凶猛狡猾了，这窝狼崽没准就是那条狼王的后代，或者是一窝蒙古草原狼的优良纯种。如果不是他锲而不舍，这七条狼崽肯定能够躲过这一劫，健康长大，日后成为叱咤草原的勇士。

　　然而，由于他们的到来，狼崽的命运彻底改变了，他从此与整个草原狼群结下了不解之缘，也因此结下了不解之仇。整个额仑草原的狼家族，会在那条聪慧顽强的母狼的带领下，在草原深夜的黑暗里，来向他追魂索债，并不断来咬噬他的灵魂。陈阵开始意识到自己可能

犯了一个大错。

回到蒙古包，已是午后。陈阵把装狼崽的书包挂在蒙古包的哈那①墙上。四人围坐炉旁，加火热茶，吃烤肉，一边讨论怎样处理这七只小狼崽。道尔基说："处理狼崽还用得着讨论吗？喝完茶你们来看我的，两分钟也用不了。"

陈阵知道自己马上就要面临那个最棘手问题——养狼。在他一开始产生养狼崽的念头时，就预知这个举动将会遭到几乎所有牧民、干部和知青的反对。无论从政治、宗教、民族关系上来看，还是从心理、生产和安全上来看，养狼绝对是一件别有用心的大坏事。文革②初期，在北京的动物园，管理员仅仅只是将一只缺奶的小老虎和一条把它喂大的母狗养在一个笼子里，就成了重大的政治问题，说这是宣扬反动的阶级调和论，管理员因此被审查批斗。那么，他现在要把吃羊的狼养在羊群牛群狗群旁边，这不是公然认敌为友，敌我不分吗？

在草原，狼既是牧民的仇敌，又是牧民尤其是老牧民心目中敬畏的神灵和图腾，是他们灵魂升天的载体。神灵或图腾只能顶礼膜拜，哪能像家狗家奴似的被人豢养呢？

养虎为患，养狼为祸；真把小狼养起来，毕利格阿爸会不会再也不认他这个汉人儿子了？

可是，陈阵没有丝毫要亵渎神灵、亵渎蒙古民族宗教情感的动

①哈那：蒙古包是用特制的木架作围栏支撑起来的，这些特制的木架叫哈那。蒙古包以哈那的多少来区分大小，通常分为4个哈那、8个哈那、10个哈那和12个哈那。
②文革：即文化大革命（1966—1976）。

机，相反，正因为他对蒙古民族狼图腾的尊重，对深奥玄妙的狼课题的痴迷，他才一天比一天更迫切地想养一条小狼。

狼的行踪如此神出鬼没，如果他不亲手养一条实实在在、看得见摸得着的活狼，他对狼的认识只能停留在虚无玄妙的民间故事或一般人的普通认识水平甚至是汉人仇恨狼的民族偏见之上。

从他们这一批知青在1967年最早离开北京之后，大批的内地人、内地的枪支弹药就不断拥入蒙古草原。草原上的狼正在减少，再过若干年，人们就可能再也找不到一窝七只狼崽的狼洞了。既然这次自己亲手抓住了狼崽，就一定要养一条狼。但是，为了不伤害牧民尤其是老牧民的情感，陈阵还得找一些能让牧民勉强接受的理由。

在掏狼前，他苦思多日，终于找到了一个看似合理的理由：养狼是科学实验，是为了配狼狗。

狼狗在额仑草原上极负盛名。原因是边防站的边防军有五六条军犬狼狗，高大威猛，奔速极快，猎狼猎狐总是快、准、狠，十拿九稳。一次赵站长骑着马，带着两个战士、两条狼狗，到牧业队检查民兵工作，一路上，两条狼狗一口气抓了四条大狐狸，几乎看到一条就能抓到一条。一路检查工作，一路剥狐狸皮，把全队的猎手都看呆了。后来牧民都想弄条狼狗来养，但是在当时，狼狗是稀缺的军事物资，军民关系再好，牧民也要不来一条狼狗崽。

陈阵想，狼狗不就是公狼和母狗杂交出来的后代吗？如果养大一条公狼，再与母狗交配，就能得到狼狗崽了，然后把狼狗崽送给牧民，不就能争取到养狼的可能性了吗？而且，蒙古草原狼是世界上最优秀的狼，如果试验成功，就可能培养出比德国和苏联军犬的品质更优秀的狼狗来。这样，也许还能为蒙古草原发展出一项崭新的畜牧事业来呢。

陈阵放下茶碗对道尔基说:"你可以把六条小狼崽处理掉,给我留一条最壮的公狼崽。我想养狼。"

道尔基一愣,然后像看狼一样地看着陈阵,足足有十秒钟,才说:"你想养狼?"

陈阵说:"我就是想养狼,等狼长大了,让它跟母狗配对,没准能配出比边防站的狼狗还要好的狼狗来呢。到时候,小狼狗一生出来,准保牧民家家都来要。"

道尔基眼珠一转,突然转出猎犬看到猎物的光芒。他急急地喘着气说:"这个主意可真不赖,没准能成。要是咱们有了狼狗,那打狐狸打狼就太容易了。说不定,将来咱们光卖狼狗崽,就能发大财。"

陈阵说:"我怕队里不让养。"

道尔基摇头说:"养狼是为了打狼,保护集体财产,谁要是反对咱们养狼,往后下了狼狗崽子,就甭想跟咱们要了。"

杨克笑道:"噢,你也想养狼了?"

道尔基坚决地说:"只要你们养,我也养一条。"

陈阵击掌说:"这太好了,两家一起养,成功的把握就更大了!"

陈阵想了想又说:"不过,我有点儿吃不准,等小狼长大了,公狼会跟母狗配对吗?"

道尔基说:"这倒不难,我有一个好法子。三年前,我弄来一条特别好的母狗种,我想用我家的一条最快最猛的公狗跟它配对。可是我家有十条狗,八条是公狗,好狗赖狗都有,要是这条母狗先让赖狗配上了,这不白瞎了吗?后来,我想出了一个法子,到该配种的时候,我找了一个挖了半截的大干井筒子,有蒙古包那么大,两人多深。我把那条好公狗和母狗放进去,再放进去一只死羊,隔几天给它们添食添水。过了二十天,我再把两条狗弄上来,嘿,母狗还真怀上了。不到开春，母狗就下了一窝好狗崽，一共八只，我摔死四条母的，留下四条公的，全养着。现在我家的十几条狗，就数这四条狗最大最壮最厉害。一年下来，我家打的狼和狐狸，多一半是这四条狗的功劳。要是咱们用这个法子，也一定能得到狼狗崽，你可记住了，打小就得把狼崽和母狗崽放在一块儿堆养。"

陈阵和杨克连声叫好。

在草原，狼既是牧民的仇敌，又是牧民尤其是老牧民心目中敬畏的神灵和图腾，是他们灵魂升天的载体。神灵或图腾只能顶礼膜拜，哪能像家狗家奴似的被人豢养呢？

11

七条小·狼崽的命运

　　帆布书包动了动，小狼崽们可能被压麻了，也可能是饿了，它们终于不再装死，开始挣扎，想从书包的缝隙钻出来。

　　这可是陈阵所尊重敬佩的七条高贵的小生命啊，但其中的五条即将被处死。陈阵的心一下子沉重起来。他眼前立即晃过北京动物园大门旁的那面浮雕墙，假如能把这五条狼崽送到那里就好了，这是草原腹地最纯种的蒙古狼呵。此刻，他深感人心贪婪和虚荣的可怕。他掏狼本是为了养狼，而养狼只要抱回来一只公狼崽就行了，即使在这七只里，挑一只最大最壮的也不算太过分。

　　但他为什么竟然把一窝狼崽全端回来了呢？真不该让道尔基和高建中两人跟他一块儿去。但如果他俩不去，他会不会只抱一只小狼崽就回来呢？不会的。掏一窝狼崽意味着胜利、勇敢、利益、荣誉和人们的刮目相看，相比之下，这七条小生命，就是沙粒一样轻的砝码了。

　　此刻，陈阵的心一阵阵地疼痛。他发现自己实际上早已非常喜欢这些小狼崽了。他想狼崽想了一年多，都快想疯了，他真想把它们全留下来。但这是根本不可能的，七条小狼，他得弄多少食物才能把它们喂大呀？

他忽然闪过一个念头：是不是再骑马把其他的五只狼崽送回狼洞去？可是，除了杨克，没人会跟他去的，他自己一个人也不敢去，来回四个多小时，人力和马力都吃不消。那条母狼此刻一定在破洞旁哭天抢地，怒吼疯嚎。现在送回去，不是去找死吗？

陈阵拎着书包，步履缓慢地出了门。他说："还是过几天再处理吧，我想再好好地看看它们。"

道尔基说："你拿什么来喂它们？天这么冷，狼崽一天不吃奶，全得饿死。"

陈阵说："我挤牛奶喂它们。"

高建中沉下脸说："那可不行！那是我养的牛，奶是给人喝的，狼吃牛，你用牛奶喂狼，天下哪有这等道理？以后大队该不让我放牛了。"

杨克打圆场说："还是让道尔基处理吧，嘎斯迈正为小组完不成掏狼崽的任务发愁呢，咱们要是能交出五张狼崽皮，就能蒙混过去了，也能偷偷地养狼崽了。要不，全队的人都来看这窝活狼崽，你就连一只也养不成了。快让道尔基下手吧，反正我下不了手，你更下不了手，再请道尔基来一趟也不容易。"

陈阵眼睛酸了酸，长叹一声："只能这样了……"

陈阵返身进了包，拖出干牛粪箱，倒空干粪，将书包里的狼崽全放进木箱里。小狼崽四处乱爬，可爬到箱角又停下来装死，小小的生命还想为躲避厄运做最后的挣扎。每只狼崽都在发抖，细长硬挺的黑狼毫颤抖得像过了电一样。

道尔基用手指像拨拉兔崽一样地拨拉狼崽，抬起头对陈阵说："四

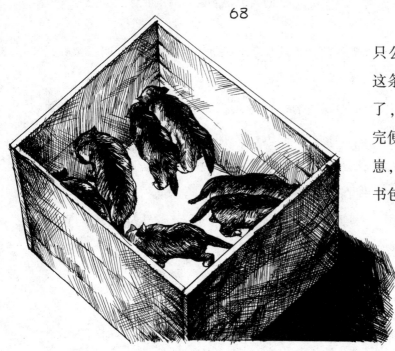

只公的，三只母的。这条最大最壮的归你了，这条归我！"说完便去抓其他五只狼崽，一只一只地装进书包。

道尔基拎着书包，走向蒙古包前的空地，从书包里掏出一只，看了看它的小肚皮说："这是只母的，让它先去见腾格里吧！"说完，向后抬手，又屈了一下右腿，向前抡圆了胳膊，把胖乎乎的小狼崽用力扔向腾格里，像草原牧民每年春节以后处理过剩的小狗崽一样——抛上天的是它们的灵魂，落下地的是它们的躯壳。陈阵和杨克多次见过这种古老的仪式，但是，他俩还是第一次亲眼看见牧民以此方式来处理自己掏来的狼崽。陈阵和杨克脸色灰白，像蒙古包旁的脏雪一样。

被抛上天的小狼崽，似乎不愿意这么早就去见腾格里。一直装死求生、一动不动的母狼崽刚刚被抛上了天，就本能地知道自己要到哪里去了，它立即拼出所有的力气，张开四条嫩嫩的小腿小爪，在空中乱舞乱抓，似乎想抓到它妈妈的身体或是爸爸的脖颈，哪怕是一根救命狼毫也行。

陈阵好像看到母狼崽灰蓝的眼膜，被剧烈的恐惧猛地撑破，露出充血的黑眼红珠。可怜的小狼崽，竟然在空中提前睁开了眼，但是它仍然未能见到蓝色明亮的腾格里，蓝天被乌云所挡，被小狼眼中的血水所遮。小狼崽张了张嘴，从半空抛物线弧度的顶端往下落，下面就是营盘前的无雪硬地。

狼崽像一条乳瓜一样，噗的一声摔砸在地上，稚嫩的身体来不及挣扎一下就不动了。口中鼻中眼中流出稀稀的粉红色的血，像是还带着奶色。陈阵的心像是从嗓子眼又摔回到胸腔，疼得似乎没有知觉。

三条狗几步冲到狼崽跟前，道尔基大吼一声，又跨了几大步挡住了狗，他生怕狼崽珍贵的皮被狗咬破。那一刻陈阵意外地发现，二郎冲过去，是朝着两位伙伴在吼，显然是为了拦住黄黄和伊勒咬狼崽。颇具大将风度的二郎，没有鞭尸的恶习，甚至还好像有些喜欢狼崽。

道尔基又从书包里掏出一只狼崽，这只狼崽好像已经嗅到了它姐妹的乳血气味，刚被道尔基握到手里就不再装死，而是拼命挣扎，小小的嫩爪将道尔基的手背抓了一道又一道的白痕。他刚想抛，突然又停下对陈阵说："来，你也开开杀戒吧，亲手杀条狼，练练胆子。草原上哪个羊倌没杀过狼？"

陈阵退后一步说："还是你来吧。"

道尔基笑道："你们汉人胆子忒小，那么恨狼，可连条狼崽都不敢杀，那还能打仗吗？怪不得你们汉人费那老劲，修了个一万里的城墙。看我的……"话音刚落，狼崽被抛上了天。一只还未落地，另一只又飞上了天。道尔基越杀越兴奋，一边还念念有词："上腾格里吧，上那儿去享福吧！"

五条可怜的小狼崽从半空中飞过，五具血淋淋的躯壳全都落了地。陈阵觉得自己的胆气非但没被激发出来，反倒被吓回去一大半。他默默地把五只死崽全都收到簸箕里，然后久久仰望云天，希望腾格里能收下它们的灵魂。

道尔基似乎很过瘾，他弯腰在自己的卷头蒙古靴上擦了擦手说："一天能杀五条狼的机会不多。人比狼差远了，一条恶狼逮着一次机会，一次就可以杀一二百只羊，我杀五只狼崽算个啥。天不早了，我该回去圈牛了。"说完就想去拿自己的那条狼崽。

陈阵说："你先别走，帮我们把这些狼崽皮剥了吧。"

道尔基说："这好办，帮人帮到底，一会儿就完事。"

二郎仍站在簸箕旁边死死护着死狼崽，冲着道尔基猛吼两声，并收低重心准备扑击。陈阵急忙抱住二郎的脖子。

道尔基一边像剥羔皮似的剥着狼崽皮，一边说："狼崽皮太小，不用剥狼皮筒子。"

不一会儿，五张狼崽皮都剥了出来，他把皮子摊在蒙古包的圆坡顶上，撑平绷直。又说："这皮子都是上等货，要是有 40 张，就可以做一件狼崽小皮袄，又轻巧又暖和又好看，花多少钱也买不来。"

道尔基抓了些残雪洗手，又走到牛车旁拿了把铁锹说："你们几个真是啥也不会，我还是帮你们都做了吧。狗从不吃狼崽肉，这会儿得快把死狼崽埋了，还得埋深一点。要不让母狼闻见了，那你们的羊群牛群就该遭殃了。"

几个人走到蒙古包西边几十米的地方，挖了个近一米深的坑，将五具小狼尸全埋了进去，填平踩实，还撒了一些敌敌畏药粉，盖住狼崽尸体的气味。

杨克问："要不要给这条活狼崽搭一个窝？"

道尔基说："还是挖个土洞，让它住地洞吧。"

陈阵和杨克就在蒙古包西南边十几步的地方，挖了个 60 厘米深、半米见方的土坑，坑里垫上几片破羊皮，又留出一点泥地，然后把小公狼崽放进了坑里。

　　小狼崽一接触到泥土，立即就活泛起来。它东闻闻，西看看，在洞里转了几圈，好像又回到了自己原来的家。它渐渐安静下来，在垫着羊皮的角落缩起身趴下，但还在东闻西望，像是在寻找它的兄弟姐妹。

　　陈阵突然想把另一条狼崽也留下，好给它做个伴。但是，道尔基立即把归了他的那条狼崽揣进怀里，跨上马，一溜烟地跑了。高建中冷冷地看了狼崽一眼，也骑马圈牛去了。

　　狼会打近战、夜战、奔袭战、游击战、运动战，一大堆的战。狼是天下第一兵家。

12
入狗窝、吃狗奶的小·狼

陈阵和杨克蹲在狼窝旁边，心事重重地望着狼崽。

陈阵说："我真不知道咱们能不能把它养活养大，以后的麻烦太大了。"

杨克说："咱们收养小狼，好事不出门，坏事行千里。你等着吧，现在全国都在唱'打不尽豺狼决不下战场'，咱们这倒好，居然认敌为友，养起狼来了。"

陈阵说："这儿天高皇帝远，谁知道咱们养狼。我最怕的是毕利格阿爸不让我养狼……"

杨克说："小狼准饿坏了，我去挤点牛奶来喂它吧？"

陈阵摆摆手说："还是喂狗奶，让伊勒喂，母狗能喂虎崽，肯定就能喂狼崽。"说着，他把狼崽从狼窝里拎出来，双手捧在胸前。狼崽一天没进食了，肚皮瘪瘪的，四个小爪子也冷得像雪下的小石子儿。此刻它又冷又怕又饿，全身瑟瑟发抖，比它刚被挖出狼洞的时候委靡了许多。陈阵急忙把小狼崽揣进怀里，让它先暖和暖和。

天近黄昏，已到伊勒回窝给狗崽喂奶的时候了，两人朝狗窝走去。原先他俩在大雪堆里掏挖出来的狗窝，早就让寒流前的暖日化塌了，新雪又不厚，堆不出大雪堆。此时的狗窝，已经挪到蒙古包右前方的干牛粪堆里，干粪堆里有一个人工掏出的小窑洞，洞底铺着厚厚的破羊皮，还有一大块用又硬又厚的生马皮做的活动门，这就是伊勒和它三个孩子温暖的家。

杨克用肉汤小米粥喂过了伊勒，它便跑到自己的窝前，用长嘴挑开马皮门，钻了进去，盘身靠洞壁小心卧下。三条小狗崽立即找到奶头，使出了吃奶的劲。

陈阵悄悄走近伊勒，蹲下身，用手掌抚摸伊勒的脑袋，尽量挡住它的视线。伊勒喜欢主人的爱抚，它高兴地猛舔陈阵的手掌。杨克扒开一只狗崽，用一只手捏着伊勒的奶头挤狗奶，另一只手握成碗状接奶，接到半巴掌的时候，陈阵悄悄从怀里掏出小狼崽。杨克立即把狗奶抹在狼崽的头上、背上和爪子上。

杨克使用的是草原牧民让母羊认养羊羔孤儿的古老而有效的方法。杨克和陈阵也想用这个方法让伊勒认下这个狼崽儿子。但是狗比绵羊聪明得多，嗅觉也更灵敏。假若伊勒的狗崽全部被人抱走或死掉，它也许会很快认下这个狼子，但是它现在已有自己的三个孩子，所以它显然不愿意接收狼子。狼崽一进狗窝，伊勒就有反应，它极力想抬头看它的孩子。陈阵和杨克只好采用软硬兼施的办法，不让伊勒抬头起身。

又冷又饿的小狼崽被放到伊勒的奶头旁边。一直蔫蔫装死的小狼崽，一闻到奶香，突然像大狼闻到了血腥一样，张牙舞爪，杀气腾腾，一副有奶便是娘的嘴脸，原形毕露。

小狼崽比狗崽出生晚了一个半月，狼崽的个头要比狗崽小一圈，身子也要短一头。但是小狼崽的力气却远远超过狗崽，它抢奶头的技术和本事也狠过狗崽。母狗腹部有两排奶头，乳房有大有小，出奶量更是有多有少。让陈阵和杨克吃惊的是，小狼崽并不急于吃奶，而是发疯似的顺着奶头一路尝下去，把正在吃奶的狗崽，一个一个挤开拱倒。

一时间，一向平静的狗窝，像是闯进来一个暴徒劫匪，打得狗窝狗仰崽翻，乱作一团。小狼崽蛮劲野性勃发，连拱带顶，挑翻了一只又一只的狗崽，然后把两排奶头从上到下，从左到右，全部尝了个遍。它尝一个，吐一个；尝一个，又吐一个，最后在伊勒的腹部中间，挑中了一个最大最鼓出奶量最足的奶头，叼住了就不松口，猛嘬猛喝起来。只见它叼住一个奶头，又用爪子按住了另一个大奶头，一副吃在碗里，霸住锅里，肥水不流外人田的恶霸架式。三只温顺的胖狗崽，不一会儿全被狼崽轰赶到两边去了。

两人看得目瞪口呆。杨克惊大了眼睛说:"狼性真可怕,这小兔崽子连眼睛还没睁开,就这样霸道。怪不得七条狼崽就数它个大,想必在狼窝里,它对它的兄弟姐妹也六亲不认。"

陈阵却看得兴致勃勃,他说:"你看到了吧,这个狗窝,就是世界历史的缩影和概括。我忽然想起鲁迅先生的一段话,他认为,西方人兽性多一些,而中国人家畜性多一些。"

陈阵指了指狼崽,说:"这就是兽性……" 又指了指狗崽说,"这就是家畜性。温顺的家畜当然就要受凶悍的野兽欺负了。在草原待了两年多,我越来越觉得这里面大有文章……"

杨克笑道:"看来,养狼的第一天就大有收获,这条狼崽咱们养定了。"

狗窝里的骚动,小狗崽被狼崽欺负所发出的委屈的哼哼声,使伊勒更加怀疑和警惕起来。它极力想撑起前腿,摆脱陈阵的控制,看看窝里到底发生了什么事情。陈阵担心它认出狼崽,把它咬死,便死死按住伊勒的头,一边轻轻叫它的名字,哄它抚摸它,一直等到狼崽吃圆了肚皮才松开手。

伊勒扭过头,立即发现窝里多出了一个小崽,它不安地挨个闻了闻,很快就闻出了狼崽。可能狼崽身上也有它的奶味,它稍稍犹豫了一下,但还是想用鼻子把狼崽顶走,并极力想站起来,到窝外光线亮一点的地方看个究竟。

陈阵马上又把伊勒按住,他必须让伊勒明白主人的意图,希望伊勒能接受这个事实,只能服从不准反抗。伊勒别别扭扭地哼叫起来,它似乎已经知道窝里多出来的一只小崽,就是主人刚刚从山里抓回来的狼崽,而且主人还强迫它认养这个不共戴天的仇敌。

草原狗不同于内地狗，内地狗没见过狼和虎，给它一条虎崽，它也会傻乎乎地喂奶认养。可这里是狗和狼搏杀的战场，母狗哪能认敌为友？伊勒几次想站起来拒绝喂奶，都被陈阵按住。伊勒气愤、烦躁、难受、恶心，但它又不敢得罪主人，最后只好气呼呼地躺倒不动了。

在草原上，人完全掌握着狗的生杀大权，人是靠强大的专制暴力和食物的诱惑将野狗训成家畜的。任何胆敢反抗主人的狗，不是被赶出家门，赶到草原上饿死冻死或被狼吃掉，就是被人直接杀死。狗早已丧失了独立的兽性，而成为家畜性十足的走狗，成为一种离开人便无法生存的动物。陈阵深深地替伊勒感到难过。

狗窝渐渐平静下来。伊勒是杨克陈阵喂养的第一条母狗，在它的怀孕期、生产期和哺乳期，他们始终对它关怀备至，好吃好喝好伺候，因此伊勒的奶水特足。在别人抱走了几条狗崽后，它的奶水更是绰绰有余。此时多了一条小狼崽，伊勒的奶水供应，也应该不成问题。

三条狗崽虽然被狼崽挤到瘦奶头的地方，但狗崽们也慢慢吃饱了。小狗崽开始爬到狗妈的背上脖子上，互相咬尾巴叼耳朵玩耍起来。可是狼崽还在狠命地嘬奶。陈阵想，在狼窝里，七只狼崽个个都是小强盗，抢不到奶就可能饿死，即使这条个头最大的狼崽，也未必能敞开肚皮吃个够。这回它来到狗窝，可算是来到了福地。它一边吃，一边快乐地哼哼着，像一条饿疯了的大狼，扑在一头大牲口上生吞活咽，胡吃海塞，根本不顾自己肚皮的容量。

陈阵看着看着，觉得不对头，一转眼，狼崽的肚皮大得快超过胖狗崽的肚皮了。他赶紧摸了摸狼崽的肚子，吓了一跳：那肚皮撑得薄如一层纸。陈阵担心狼崽真的会被撑破肚皮，便急忙握住狼崽的脖子，慢慢拽它。可是小狼崽竟然毫无松口的意思，竟把奶头拽长了两寸，还不松口，疼得伊勒哐哐直叫。

杨克慌忙用两个手指掐住狼崽的双腭，才掐开了狼嘴。杨克倒吸一口冷气说："牧民都说狼有一个橡皮肚子，这回我真信了。"

陈阵不禁喜形于色："你看它胃口这么好，生命力这么旺盛，养活它好像不难，以后就让它敞开吃，管够！"

陈阵从这条刚刚脱离了狼窝的小狼崽身上亲眼见识了一种十分可畏的竞争能力和凶狠顽强的性格，也由此隐隐地感觉到了小狼身上那种根深蒂固的狼性。

天色已暗。陈阵把小狼崽放回狼窝，并抓了一条母狗崽一同放进去，好让小狼在退膜睁眼之前，与母狗崽混熟，培养它俩的青梅竹马之情。两个小家伙互相闻了闻，狗奶味调和了彼此的差异，它俩便紧紧地靠在一起睡下了。

陈阵一回头，发现二郎一直站在他的身旁，观察狼崽也观察着主人的一举一动，还向陈阵轻轻摇了摇尾巴，幅度较以前大了一点，似乎它对主人收养小狼表示欢迎。为了保险起见，陈阵搬来一块旧案板盖在洞坑上，又找来一块大石头压在案板上。

官布已将羊群关进羊圈，他听说陈阵他们掏了一窝狼崽，马上打着手电寻过来看个究竟。见到蒙古包顶上的小狼崽皮，他吃惊地说："汉人掏到小狼，从来没有，从来没有。"

三个人正围着铁桶火炉吃着羊肉挂面，门外传来一阵狗吠和急促的马蹄声。

张继原挑开毡门帘，拉开木门进了包。他一只手还牵着两根马笼头缰绳，两匹马还在包外踔蹄。他蹲在低矮的门口说："场部下了命令，边境线附近的大狼群已经分头过来了，明天全场三个大队在三个地点分别集中打围。咱们大队负责西北地段，场部还抽调一些其他大队的猎手支援咱们队，由毕利格全权指挥。队里通知你们，明天早一点，你们到毕利格家集合。场部说，各个蒙古包除了留下老人小孩放牛放羊，其他所有人都必须参加打围。全队的马倌马上就要给各家没马的人送马，马倌必须提前绕到预定的埋伏地点。你们赶紧抓时间睡觉吧，我走了，你们可千万千万别睡过了头！"

张继原出门，跨上马急奔而去。

高建中放下饭碗，苦着脸说："刚来了条小狼，大狼也来了，咱们快让狼拖垮拖死了。"

杨克说："在草原上再待几年，保不准咱们也全都变成狼了！"

三人跳起来分头备战。高建中跑到草甸将三人的马牵到草圈墙下，又跑进草圈，用木叉给马挑出三堆干青草。杨克从柳条筐车里拿出一些羊骨羊肉喂狗，再仔细检查马鞍马肚带和套马杆，并和陈阵找出两副牵狗出猎用的皮项圈。两人都曾参加过小规模的打围，知道打围时狗的项圈和牵绳马虎不得。

陈阵给二郎戴上一副皮项圈，然后把长绳像穿针鼻一样地穿进项圈的铜环，再把长绳的两端都攥在手里。他牵着二郎走了几步，指了指羊圈北面，喊了一声"啾"，同时松开一股绳。

二郎嗖地冲了过去，两股绳拉成了一股，又从铜环中脱出。二郎只戴着皮项圈冲进黑暗，而长绳还捏在陈阵手里。这种集体打围时的牵狗方法，既可以使猎狗完全受猎手的控制，以避免狗们擅自行动，打乱围猎的整体部署；又可以多人同时放狗，还避免长绳缠绊狗腿，影响速度。

杨克也给黄黄戴了项圈，穿了绳，也演习了一次。两条猎狗都听命令，两人手上的动作也没有毛病，没有让狗拖着长绳跑出去。

13
珍爱生命的小·狼

晚霞已暗，早春草原的寒气如网一般罩下来。又饥又乏又冷的人马狗，垂头丧气往营盘撤，像一队丢盔卸甲的残兵败将。谁也不知道，白狼王带领的那一大队狼群，究竟是怎样从猎圈和火海中逃脱的。

马倌们急急奔向自己的马群。陈阵和杨克都惦记家里的小狼崽，他俩招呼了张继原和高建中，四个人脱离了队伍，抄近道加鞭急行，直奔自家的营盘。

杨克一边跑一边嘀咕："半夜临走前，只给小狼崽两块煮烂的羊肉，不知道它会不会吃肉？"道尔基说："狼崽还得一个多月才能断奶呢。"

陈阵说："那倒没事，昨天小狼的肚皮吃得都快爆了，它就是不会吃熟肉，也饿不死。我最担心的是，咱们一整天不在家，后方空虚，要是母狼抄了咱们的老窝，那就糟了。"

除了张继原的马，其他人的马已跑不出速度，直到午夜前四人才回到家。二郎和黄黄已站在空空的狗食盆前等饭吃。陈阵滚鞍下马，

79

先给了两条大狗几大块肉骨头。张继原和高建中进包洗脸、热茶，准备吃完茶和肉就睡觉。

陈阵和杨克急忙跑到狼洞前。两人搬开大案板，手电光下，小狼崽缩在洞角的羊皮上，睡得正香。小母狗却饿得哼哼地叫，拼命想攀洞壁爬出来吃奶，伊勒也焦急地围着洞直转悠。陈阵急忙把小母狗抓出来递给伊勒，伊勒便把狗崽叼回了狗窝。

陈阵和杨克仔细看看洞底，两块熟羊肉不见了，小狼崽的肚皮向两边鼓起，嘴边鼻头油光光。它闭着眼睛，嘴角微翘，乐眯眯像是做着美梦的样子。杨克乐了："这小兔崽子把肉给独吞了！"陈阵大大地松了口气说："看来母狼目前是自顾不暇了。"

第二天一早，下羔的羊群渐渐走远。杨克背上接羔毡袋，骑上马去追下羔羊群。而带羔羊群在草坡上渐渐摊开，仍在人和狗的视线里。

陈阵对张继原说：

"你成天就惦记打狼打狼，走，还是跟我去看小狼崽吧。"

两人朝狼窝走去，陈阵搬开石头，揭开木板，窝中的小母狗还缩在羊皮上睡懒觉，一点也不惦记起床吃早奶。可是小狼崽却早已蹲在洞底抬头望天，焦急地等待开饭。

强烈的天光一照进洞，狼崽就精神抖擞地用两条后腿站起来，小小的嫩前爪扒着洞壁往上爬。刚爬了几寸，就一个后滚翻，摔到洞底。它一骨碌站起身又继续爬，使出了吃奶的劲，嫩爪死死地抠住洞壁，像只大壁虎一样地往上爬。壁土松了，狼崽像个松毛球似的跌滚到洞底。它生气地冲着洞上的大黑影，发出呼呼的声音，好像责怪黑影为什么不把它弄上去。

张继原也是第一次看到活狼崽，觉得很好奇，就想伸手把狼崽抓上来仔细看看。陈阵说："先别着急，你看它能不能爬上来，要是能爬上来，我还得把洞再挖得深一点。"

狼崽连摔两次，不敢在原处爬了，它开始在洞底转圈，一边转，一边闻，好像在想办法。转了几圈，它突然发现了母狗崽，立即爬上狗崽的脊背，然后蹬鼻子上脸，踩着狗崽再扒着洞壁往上爬。小狼扒下的碎土撒了狗崽一身，狗崽被踩醒了，哼哼地叫着，站起来抖身上的土，小狼崽又被摔了下来。它气得转过身来就朝狗崽皱鼻、龇牙，呼呼地咆哮。

张继原笑道:"这小兔崽子,从小狼性就不小啊,看样儿还挺聪明。"

陈阵发现,才两天时间,小狼的眼膜薄了许多,眼球虽然仍是充满液体,黑汪汪的像是害了眼病,但小狼崽好像已经能模模糊糊辨认眼前的东西,对他打的手势也有所反应。他张开巴掌,手掌向东,狼崽的头眼就朝东;手掌向西,狼崽的头眼就向西。为了刺激狼崽的条件反射,陈阵一字一顿地叫它:"小……狼,小……狼。小……狼,开……饭……喽,开……饭……喽。"小狼歪着头,竖起猫一样的短耳费力地听着,有些害怕,又有些好奇。

张继原说:"我要看看它对原来的狼家还有没有印象。"然后就用双手做成蚌壳形扣在口鼻上,模仿大狼的嗥声"呜……嗷,呜呜……嗷……"小狼突然神经质地抖了一下,然后像发了疯似的踩着狗崽的身体爬壁,摔了一次又一次,然后委屈地蜷起身子直往洞角里钻,像是在寻找狼妈妈的怀抱。两人都觉得做了一件残忍的事情,不该再让小狼崽听到狼世界的声音。

张继原说:"我看你这条小狼不好养,这儿又不是北京动物园,狼可以与野狼世界完全隔离,慢慢减少一点野性。可这儿是原始游牧环境,一到夜里周围都是狼嗥声,狼性能改吗?等小狼长大了,它非伤人不可,你真得小心。"

陈阵说:"我倒是从来就没打算把狼养在家里,养掉狼的野性反倒没意思了。我就是想跟活狼直接接触,能摸狼抱狼,天天近距离地看狼,摸透狼和狼性。不入狼穴,焉得狼子。得了狼子,就更不能怕狼咬了。我最怕的还是牧民不让我养狼。"

小狼还在奋力爬壁，陈阵伸手捏住狼崽后脖颈，把它拎出洞，张继原双手捧住它，放到眼前看了个仔细，又腾出一只手，轻轻地抚摸小狼崽。稀疏的狼毫怎么也撸不顺，撸平了，手一松，狼毫又挺了起来。

张继原说："真不好意思，我这个马倌还得从羊倌那儿得到摸活狼的机会。我跟兰木扎布去掏过两次狼，一只也没掏着。在中国，真正摸过蒙古草原活狼的汉人，可能连十万分之一也没有。汉人恨狼，结果把狼的本事也恨丢了，学到狼的真本事的，大多是游牧民族……"

陈阵接过话说："在世界历史上，能攻打到欧洲的东方人，都是游牧民族，而对西方震撼力最强的，是三个崇拜狼图腾的草原游牧民族——匈奴、突厥和蒙古。而曾经攻打到东方来的西方人，也是游牧民族的后代。古罗马城的建城者就是两个狼孩，母狼和狼孩至今还镌刻在罗马城徽上呢。没有狼，世界历史就写不成现在这个样子。"

张继原说："我真的很理解你为什么要养狼了，我也帮你做做牧民的工作。"

陈阵把小狼崽揣在怀里，向狗窝走去，把小狼放在伊勒身边吃奶。当伊勒发现狼崽在吃它的奶时，趁陈阵不备，立即呼地站起来，想回头咬狼崽。可狼崽仍紧紧叼住奶头不撒口，像只大蚂蟥、又像只大奶瓶一样地吊挂在伊勒的腹下。伊勒转了好几圈，狼崽也悬空地跟着转，伊勒费了好大劲也没咬到狼崽。两人看得又好笑又好气。陈阵急忙掐开狼崽嘴巴，把它从奶头上摘下来。

张继原笑道："好一个吸血鬼。"

陈阵按住伊勒，哄着它喂饱狼崽以后，站起来说："该让狼崽和狗崽一块儿玩了。"两人抱着四只胖乎乎的小崽子向一块干草地走去。

陈阵把狼崽放进狗崽中间，狼崽刚一接触到地面，立即以它最快的速度向没有人没有狗的地方逃跑。小狼崽的四条小腿还没有长直，罗圈形的小嫩腿还支撑不起身体，跑起来肚皮贴地，四爪像在划水，活像一只长了毛的大乌龟。一条小公狗崽追着它一块儿跑的时候，狼崽侧头向它龇牙，发出威胁性的呼呼声。

陈阵心里一惊，说："它饿的时候有奶便是娘，可一吃饱了就不认娘了。虽然它眼睛还没睁开，可它的鼻子嗅觉已经有了辨别力，我可知道狼鼻子的厉害。"

张继原说："我看出来，小狼崽已经断定这里不是它真正的家，狗妈不是它的亲妈，狗崽也不是它的亲兄弟姐妹。"

两人跟在小狼崽身后七八步远的地方，继续观察狼崽的行为。

小狼崽在残雪和枯草地上快速地爬，爬了几十米后，就开始闻周围的东西，闻马粪蛋，闻牛粪，闻牛羊的白骨，闻草地上所有的突出物。可能它闻到的都是狗留下的尿记号，于是它一闻就走，继续再闻。两人跟着它走了一百多米，发现它并不是无方向、漫无目的地乱走。它的目的很明确，就是朝着离蒙古包、羊圈、人气、狗气、烟气、牲畜气远的地方逃。

陈阵感到这条尚未开眼的小狼崽，已经具有顽强的天性与本能，它有着比其他动物更可怕可敬的性格。在动物中，陈阵一直很敬佩麻雀，麻雀以难养活著称于世。陈阵小时候抓过许多麻雀，也先后养过大大小小十几只麻雀。可麻雀被抓住后，就闭上眼睛以绝食绝水相拼，绝不就范。不自由，毋宁死，直至气绝。陈阵从来没有养活过一只麻雀。

而狼不是，它珍视自由也珍爱生命。狼被俘之后照吃照睡，不仅不绝食，反而没命地吃、敞开肚皮吃，吃饱睡足以后，便伺机逃跑，以争取新的生命和自由。这种性格，对狼来说是普遍的，与生俱来并

且世代相传，无一例外。草原民族将具有此种性格的狼，作为自己民族的图腾、兽祖、战神和宗师来膜拜，可以想见它对这个民族产生了何等难以估量的影响。都说榜样的力量是无穷的，而图腾的精神力量远高于榜样，它处在神的位置上。

陈阵感激这条小狼崽，它稚嫩的身体竟然能带他穿过千年的迷雾，径直来到了谜团的中心。

在中国，真正摸过蒙古草原活狼的汉人，可能连十万分之一也没有。汉人恨狼，结果把狼的本事也恨丢了；学到狼的真本事的，大多是游牧民族。

14
小狼，小狼，开饭喽

小狼崽一天天地追着小狗崽长身体，陈阵觉得也该给狼崽增加营养了。

陈阵不停地搅着稠稠的奶肉粥，粥盆里冒出浓浓的奶香肉香和小米的香气，馋得所有的大狗小狗围在门外哼哼地叫。陈阵这盆粥是专门为小狼熬的，这也是他从嘎斯迈那里学来的喂养小狗的专门技术。

在草原上，狗崽快断奶以前和断奶以后，必须马上跟上奶肉粥。嘎斯迈说过，这是帮小狗长个头的窍门，小狗能不能长高长壮，就看断奶以后的三四个月吃什么东西。这段时间是小狗长骨架的时候，错过了这三四个月，以后喂得再好狗也长不大了。喂得特别好的小狗要比随便喂的小狗，个头能大出一倍多。喂得不好的小狗长大后就打不过狼了。

一次小组集体拉石头垒圈的时候，嘎斯迈指着一条别家的又瘦又矮、乱毛干枯的狗悄悄对陈阵说："这条狗是咱家那条大狗巴勒的亲兄弟，是一个狗妈生出来的，你看个头差多少。"陈阵真不敢相信，狗里面也有武松和武大郎这样身高悬殊的亲兄弟。在野狼成群的草原，有了好狗种还不行，还得在喂养上狠下功夫。因此，他一开始喂养小狼就不敢大意，把嘎斯迈喂狗崽的那一整套经验，全盘挪用到狼崽身上来了。

他还记得嘎斯迈说过，狗崽断奶以后的这段时间，草原上的女人和狼妈妈在比赛呢。狼妈拼命抓黄鼠、獭子和羊羔喂小狼，还一个劲地教小狼抓大鼠。狼妈妈都是好妈妈，它没有炉子，没有火，也没有锅，不能给小狼煮肉粥，可是狼妈妈的嘴，就是比人的铁锅还要好的"锅"。它用自己的牙、胃和口水，把黄鼠旱獭羊羔的肉，化成一锅烂乎乎温乎乎的肉粥后，喂给小狼吃。小狼最喜欢吃这种东西了，小狼吃了这样的肉粥，长得像春天的草一样快。

草原上的女人要靠狗来下夜挣工分，女人们就要比狼妈妈更尽心更勤快才成。草原上懒女人养赖狗，好女人养大狗。到了草原，只要看这家的狗，就知道这家的女人是好是赖。后来陈阵就经常猛夸巴勒，夸得嘎斯迈笑弯了腰。陈阵一直想喂养出像巴勒一样的大狗，此时他更想喂养出一条比狼妈喂养的更大更壮的狼。

自从有了小狼，陈阵一下子改变了自己的许多生活习惯。张继原挖苦说陈阵怎么忽然变得勤快起来，变得婆婆妈妈的，心比针尖还细了。

陈阵觉得自己确实已经比可敬可佩的狼妈和嘎斯迈还要精心。他以多做家务为条件，换得高建中允许他挤牛奶。他每天还要为小狼剁肉馅，既然是长骨架，光喂牛奶还不够，还得再补钙。他小时候曾被妈妈喂过几年的钙片，略有这方面的知识，就在剁肉馅的时候，剁进去一些牛羊的软骨。

有一次他还到场部卫生院弄来小半瓶钙片，每天用擀面杖擀碎一片，拌在肉粥里，这可是狼妈妈和嘎斯迈都想不到的。陈阵又嫌肉粥的营养不全，还在粥里加了少许的黄油和一丁点盐。粥香得连陈阵自己都想盛一碗吃了，可是还有三条小狗呢，他只好把口水咽下去。

小狼的身子骨催起来了，它总是吃得肚皮溜溜圆，像个眉开眼笑的小弥勒，真比秋季的口蘑长势还旺，身长已超过小狗们半个鼻子了。

陈阵第一次给小狼喂奶肉粥的时候，还担心纯肉食猛兽不肯吃粮食。肉粥肉粥，但还是以小米为主。结果大出意外，当他把温温的肉粥盆放到小狼面前的时候，刚开口喊了一声"小狼，小狼，开饭喽"，小狼就已经一头扎进食盆，狼吞虎咽地吃起来。兴奋得呼呼喘气，一边吃一边哼哼，直到把满盆粥吃光舔净才抬起头。陈阵万万没有想到狼也能吃粮食，不过他很快发现，小狼决不吃没有掺肉糜和牛奶的小米粥。

这会儿，小狼的肉奶八宝粥已经不烫了。陈阵将粥盆放在门内侧旁的锅碗架上，然后轻轻地开了一道门缝，再贴身挤出了门，又赶紧把门关上。除了二郎，一群狗和小狼全都扑了过来。黄黄和伊勒都将前爪搭到陈阵的胸前，黄黄又用舌头舔陈阵的下巴，张大嘴哈哈地表示亲热。三条小胖狗把前爪搭在陈阵的小腿上，一个劲地叼他的裤子。小狼却直奔门缝，伸长鼻子顺着门缝，上上下下贪婪地闻着蒙古包里的粥香，还用小爪子抠门缝急着想钻进去。

陈阵感到自己像一个多子女的单身爸爸，面对一大堆自己宠爱的又嗷嗷待哺的爱子爱女，真不知道怎样才能顾了这个，又不让另一个受冷落。他偏爱小狼，但对自己亲手抚养的这些宝贝狗们，哪一个受了委屈他也心疼。他不能立即给小狼喂食，先得把狗们安抚够了才成。

陈阵把黄黄和伊勒挨个拦腰抱起来，就地悬空转了几个圈，这是陈阵给两条大狗最亲热的情感犒赏。它们高兴得把陈阵的下巴舔得水光光黏乎乎。接着他又挨个抱起小狗们，双手托着小狗的胳肢窝，把它们一个个地举到半空；放回到地上后，还要一个一个地摸头拍背抚毛，哪个都不能落下。

这项对狗们的安抚工作，是养小狼以后新增加的，小狼没来以前就不必这样过分，以前陈阵只在自己特别想亲热狗的时候才去和狗们亲热。可小狼来了以后，就必须时时对狗们表示加倍的喜爱。否则，狗们一旦发现主人的爱已经转移到小狼身上，狗们在嫉妒心的驱使下很可能把小狼咬死。

陈阵真没想到在蒙古草原养一条活蹦乱跳的小狼，就像守着一个火药桶，每天都得战战兢兢过日子。这些天还是在接羔管羔的大忙季节，牧民很少串门，大部分牧民还不知道他养了一条小狼，就是听说了也没人来看过。可以后怎么办？骑虎难下，骑狼更难下。

天气越来越暖和，过冬的肉食早在化冻以后割成肉条，被风吹成肉干了。没吃完的骨头，被剔下了肉，风干了。剩下的肉骨头，表面的肉也已干硬，虽然带有像霉花生米的怪臭味，仍是晚春时节仅存的狗食。

陈阵朝肉筐车走去，身后跟着一群狗。这回二郎走在最前面，陈阵把它的大脑袋夹搂在自己的腰胯部。二郎通点人性了，它知道这是要给它喂食，已经会用头蹭蹭陈阵的胯，表示感谢。陈阵从肉筐车里拿出一大筐箩肉骨头，按每条狗的食量分配好了，就赶紧向蒙古包快步走去。

小狼在不停地挠门，还用牙咬门。养了一个月的小狼，已经长到了一尺多长，四条小腿已经伸直，有点真正的狼的模样了。最明显的是，小狼眼睛上的蓝膜完全褪掉了，露出了灰黄色的眼球和针尖一样的黑瞳孔。狼嘴狼吻已变长，两只狼耳再不像猫耳了，也开始变长，像两只三角小勺竖在头顶上。脑门还是圆圆的，像半个皮球那样圆。

小狼在小狗群里自由放养了十几天，它已经能和小狗们玩到一块儿去了。但在没人看管的时候，陈阵还得把它关进狼洞里，以防它逃跑。黄黄和伊勒也勉强接受了这条野种，但对它避而远之。只要小狼一接近伊勒，用后腿站起来叼奶头，伊勒就用长鼻把它挑到一边去，让小狼连打几个滚。

只有二郎对小狼最友好，任凭小狼爬上它的肚皮，在它侧背和脑袋上乱蹦乱跳，咬毛拽耳，拉屎撒尿也毫不在意。二郎还会经常舔小狼，有时则用自己的大鼻子把小狼拱翻在地，不断地舔小狼少毛的肚

皮，俨然一副狗爹狼爸的模样。小狼快活得跟小狗没有什么两样。

但陈阵发现，其实小狼早已在睁开眼睛以前，就嗅出了这里不是它真正的家，狼的嗅觉要比它的视觉醒得更早。

陈阵一把抱起小狼，但在小狼急于进食的时候，是万万不能和它亲近的。陈阵拉开门，进了包，把小狼放在铁桶炉前面的地上。小狼很快就适应了蒙古包天窗的光线，立刻把目光盯准了碗架上的铝盆。陈阵用手指试了试肉粥的温度，已低于自己的体温，这正是小狼最能接受的温度。野狼是很怕烫的动物，有一次小狼被热粥烫了一下，吓得夹起尾巴，浑身乱颤，跑出去张嘴舔残雪。它一连几天都害怕那个盆，后来陈阵给它换了一个新铝盆，它才肯重新进食。

为了加强小狼的条件反射，陈阵又一字一顿地大声说："小、狼、小、狼，开、饭、喽。"

话音未落，小狼嗖地向空中蹿起，它对"开饭喽"的反应，已经比猎狗听口令的反应还要激烈。陈阵急忙把食盆放在地上，蹲在两步远的地方，伸长手用炉铲压住铝盆边，以防小狼踩翻食盆。小狼便一头扎进食盆狼吞虎咽起来。

世界上，狼才真正是以食为天的动物。与狼相比，人以食为天，实在是太夸大其辞了。人只有在大饥荒时候，才出现像狼一样凶猛的吃相。而这条小狼，食物每天每顿都充足保障，但仍然像饿狼一样凶猛，好像再不没命地吃，天就要塌下来一样。狼吃食的时候，绝对六亲不认。小狼对于天天耐心伺候它吃食的陈阵也没有一点点好感，反而把他当做要跟它抢食、要它命的敌人。

草原上懒女人养赖狗，好女人养大狗。到了草原，只要看这家的狗，就知道这家的女人是好是赖。

15
狼以食为天

　　一个月来，陈阵亲近小狼，在各方面都有进展，可以摸它抱它亲它捏它拎它挠它，可以把小狼顶在头上，架在肩膀上，甚至可以跟它鼻子碰鼻子，还可以把手指放进狼嘴里。可就是在它吃食的时候，陈阵绝对不能碰它一下，只能远远地一动不敢动地蹲在一旁。只要他稍稍一动，小狼便凶相毕露，竖起挺挺的黑狼毫，发出低沉沙哑的咆哮声，还做出后蹲扑击的动作，一副亡命之徒跟人拼命的架势。

　　陈阵为了慢慢改变小狼的这一习性，曾试着将一把汉式高粱穗扫帚伸过去，想轻轻抚摸它的毛。但是扫帚刚伸出一点，小狼就疯了似的扑击过来，一口咬住，拼命后拽，硬是从陈阵手里抢了过去，吓得陈阵连退好几步。小狼像扑住了一只羊羔一样，扑在扫帚上脑袋急晃、疯狂撕啃，一会儿就从扫帚上撕咬下好几缕穗条。

　　陈阵不甘心，又试了几次，每次都一样。小狼简直把扫帚当做不共戴天的仇敌，几次下来那把扫帚就完全散了花。高建中刚买来不久的这把新扫帚，最后只剩下秃秃的扫帚把，气得高建中用扫帚把将小狼抽了几个滚。此后，陈阵只好把在小狼吃食的时候摸它脑袋的愿望暂时放弃了。

这次的奶粥量比平时几乎多了一倍，陈阵希望小狼能剩下一些，他就能再加点奶水和碎肉，拌成稍稀一些的肉粥，喂小狗们。但是他看小狼狂暴的进食速度，估计剩不下多少了。从它的这副吃相中，陈阵觉得小狼完全继承了草原狼的千古习性。狼具有战争时期的军人风格，吃饭像打仗，或者，真正的军人具有狼的风格。假如吃饭时不狂吞急咽，军情突至，下一口饭可能就再也吃不上了。

陈阵看着看着，生出一阵心酸。他像是看到了一个蓬头垢面、狼吞虎咽的流浪儿。它的吃相就告诉了你，那曾经的凄惨身世和遭遇。若不是如此以命争食，在这虎熊都难以生存的高寒严酷的蒙古草原，狼如何能顽强地生存下来呢？

陈阵由此看到了狼艰难生存的另一面。繁殖能力很强的草原狼，真正能存活下来的，可能连十分之一都不到。毕利格老人说，腾格里有时惩罚狼，也是六亲不认的，一场急降的没膝深的大雪，就能把草原上大部分的狼冻死饿死。一场铺天盖地的狂风猛火，也会烧死熏死成群的狼。从灾区逃荒过来的饿疯了的大狼群，也会把本地的狼群杀掉一大半。加上牧人早春掏窝、秋天下夹、初冬打围、严冬猎杀，能侥幸活下来的狼便是其中的少数了。

老人还说，草原狼都是饿狼的后代，原先那些丰衣足食的狼，后来都让逃荒来的饥狼打败了。蒙古草原从来都是战场，只有那些最强壮、最聪明、最能吃能打、吃饱的时候记得住饥饿滋味的狼，才能顽强地活下来。

小狼在食盆里急冲锋，陈阵越看越能体会食物对狼的意义。蒙古草原狼有许多神圣的生存信条，而以命拼食就是其中根本的一条。陈阵喂养小狼，完全没有在喂狗的时候那种高高在上救世济民的感觉。小狼根本不领情，小狼绝没有被人豢养的意识，它不会像狗一样一见到主人端来食盆，就摇头摆尾感激涕零。

小狼丝毫不感谢陈阵对它的养育之恩，也完全不认为这盆食是人赐给它的，而认为这是它自己争来的夺来的。它要拼命护卫它自己争夺来的食物，甚至不惜以死相拼。在陈阵和小狼的关系中，养育一词是不存在的，小狼只是被暂时囚禁了，而不是被豢养。小狼以死拼食的性格中，似乎有一种更为特立独行、桀骜不驯的精神在支撑着它。

陈阵最后还是打消了在小狼吃食时抚摸它的愿望，决定尊重小狼的这一高贵的天性。以后他每次给小狼喂食的时候，都会一动不动地跪蹲在小狼两步远的地方，让小狼不受任何干扰地吞食；自己也在一旁静静地看小狼进食，虔诚地接受狼性的教诲。

转眼间，小狼的肚皮又胀得快要爆裂，吞食的速度大大下降，但仍在埋头拼命地吃。陈阵发现，小狼在吃撑以后就开始挑食了，先是挑粥里的碎肉吃，再挑星星点点的肉丁吃，它锐利的舌尖像一把小镊子，能把每一粒肉丁都镊进嘴里。不一会儿，杂色的八宝肉粥变成了黄白一色的小米粥了。

陈阵睁大眼睛看，小狼还在用舌尖镊吃着东西。陈阵仔细一看，乐了，小狼居然在镊吃黄白色粥里的白色肥肉丁和软骨丁。小狼一边挑食，一边用鼻子像猪拱食一样把小半盆粥拱了个遍，把里面所有荤腥的瘦肉丁、肥肉丁和软骨丁，丁丁不落地挑到嘴里。小狼又不甘心地翻了好几遍，直到一星肉丁也找不到的时候，仍不抬头。

陈阵伸长脖子再仔细看它还想干什么，他又乐了。小狼居然在用舌头挤压剩粥，把挤压出来的奶汤舔到嘴里面，奶也是狼的美食啊。

当小狼终于抬起头来的时候，一大盆香喷喷的奶肉八宝粥，竟被小狼榨成了小半盆没有一点油水、干巴巴的小米饭渣，色香味全无。陈阵气得大笑，他没想到这条小狼这么贪婪和精明。

陈阵没有办法，只好在食盆里加上一把碎肉，加了剩留的牛奶，再加上一点温水，希望还能兑出大半盆稀肉粥来，可是他怎么搅也只能搅出肉水稀饭来。陈阵把食盆端到包外，把稀汤饭倒进狗的食盆里，小狗们一拥而上，但马上就不满地哼哼叫起来了。陈阵感到了牧业的艰辛，喂养狗也是牧人分内的一件苦差事，再加上一条狼，他就更辛苦了。而这份苦，完全是他心甘情愿自找的。

小狼撑得走不动道了，趴在地上远远地看小狗们吃剩汤。小狼吃饱了什么都好说。陈阵走近小狼，亲热地叫它的名字："小狼，小狼。"小狼一骨碌翻了个身，四爪弯曲，肚皮朝天，头皮贴地，顽皮淘气地

倒看着陈阵。

陈阵上前一把抱起小狼，双手托着小狼的胳肢窝，把它高高地举上天，一连举了五六次。小狼又怕又喜，嘴高兴地咧着，可后腿紧紧夹着尾巴，还轻轻发抖。但小狼已经比较习惯陈阵的这个举动了，它好像知道这是一种友好的行为。陈阵又把小狼顶在脑袋上，架在肩膀上。它有点害怕，用爪子死死抠住陈阵的衣领。

回到地上，陈阵盘腿坐下，把小狼朝天放在了自己腿上，给它做例行的肚皮按摩。这是母狗和母狼帮助小崽们食后消化的工作，现在轮到他来做了。陈阵觉得这件事很好玩，用巴掌慢慢揉着小狼的肚皮，一边听着小狼舒服快乐的哼哼声，和小狼打嗝放屁的声音。

吃食时狂暴的小狼，这时候变成了一条听话的小狗，它用两只前爪抱住陈阵的一根手指头，不断地舔，还用尖尖的小狼牙轻轻地啃咬。小狼的目光也很温柔，揉到特别舒服的时候，小狼的眼里会充满盈盈的笑意，似乎把陈阵当做了一个还算称职的后妈。

辛苦之余，小狼还给了陈阵加倍的欢乐。此时陈阵忽然想起在遥远的古代，或者不知什么地方的现在，一条温柔的母狼，在用舌头给刚吃饱奶的"狼孩"舔肚皮；光溜溜的小孩儿高兴得啃着自己的脚指头，咯咯地笑。一群大小野狼围在这团小胖肉旁边相安无事，甚至还会叼肉来给他吃。

天下的母狼曾经收养了多少人孩？多少年来关于狼的奇特传说，如今陈阵能够身临其境了，他正在亲身感受、亲手触摸着狼性温柔的一面。

陈阵低下头，用自己的鼻子碰了碰小狼的湿鼻头，小狼竟像小狗一样舔了一下他的下巴，这使他兴奋而激动。这是小狼第一次对他表示信任，他和小狼的感情又进了一步。他慢慢地享受品味着这种纯净

的友谊，觉得自己的生命向远古延伸得很远很远。有一刻他忽然觉得自己好像很老很老了，却还保持着人类幼年时代的野蛮童心。

唯独使陈阵隐隐不安的是：这条小狼不是从野外捡来的，也不是病死战死的母狼的弃儿或遗孤。那种收留和收养，充满了自然原始的爱。可他的这种强盗似的收养，却充满了人为的刻意。他为了满足自己猎奇的心理和研究的需要，把天下流传至今的美好的人狼故事，强制性地倒行逆施了。他时时都在担心那条被抄了窝的母狼来报复，这也许是科学和文明进程中的冷酷与无奈。

二郎已经把它那份食物吃完了，向陈阵慢慢走来。二郎每次看到陈阵抱着小狼给它揉肚皮的时候，总会走得很近，好奇地望着他俩，有时还会走到小狼的身旁给它舔肚皮。陈阵伸手摸摸二郎的脑袋，它冲他轻轻咧嘴一笑。

自从陈阵收养了小狼以后，二郎与他的距离忽然缩短了。难道他自己身上也有野性和狼性？如是那样倒有意思了：一个有野性狼性的人，一条有野性狼性的狗，再加上一条纯粹的野狼，共同生活在充满野性狼性的草原上。

陈阵觉得自从对草原狼着了迷以后，他身上委靡软弱无聊的情绪好像正在减弱，而血管里开始流动起使他感到陌生的狼性血液。生命变得茁壮了，以往苍白乏味的生活变得充实饱满了。他觉得自己重新认识了生命和生活，开始珍惜和热爱生命和生活。

小狼开始在陈阵的腿上乱扭，陈阵知道小狼要撒尿拉屎了。它也看到了二郎，想跟它一块儿玩了。陈阵松开手，小狼一骨碌跳下地，撒了一泡尿就去扑闹二郎，又爬到了二郎背上玩耍。小狗们也

想爬上来玩，但都被小狼拱下去，小狼沙哑的声音在咆哮发威，一副占山为王的架势。

两条小公狗突然一起发动进攻，叼住小狼的耳朵和尾巴，然后一起滚下狗背。三条小狗一拥而上，把小狼压在身下乱掐乱咬，小狼气呼呼地踹腿挣扎，地面上尘土飞扬，打得不可开交。可是不一会儿，陈阵就听到一条小公狗一声惨叫，小爪子上流出了血，小狼居然在玩闹中动了真格。

陈阵决定主持公道，他揪着小狼的后脖颈把它拎起来，走到小公狗面前，把小狼的头按在小狗受伤的爪子前面，用小狼的鼻子撞小狗的爪子。但小狼毫无认错之意，继续皱鼻龇牙发狼威，吓得小狗们都躲到伊勒的身后。伊勒火冒三丈，它先给小狗舔了几下伤口，接着便冲到小狼面前猛吼了两声，张口就要咬。

陈阵急忙把小狼抱起来转过身去，吓得心嗵嗵乱跳，他不知道哪天两条大狗真会把小狼咬死。在没有笼子和圈的情况下，养着这么一个小霸王太让他操心了。陈阵连忙摸头拍背安抚伊勒，总算让它消了气。陈阵再把小狼放在地下，伊勒不理它，带着三条小狗到一边玩去了。小狼又去爬二郎的背，奇怪的是，凶狠的二郎对小狼总是宽容慈爱有加。

狼具有战争时期的军人风格，吃饭像打仗，或者，真正的军人具有狼的风格。假如吃饭时不狂吞急咽，军情突至，下一口饭可能就再也吃不上了。

16
狼可杀可拜不可养

忙完了给小狼喂食，陈阵开始清理牛车，为搬家迁场做准备。突然，陈阵看见毕利格老人赶着一辆牛车，拉了一些木头朝他的蒙古包走来。陈阵慌忙从牛车上跳下来，抓起小狼，将小狼放进狼窝，盖好木板，压上大石头。他心跳得也希望有一块大石头来压一压。

黄黄和伊勒带着小狗们摇着尾巴迎向老人。陈阵赶紧上前帮老人卸车拴牛，并接过老人沉重的木匠工具袋。每次长途迁场之前，老人总要给知青包修理牛车。陈阵说："阿爸，我自个儿也能凑合修车了，以后您老就别再帮我们修了。"

老人说："凑合可不成。这回搬家路太远，又没有现成的车道，要走两三天哪。一家的车误在半道，就要耽误全队全组的车。"

陈阵提心吊胆地说："阿爸，您先到包里喝口茶吧，我先把要修的车卸空。"

老人说："你们做的茶黑糊糊的，我可不爱喝。"说完突然朝压着石头的木板走去，沉着脸说道："我先看看你养的狼崽。"

陈阵吓慌了神，连忙拦住了老人说："您先喝茶吧，别看了。"

老人瞪圆杏黄色的眼珠喝道："都快一个多月了，还不让我看！"

陈阵横下一条心说："阿爸，我打算把狼崽养大了，配一窝狼狗崽……"

老人满脸怒气，大声训道："胡闹！瞎胡闹！外国狼能配狼狗，蒙古狼才不会配呢。蒙古狼哪能看得上狗，狼配狗？做梦！你等着狼吃狗吧！"

老人越说越生气，每一根山羊胡子都在抖动："你们几个越来越不像话了。我在草原活了六十多岁，还从没听说有人敢养狼。那狼是人可以养的吗？狗是啥东西？狗是吃人屎的，狼是吃人尸的。狗吃人屎，是人的奴才；狼吃人尸，是送蒙古人的灵魂上腾格里的神灵。狼和狗，一个天上，一个地下，能把它们俩放到一块堆儿养吗？还想给狼和狗配对？要是我们蒙古人给你们汉人的龙王爷配一头母猪，你们汉人干吗？冒犯神灵！冒犯蒙古祖宗！冒犯腾格里啊！你们要遭报应的啊，连我这个老头子也要遭报应……"

陈阵从没见过老人发这么大的火。小狼这个火药桶终于爆炸了，陈阵的心顿时被炸成了碎片。老人这次像老狼一样动了真格了。他生怕老人气得一脚踢上石头踢伤了脚，再气得一石头砸死小狼。

老人铁嘴狼牙，越说越狠，毫无松口余地："一开始听说你们养了一条狼崽，我还当是你们汉人学生不懂草原规矩，不知道草原忌讳，只是图个新鲜，玩几天就算了。后来听说道尔基也养了一条，还打算配狼狗，真打算要养下去了。这可不成！今儿你就得当着我的面，把这条狼崽给处理掉……"

陈阵知道自己闯了大祸。草原养狼，千年未有。士可杀，不可辱。狼可杀可拜，但不可养。一个年轻的汉人深入草原腹地，在草原蒙古人的祖地，在草原蒙古人祭拜腾格里，祭拜蒙古民族的兽祖、宗师、战神和草原保护神狼图腾的圣地，像养狗似的养一条小狼，实属大逆不道。如果这件事发生在古代草原，陈阵非得被视作罪恶的异教徒，五马分尸、抛尸喂狗不可。就是在现代，这也是违反国家少数民族政策、伤害草原民族感情的行为。

但陈阵最怕的，是他深深地激怒和伤害了毕利格老阿爸，一位把他领入草原狼图腾神秘精神领域的蒙古老人。而且就连他掏出的那窝狼崽，也是在老人一步步指点下挖到手的。他无法坚持，也不能做任何争辩了。他哆哆嗦嗦地叫道："阿爸！"

老人手一甩喊道："甭叫我阿爸！"

陈阵苦苦央求："阿爸，阿爸，是我错了，是我不懂草原规矩，冒犯了神灵，冒犯了您老……阿爸，您说吧，您说让我怎么处理这条可怜的小狼吧。"陈阵的泪水猛然涌出眼眶，止也止不住，泪水洒在小狼和他刚才还快活地玩耍和亲吻的草地上。

老人一愣，两眼定定地望着陈阵，显然一时也不知道该如何处理这条小狼。老人肯定知道陈阵养狼根本就不是为了配狼狗，而是被草原狼迷昏了头。陈阵是他精心栽培的半个汉族儿子，他对草原狼的痴迷，已经超过了大部分蒙古年轻后生。然而，恰恰就是陈阵，干出了使老人最不能容忍的恶行。这是一件老人从未遇到过，也从未处理过的事情。

老人仰望腾格里长叹一声，说道："我知道你们汉人学生不信神，不管自个儿的灵魂。虽说这两年多，你是越来越喜欢草原和狼了，可是，阿爸的心你还是不明白。阿爸老了，身子骨一年不如一年了。草原又苦又冷，蒙古人像野人一样在草原上打一辈子仗，蒙古老人都有一身病，都活不长。过不了多少年，你阿爸就要去腾格里了，你咋能要阿爸的灵魂带上养在狗窝里的狼呢？你这么做，阿爸有罪啊，腾格里兴许就不要你阿爸的灵魂了，把我打入戈壁下面又呛人又黑的地狱。草原上要是都像你对奴才一样待狼，蒙古人的灵魂就没着没落了……"

陈阵小声辩解说："阿爸，我哪是像对奴才一样对待小狼啊，我自己都快成了小狼的奴才了。我天天像伺候蒙古王爷少爷一样地伺候小狼，挤奶喂奶，熬粥喂粥，煮肉喂肉。怕它冷，怕它病，怕它被狗咬，怕它被人打，怕老鹰把它抓走，怕母狼把它叼走，连睡觉都不安稳。连高建中都说我成了小狼的奴隶。腾格里全看得见，腾格里最公平，他是不会怪罪您老的。"

老人又是微微一愣，他相信陈阵说的全是真的。如果陈阵像供神灵，供奉王爷一样地供着小狼，这是冒犯神灵还是敬重神灵呢？老人似乎难以做出判断，不管在方式上，陈阵如何不合蒙古草原的传统和规矩，但陈阵的心是诚的。蒙古草原人最看重的就是人心，老人像狼一样凶狠的目光渐渐收敛。

陈阵隐约看到了一线希望，心里期待着这位睿智的老阿爸能给他这个敬重狼图腾的汉族年轻人一个破例，救下石头下面那个才出生两个月多的小生命。

陈阵擦干眼泪，喘了一口气，压了压自己恐慌而又焦急的情绪说："阿爸，我养狼就是想实实在在地摸透草原狼的脾气、习性和品行，想知道狼为什么那么厉害，那么聪明，为什么草原民族那样敬拜狼。您不知道，我们汉族人是多么恨狼，把最恶最毒的人说成是狼心狗肺，把欺负女人的人叫做大色狼，说最贪心的人是有狼子野心，把美帝国主义叫做野心狼，大人吓唬孩子，就说是狼来了……"

陈阵看老人的表情不像刚才那样吓人了，壮了壮胆子接着说下去："在汉人的眼里，狼是天下最坏最凶恶最残忍的东西，可是蒙古人却把狼当神一样地供起来，活着的时候学狼，死了还把自己喂狼。一开始我也不明白这是为什么。在草原两年多了，要不是您经常开导我，给我讲狼和草原的故事和道理，经常带我去看狼打狼，我不会这么迷狼的，也不会明白那么多的事理。可是我觉着从远处看狼琢磨狼，还是看不透也琢磨不透，最好的办法就是养条小狼，近近地看，天天和它打交道。养了一个多月的小狼，我还真的看到了许多以前没有看到的东西，我越来越觉得狼真是了不起的动物，真是值得人敬拜。可到现在为止，咱们牧场还有一大半的知青，没有改变对狼的看法呢。知青到了草原还不明白狼，那没到过草原的几亿汉人哪能明白呢？以后到草原上来的汉人越来越多，真要是把狼都打光了，草原可怎么办呢？蒙古人遭殃，汉人就更要遭大殃。我现在真是很着急，我不能眼看着这么美的草原被毁掉……"

老人掏出烟袋，盘腿坐到石头前。陈阵连忙拿过火柴，给老人点烟。老人抽了几口说："是阿爸把你带坏了……可眼下咋办？孩子啊，你养狼不替你阿爸想，也得替乌力吉想想，替大队想想。老乌场长刚被罢了官，四个马倌记了大过，这是为的啥？就是上面说老乌尽护着狼了，从来不好好组织打狼，还说你阿爸是条老狼，大队的头狼，咱们二队是狼窝。这倒好，在这个节骨眼上，咱队的知青还真的养了一条小狼。别的三个大队的学生咋就不养？这不明摆着说你是受二队坏人的影响吗？你这不是往人家手里送把柄吗？"

老人忧郁的目光，从一阵阵烟雾中传递出来，他的声音越发低沉："再说，你养小狼，非把母狼招来不可，母狼还会带一群狼过来。额仑草原的母狼最护崽，它们的鼻子也最尖。我估摸母狼一准能找见它的崽子，找到你这块营盘来报复。额仑的狼群什么邪性的事都干得出来。咱们队出的事故还少吗？要是再出大事故，老乌和队里的干部就翻不了身。狼群盯上了你的羊群，逮个空子毁掉你大半群羊，毁了集体财产，你没理啊，那你非得坐牢不可……"

陈阵的心刚刚暖了一半，这下又凉下去多半截。在少数民族地区养狼，本身就违反民族政策，而在羊群旁边养狼，这不是有意招狼，故意破坏生产吗？

陈阵的手不由得微微发抖，看来今天自己不得不亲手把小狼抛上腾格里了。

老人的口气缓和了些，说："包顺贵上台了，他是蒙古族人，可他早就把蒙古祖宗忘掉了。他比汉人还要恨狼，不打狼就保不住他的官。你想，他能让你养狼吗？"

107

陈阵抱着最后一线希望说："您能不能跟包顺贵说，养狼是为了更好地对付狼，是科学实验。"

老人说："这事你自个儿找他去说吧，今天他就来我家住，明天你就找他去吧。"老人站起身，回头看了看那块大石头说："你养狼，就不怕狼长大了咬羊，咬你，再咬别人？狼牙有毒，咬上一口，没准人就没命了。我今天就不看狼崽了，看了我心里难受。走，修车去吧。"

老人修车的时候一句话也不说。陈阵还没有做好处死小狼的心理准备，但他不能再给处境困难的老阿爸和乌力吉添乱了……

老人和陈阵修好了两辆牛车，正要修第三辆车的时候，三条大狗猛吼起来，包顺贵和乌力吉一前一后地骑马跑了过来。陈阵急忙喝住了狗，包顺贵一下马就对毕利格说："你老伴说你到这儿来了，我正好也打算看看小陈养的小狼崽。"

陈阵的心急跳不停，草原的消息传得比马蹄还快。

包顺贵说："我是为新草场的事来的。听说你们打算开辟新草场，这事儿都惊动了旗盟领导，他们很重视啊，指示我们要争取当年成功。能增加这么大的一片新牧场，载畜量就可以翻一番，真是件大好事。这件事是你们俩挑头干的，这次我特地让乌力吉住到你家，这样你们研究工作就更方便了。"

毕利格老人说："这件事是老乌一人带头干的，不论啥时候，他的心都在草原上。"

乌力吉淡淡一笑说："咱们商量一些具体的事吧。迁场路太远，搬家困难不少，场部的汽车和两台胶轮拖拉机，应该调到二队帮忙，还得抽调一些劳力把路修一修……"

包顺贵说："我已经派人通知今晚队干部开会，到时候再议吧。"

他扭头对陈阵说："好吧，让我见识见识你养的小狼。"

陈阵看了看毕利格老人，老人仍不说话。陈阵赶紧说："我已经不打算养了，养狼违反牧民的风俗习惯，也太危险，要是招来狼群我可负不起这个责任。"他一边说着，一边搬开石头掀开了案板。

洞里，胖乎乎的小狼正要往上爬，一见洞上黑压压的人影，立即缩到壁角，皱鼻龇牙，可是全身的狼毫瑟瑟发抖。

包顺贵眼里放出光彩，大声叫好："哈！这么大的一条狼崽，才养了一个多月，就比你交上来的狼崽皮大两倍多。早知道这样，还不如让你都养了，等大一点再杀，十几张皮就能做一件小狼皮袄了。你们瞧，这身小狼皮的毛真好看，比没断奶的狼崽皮厚实多了……"

陈阵苦着脸说："那我也养不起，狼崽特能吃，一天得吃一大盆肉粥，还要喂一碗牛奶。"

包顺贵说："你怎么就算不过账来呢？小米子换大皮子多划算啊。明年各队如果再掏着了狼崽，一律不准杀，等养大两三倍再杀。"

老人冷笑道："哪那么省事儿，断奶前他是用狗奶喂狼崽的，要是养那么多的狼崽，上哪儿找那么多母狗去？"

包顺贵想了想说："哦，那倒也是。"

陈阵伸手捏着小狼的后脖颈，将它拎出洞。小狼拼命挣扎，在半空中乱蹬乱抓，浑身抖个不停。狼其实是天性怕人的动物，只有被逼急了才会伤人。

他把小狼放在地上，包顺贵伸出大巴掌在小狼身上摸了几下，笑道："我还是头一回摸活狼呢，还挺胖啊，有意思，有意思。"

乌力吉说："小陈啊，看得出来，这一个多月你没少费心。野地里的小狼都还没长这么大呢，你比母狼还会带狼崽了。早就听说你迷上了狼，碰到谁都要让人讲点狼的故事，真没想到你还养上了狼，你是不是走火入魔了？"

毕利格老人出神地看着小狼，他收起烟袋，说道："我活这么大的岁数，这还是头一回瞅见人养的小狼，养得还挺像样儿。陈阵这孩子真是上了心啊，刚才求了我老半天。可是，在羊群旁边养狼，不全乱套了吗？要是问全队的牧民，没一个会同意他养狼的。今儿你们俩都在，我想，这孩子有股钻劲，他想搞个科学实验，你们说咋办？"

包顺贵好像对养狼很感兴趣，他想了想说："这条小狼现在杀了也可惜了，就这么一张皮子，做啥也不好做。能把没断奶的狼崽养这么大，不容易啊。我看这样吧，既然养了，就先养着试试吧。养条狼做科学实验，也说得过去。研究敌人是为了更好地消灭敌人。往后我也真得常来这儿看看小狼呢，听说，你还打算把狼养大了配狼狗？"

陈阵点点头："是想过，可阿爸说根本成不了。"

包顺贵问乌力吉："这事儿草原上从前有人做过吗？"

乌力吉说："草原民族敬狼拜狼，哪能配狼狗？"

包顺贵说："那倒可以试一试嘛，这更是科学实验了。要是能配出蒙古狼狗来，没准比德国狼狗、苏联狼狗都厉害。蒙古狼是世界上最大最厉害的狼，配出的狼狗准错不了。牧民要是有了蒙古狼狗看羊，狼没准真的不敢来了。我看这样吧，往后牧民反对，你们就说是在搞科学实验。不过，小陈你记住了，千万注意安全。"

乌力吉说："老包说可以养，那你就养吧。不过我得提前告诉你，出了事还得你自己担着，不要给老包添麻烦。我看你这么养着太危险，最好弄条铁链子拴着养，不让狼咬着人咬着羊。"

包顺贵说："对，绝对不能让狼伤着人，要是伤了人，我马上就毙了它。"

陈阵紧张得心都快跳出来了，连声说："一定一定！不过……我还有一件事得求你们，我知道牧民都反对养狼，你们能不能帮我做做工作？"

乌力吉说："你阿爸说话比我管用，他说一句顶我一百句呢。"

老人摇摇头说："唉，我把这孩子教过了头，是我的错，我也担待一点吧。"

老人将木匠工具袋留给陈阵，便套好牛车回家。包顺贵和乌力吉也上马跟着牛车一块儿走了。

陈阵像是大病初愈，兴奋得没有一点力气，几乎瘫坐在狼窝旁边。他紧紧搂抱着小狼，搂得小狼又开始皱鼻龇牙。陈阵急忙给它挠耳朵根，一下就搔到了小狼的痒处，小狼立刻软了下来，闭着一只眼，歪着半张嘴，伸头伸耳去迎陈阵的手，全身舒服得直打颤，像是得了半身不遂，失控地抖个不停。

在汉人的眼里，狼是天下最坏最凶恶最残忍的东西，可是蒙古人却把狼当神一样地供起来，活着的时候学狼，死了还把自己喂狼。

17

小狼被拴上了铁链

二大队的人畜，经过两天两夜的跋涉，终于进入了牧场东北部那片新开辟的草场。

陈阵终于看清了这片边境草原美丽的处女地，这可能是中国最后一片处女草原了，美得让他几乎窒息。眼前是方圆几十里的碧绿大盆地，盆地的东方是重重叠叠、一波一波的山浪，一直向大兴安岭的余脉涌去。绿山青山、褐山赭山、蓝山紫山，推着青绿褐赭蓝紫色的彩波，向茫茫的远山泛去，与粉红色的天际云海相汇。盆地的北西南三面，是浅碟状的宽广大缓坡，从三面的山梁缓缓而下。草坡像是被腾格里修剪过的草毯，整齐的草毯上还有一条条一片片蓝色、白色、黄色、粉色的山花图案，色条之间散点着其他各色野花，将大片色块色条衔接过渡得自然天成。

一条标准的蒙古草原小河，从盆地东南山谷里流出。小河水一流到盆地底部的平地上，立即大幅度地扭捏起来。每一曲河弯河套，都弯成了马蹄形的小半圆或大半圆，犹如一个个开口的银圈。整条闪着银光的小河宛若一个个银耳环、银手镯和银项圈贯串起来的银嫁妆；又像是远嫁到草原的森林蒙古姑娘，在欣赏草原美景，她忘掉了自己新嫁娘的身份，变成了一个贪玩的小姑娘，在最短的距离内绕行出最长的观光采花路线。河弯河套越绕越圆，越绕越长，最后注入盆地中央的一汪蓝湖。泉河清清，水面上流淌着朵朵白云。

盆地中央竟是陈阵在梦中都没有见过的天鹅湖。望远镜镜头里，宽阔的湖面出现了十几只白得耀眼的天鹅，在茂密绿苇环绕的湖中幽幽滑行，享受着世外天国的宁静和安乐。天鹅四周是成百上千的大雁、野鸭和各种不知名的水鸟。五六只大天鹅忽地飞起来，带起了大群水鸟，在湖与河的上空低低盘旋欢叫，好像隆重的迎亲乐团。泉湖静静，湖面上漂着朵朵白羽。

在天鹅湖的西北边还有一个天然出口，将湖中满溢的泉水，输引到远处上万亩密密的苇塘湿地里去了。

　　这也许是中国最后一个从未受人惊扰过的原始天鹅湖，也是中国北部草原边境上，最后一处原始美景了。

　　高原初夏的阳光，将盆地上空浮岛状的云朵照得又白又亮，晃得人睁不开眼睛。空气中弥漫着羊群羊羔嚼出的山葱野蒜的气味，浓郁而热辣。人们不得不时时眨一下眼睛，滋润一下自己的眼珠。

　　二大队三十多个蒙古包，扎在盆地西北接近山脚的缓坡上。两个蒙古包组成一个浩特，浩特与浩特相距不到一里，各个生产小组之间相距也很近。毕利格老人下令如此集中扎营，是为了防止新区老区狼群的轮番或联合攻击。这样密集的人群狗群防线，额仑的狼群无论如何也难以攻破，陈阵稍稍放下心来。

　　大队几十群牛羊马都已开进了新草场，处女草地一天之间就变成

了天然大牧场。四面八方传来歌声、马嘶声、羊咩声和牛吼声，开阔的大盆地充满了喜气洋洋的人气、马气、羊气和牛气。

陈阵和杨克的羊群，散在蒙古包后面不远的山坡上吃草。陈阵对杨克感慨道："这块新草场与去年的夏季草场，真有天壤之别，我甚至产生了那种开疆辟土般的快感和自豪，有时觉得好像在梦游，把羊放到了伊甸园来了。"

杨克深深地吸了一口草香说道："我也有同感，这真是个世外草原，天鹅草原。在天鹅飞翔的蓝天下牧羊，多浪漫啊，连伊甸园里可能都没有白天鹅……"

两人一边说着，急着去看小狼。

小狼对视野宽广的新环境十分好奇和兴奋。它有时对排队去小河饮水的牛群看个没完，有时又对几群亮得刺眼的白羊群歪着头反复琢磨；过了一会儿，又远眺湖泊上空盘旋飞翔的水鸟群。小狼看花了眼，它从来没有一下子看到过这么多的东西。在搬家前的接羔草场，陈阵的浩特距最近的毕利格家都有四五里远，那时小狼只能看到一群牛，一群羊，一个石圈，两个蒙古包和六辆牛车。

在搬往新草场的路上，小狼被关在牛粪箱里两天一夜，什么也没看到。当它再次见到阳光时，周围竟然变成这个样子了。小狼亢奋得上蹿下跳，如果不是那条铁链拴着它，它一定会跟着狗们到新草地上撒欢撒野，或者与过路的小狗们打架斗殴。

陈阵不得不听从乌力吉的意见，将小狼用铁链拴养。小狼脖子上的牛皮项圈扣在铁链上，铁链的另一端扣连在一个大铁环上，铁环又松松地套在一根胳膊粗的山榆木的木桩上，木桩埋砸进地面两尺深，露出地面部分有近一米高。木桩上又加了一个铁扣，使铁环脱不出木桩。这套囚具结实得足以拴一头牛。它的结构又可以避免小狼跑圈时将铁链缠住木桩，越勒越短，最后勒死自己。

在搬家前的一个星期里，小狼失去了自由，它被一根长一米半的铁链拴住，成了一个小囚犯。陈阵心疼地看着小狼怒气冲冲地与铁链战斗了一个星期，半段铁链一直被咬得湿漉漉的。可是它咬不断铁链，拔不动木桩，只能在直径三米的圆形露天监狱里度日。陈阵经常加长放风遛狼的时间，来弥补他对小狼的虐待。

小狼每天最快乐的时刻，就是偶尔有一条小狗走进狼圈陪它玩，但它每次又忍不住将小狗咬疼咬哭咬跑，最后重又落得个孤家寡人。只有二郎时常会走进狼圈，有时还故意在圈里休息，让小狼没大没小地在它身上踩肚踩背踩头，咬耳咬爪咬尾。

小狼一天中最重要的一项内容，就是眼巴巴地盯着蒙古包门旁属于自己的食盆，苦苦等待食盆加满再端到它的面前。它全然不能意识到自己成为囚徒的真正原因。小狼眼里总是充满愤怒：为什么小狗们能自由自在，而它就不能？故而常常向小狗发泄，直到把小狗咬出血。在原始游牧条件下，在狗群羊群人群旁边养狼，若不采取"非人的待遇"，稍一疏忽，小狼也许就会伤羊伤人，最后难逃被处死的结局。

陈阵好几次轻声细语地对小狼说明了这一点，但小狼仍然冥顽不化。陈阵和杨克开始担心这种极其不公平的待遇，会对小狼的心理发展产生严重影响。用铁链拴养小狼必然使小狼丧失个性，丧失自由发展的条件和机会，那么，在这种条件下养大的狼，还能算是真正的狼吗？它与陈阵杨克想了解的野生草原狼，肯定会有巨大差别。他俩的科学研究，一开始就碰上了研究条件不科学的致命问题。如果能在某个定居点的大铁笼或一个大石圈里养狼，狼就能相对自由，也能避免对人畜的危害了。

陈阵和杨克隐隐感到他们有些"骑狼难下"了，也许这个科学实验早已埋下了失败的种子。杨克有一次偶尔露出了想放掉小狼的念头，但被陈阵断然拒绝。杨克的心里也实在是舍不得放，此后对小狼越发疼爱了。

草原又到了牛群自由交配的季节。那几头雄壮的氓牛——草原自由神，居然在当夜就闻着母牛的气味，轰轰隆隆地追到了新草场，找到了它们的妻妾。

小狼对近在眼前的一头大氓牛很害怕，赶紧把身子缩在草丛中。当氓牛狂暴地骑上一头母牛后胯的时候，小狼吓得向后猛地一蹿，一下子被铁链拽翻了一个大跟头，勒得它吐舌头，翻白眼。小狼经常忘

记自己脖子上的锁链，等到氓牛又去追另一头向它示意的母牛的时候，小狼才算平静下来。

小狼对这个新囚地，似乎还算满意，它开始在狼圈里打滚撒欢。新居的领地里长满了一尺高的青草，比原来的干沙狼圈舒服多了。小狼仰面朝天躺在草上，又侧着头一根一根地咬草拽草，它自己可以和青草玩上半小时。生命力旺盛的小狼在这个小小的天地里，为自己找到了可以燃烧生命的运动，它又开始每日数次地跑圈，它沿着狼圈的外沿全速奔跑，一圈又一圈，不知疲倦。

小狼疯跑了一阵以后，突然急刹车，掉头逆时针地跑。跑累了便趴在草地上，像狗一样地张大嘴，伸长舌头，滴着口水，散热喘气。陈阵发现小狼这些日子跑的时间和圈数，超出平时几倍，它好像有意在为自己脱毛换毛加大运动量。毕利格老人说，小狼第一次换毛，要比大狼晚得多。

草地最怕踩，狼圈新跑道上的青草，全被小狼踩得委靡打蔫。

狼太贼了，人的心眼再多都不够用。

18
儿马子大战

突然，东面响起一阵急促的马蹄声，张继原骑马奔来，额头上扎着醒目的白绷带。陈阵和杨克吃了一惊，忙去迎接，张继原大喊："别别！别过来！"他骑的那匹小马，一惊一乍，根本不容人接近。两人才发现他骑的是一匹刚驯的生马生个子①。两人急忙躲开，让他自己找机会下马。

在蒙古草原，蒙古马马性刚烈，尤其是乌珠穆沁马，马性更暴。驯生马，只能在马驹长到新三岁，也就是不到三岁的那个早春开始驯。早春马最瘦，而新三岁的小马又刚能驮动一个人。如果错过这个时段，当小马长到新四岁的时候，就备不上鞍子，戴不上嚼子，根本驯不出来了。就算让别人帮忙，揪住马耳把马摁低了头，强行备鞍戴嚼上马，马也绝不服人骑，不把人尥下马决不罢休。哪怕用武则天的血腥驯马法也无济于事，这匹马就可能成为永远无人能骑的野马了。

----

①生个子：还没被驯服的、带有野性的马。

每年春季，马倌把马群中野性不是最强的新三岁小马，分给牛倌羊倌们驯，谁驯出的马，就归谁白骑一年。如果骑了一年后，觉得这马不如自己名下其他的马好，可将新马退回马群。当然，这匹驯好的新马从此就有了名字。

在额仑草原，给马取名字的传统方法是：驯马人的名字加上马的颜色，比如：毕利格红、巴图白、兰木扎布黑、沙茨楞灰、桑杰青、杨克黄、陈阵栗等等。以驯马人名字来给新马命名，是草原对勇敢者的奖励。拥有最多以自己名字命名的马的骑手，在草原上受到普遍的尊敬；如果驯马人觉得自己驯出的是一匹好马，他就可以要下这匹马，但必须用自己原来名额中的一匹马来换。一般羊倌牛倌会用自己名下的四五匹、五六匹马中，最老最赖的马，去换一匹有潜力的小新马。马名一旦取好，将伴随马的一生，互相很少有重名的。

在草原上，马是草原人的命。没有好马，没有足够的马和马力，就逃不出深雪、大火和敌兵的追击，送不及救命的医生和药物，报不及突至的军情和灾情，并且套不住狼，追不上白毛风里顺风狂奔的马群牛群和羊群，等等。毕利格老人说，草原人没有马，就像一条狼被夹断两条腿。

羊倌牛倌要想得好马，只能靠自己驯马。草原人以骑别人驯出的马为耻。在额仑草原，即便是普通的羊倌牛倌，骑的都是自己驯出来的马。优秀的羊倌牛倌，骑着一色儿的好马，让年轻的小马倌看了都眼红。

马群中剩下的野性最强的新三岁马，大多由马倌自己驯。马倌的马技最好，驯出的马最多，好马倌就有骑不完的马。但是遇到野性奇强的生马，马倌被摔得鼻青脸肿，肉伤骨折的事也时有发生。

但在额仑草原，往往野性越大的马，就越是快马和有长劲的上等马。哪个马倌好马最多，哪个马倌的地位就最高，荣誉就最多。蒙古草原鼓励男儿钻狼洞、驯烈马、斗恶狼、摔强汉、上战场、出英雄。蒙古草原是战斗的草原，是勇敢者的天下。蒙古大汗是各部落联盟推选出来，而不是世袭钦定的。

张继原一边挠着马脖子，一边悄悄脱出一只脚的马蹬，趁生个子分神儿的机会，他一抬腿利索地落地。生马惊得连尥了十几下，差点把马鞍尥下马背。张继原急忙收短缰绳，把马头拽到面前，以避开后蹄。又费了半天劲，才把马赶到牛车辕辘旁拴结实。生个子暴躁地猛挣缰绳，把牛车挣得哐哐响。

陈阵和杨克都长舒了一口气。杨克说："你小子真够玩命的，这么野的马你也敢压？"张继原摸了摸额头说："早上我让它尥了下来，脑袋上还让它尥了一蹄子，正中脑门，把我踢昏过去了，幸亏巴图就在旁边。青草还没长出来的时候，我就压了它两次，根本压不住，后来又压了两次才算老实了。哪想到它吃了一春天的青草，上了膘，又不肯就范了。幸亏是小马，蹄子还没长圆，没踢断我的鼻梁，要是大马我就没命了。这可是匹好马坯子，再过一两年准是匹名马。在额仑，谁都想得到好马，不玩命哪成！"

陈阵说："你小子越来越让人提心吊胆。什么时候，你既能压出好马，又不用打绷带，那才算出师了。"

张继原说："再有两年差不多。今年春天我连压了六匹生个子，个个都是好马。往后你们俩打猎出远门，马不够骑就找我。我还想把你们俩的马全换成好马。"

杨克笑道："你小子胆子大了，口气也跟着见长。别人嚼过的馍没味道，我想换好马，自个儿驯。今年尽顾小狼了，没时间压生个子，等明年吧。"

陈阵也笑着说："你们俩的狼性都见长。真是近朱者赤，近狼者勇。"

马群饮完了水，慢慢走到陈阵蒙古包正前方坡下的草甸上。张继原说："这里是一个特棒的观战台，居高临下，一览无余，跟你们说十遍，不如让你们亲眼看一遍。从前大队不让马群离营盘太近，你俩没机会看，这回就让你们俩开开眼，一会儿你俩就知道什么叫蒙古马了。"

新草场地域宽广，草多水足，进来的又只是一个大队的牲畜，大队破例允许马群饮完水以后，可以在牛羊的草场上暂时停留一段时间。由于没有人轰赶，马群都停下来，低头吃草。

陈阵和杨克立即被高大雄壮剽悍的儿马子（雄种马）夺去了视线。儿马子全都已经换完了新毛，油光闪闪，比蒙古袍的缎面还要光滑。儿马子的身子一动，皮下条条强健的肌肉，宛如肉滚滚的大鲤鱼在游动。儿马子最与众马不同的是它们那雄狮般的长鬃，遮住眼睛，遮住整段脖子，遮住前胸前腿。脖子与肩膀相连处的鬃发最长，鬃长过膝、及蹄甚至拖地。

它们低头吃草的时候，长鬃倾泻，遮住半身，像个披头散发又无头无脸的妖怪。它们昂头奔跑起来，整个长脖的马鬃迎风飞扬，像一面草原精锐骑兵军团的厚重军旗，具有使敌人望旗胆战的威慑力。儿马子性格凶猛暴躁，是草原上无人敢驯、无人敢套、无人敢骑的烈马。儿马子在草原的功能有二：交配繁殖和保护马群家族。对于自己的后代，它具有极强的家族责任心，敢于承担风险，因而也更凶狠顽强。如果说氓牛是配完种就走的二流子，那么，儿马子就是蒙古草原上真正的伟丈夫。

　　没过多久，激烈的马战突然开始。马群里所有的儿马子，都凶神恶煞般加入了厮杀。一年一度蒙古马群中驱赶女儿、争抢配偶的大战，就在观战台下爆发了。

　　三个人坐在狼圈旁的草地上静静观看，小狼也蹲坐在狼圈边，一动不动地注视着马群大战，狼鬃瑟瑟颤抖，如同雪地里的饥狼。小狼对凶猛强悍的大儿马子，有一种本能的恐惧，但它看得全神贯注。

　　五百多匹马的大马群中，有十几个马家族，每个儿马子统率一个家族。最大的家族有七八十匹马，最小的家族只有不到十匹马。家族成员由儿马子的妻妾、儿女构成。在古老的蒙古马群中，马群在交配繁殖方面进化得比某些人还要文明。为了在残酷的草原上，在狼群的包围攻击下能够继续生存，马群必须无情地铲除近亲交配，以提高自己种群的质量和战斗力。

每当夏季，三岁的小母马接近性成熟的时候，儿马子就会一改慈父的面孔，毫不留情地把自己的女儿赶出家族群，决不允许小母马跟在它们妈妈的身旁。

发疯发狂的长鬃生父，像赶狼咬狼一样地追咬亲生女儿。小母马们被追咬得哭喊嘶鸣，马群乱作一团。刚刚有机会逃到妈妈身边的小母马，还未来得及喘口气，凶暴的儿马子爸爸又快速追到，对小母马又踢又刨又咬，绝不允许有丝毫顶抗。

小母马被踢得东倒西歪，只好逃到家族群之外，发出凄惨的长嘶苦苦哀求，请父亲开恩。但是儿马子怒瞪马眼，猛喷鼻孔，狠刨劲蹄，无情威胁，不许女儿重返家族。小母马的妈妈们刚想护卫自己的女儿，立即会遭到丈夫的拳打脚踢。最后大母马们只好无可奈何地保持中立，它们也似乎理解丈夫的行为。

各个家族驱赶女儿的大战刚刚告一段落，马群中更加残酷的争夺新配偶的恶战接踵而来，这是蒙古草原上真正雄性野性的火山爆发。马群中那些被赶出族门、无家可归的小母马们，立即成为没有血缘关系的其他儿马子的争夺对象。

所有的儿马子都用两只后蹄高高地站立起来，捉对厮杀搏击，整个马群顷刻间就高出了一倍。它们用沉重巨大的马蹄当武器，只见马蹄在半空中，像抢锤、像击拳、像劈斧。马蹄铿锵，马牙碰响，弱马被打得落荒而逃，强马们杀得难分难解。前蹄不灵就用牙，大牙不行就转身用后蹄，那可是能够敲碎狼头的超级重武器。有的马被尥得头破了、胸肿了、腿瘸了，但儿马子们毫无收场之意。

当小母马趁乱逃回家族的时候，又会遭到狂怒的父亲和贪婪的抢亲者的共同追咬。儿马子的对手又突然成了战友，共同把小母马赶到它必须去的地方。

一匹最漂亮健壮的小白母马，成了两匹最凶猛的儿马子争抢的目标。小母马全身雪白的新毛柔顺光亮，一对马鹿似的大眼睛妩媚动人。它高挑苗条，跑起来像白鹿一样轻盈快捷。

杨克连声赞道："真是太漂亮了，我要是匹儿马子也得玩儿命去抢。抢婚比求婚更刺激。妈的，草原上连马群的婚姻制度都是狼给定的，狼是马群最大的天敌与克星。如果没有狼，儿马子犯不上这么凶猛无情，小母马也不得不接受野蛮的抢婚制。"

两匹儿马子激战犹酣，打得像罗马斗兽场里的两头雄狮，怒气冲天，非得你死我活不可。

张继原下意识地跺着脚，搓着手说："为了这匹小母马，这两匹大儿马子已经打了好几天了。这匹小白母马人见人爱，我管它叫白雪公

125

主。这个公主真是可怜，今天在这个儿马子的马群待一天，明天就又被那匹儿马子抢走了，然后两匹马再接着争夺，后天小公主可能又被抢回去。等这两匹儿马子打得精疲力竭，还会突然杀出一匹更凶猛狡猾的第三号竞争者，小公主又得改换门庭了。小公主哪里是公主啊，完全是个女奴，任儿马子争来抢去，整天东奔西跑，连这么好的草也吃不上几口，你们看它都饿瘦了。前几天，它还要漂亮呢。每年春天这么打来打去，不少小母马也学乖了，自己的家反正也回不去，它就找最厉害的儿马子的马群，去投奔靠得住的靠山，省得让人家抢个没完，少受点皮肉之苦。小母马们很聪明，都见过狼吃马驹和小马的血腥场面，都知道在草原上如果没有家，没有一个厉害的爸爸或丈夫的保护，弄不好就可能被狼吃掉。蒙古马的野性，儿马子的勇猛战斗精神，说到底都是让狼给逼出来的。"

张继原继续说："儿马子是草原一霸，除了怕狼群攻击它的妻儿之外，基本上是天不怕地不怕的，不怕狼更不怕人。以前我们常说什么做牛做马，其实跟儿马子根本都不相干。蒙古马群真跟野马群差不多，马群中除了多一些阉马，其他几乎没太大区别。我泡在马群里的日子也不短了，可我还是想象不出来，那原始人一开始是怎么驯服野马的？怎么能发现把马给骟①了就有可能骑上马？骟马这项技术也不是好掌握的，骟马必须在小马新二岁的早春时候骟，骟早了小马受不了，骟晚了又骟不干净。到了新三岁，就该驯生个子了，如果把骟马和驯马放在同一个时候，非把小马弄死不可。这项技术难度太高了，你们说，原始草原人是怎么摸索出并掌握这项技术的呢？"

陈阵和杨克互相看了一眼，茫然摇头。张继原便有些得意地说下

---

①骟：割掉牲畜的睾丸或卵巢。

去："我琢磨了好长时间，我猜测，可能是原始草原人先想法子抓着被狼咬伤的小野马驹，为它养好伤，再慢慢把它养大。可是养大以后也不可能骑啊，就算在小马的时候还勉强能骑，可小马一长成儿马子谁还敢骑呢。然后想办法再抓一匹让狼咬伤的小野马驹，再试。不知道要经过多少代，没准原始人碰巧抓住了一匹被狼咬掉睾丸、侥幸活下来的新二岁小马，后来长大了就能驯骑了……这才受到启发。反正原始草原人驯服野马的这个过程，太复杂太漫长了，不知摔伤摔死了多少草原人，才终于驯服了野马。这真是人类历史发展的伟大一步，要比中国人的四大发明早得多，也重要得多。没有马，古代人类的生活真不堪想象，比现在没有汽车火车坦克还惨，所以，游牧民族对人类的贡献真是不可估量。"

陈阵激动地打断他说："我同意你的观点，生命是战斗出来的。草原人驯服野马，可比远古农民驯化野生稻难多了。至少野生稻不会跑，不会尥蹶子，不会把人踢破头，不会把人踢死拖死。驯化野生植物基本上是和平劳动，可是驯服野马野牛，是流血又流汗的战斗和劳动，没有勇气、智慧和顽强的性格是成功不了的。农耕民族至今还在享用游牧民族的这一伟大战果呢。"

杨克叹道："其实现在世界上最强悍的民族，大多是当年游牧民族的后代。他们一直到现在还保留着喝牛奶、吃奶酪、吃牛排，养狗、赛马、铺草坪、竞技体育，还有热爱自由、民主选举、尊重妇女等等的原始游牧民族的遗风和习惯。西方的先进技术并不难学到手，中国的卫星不是也上天了吗？但最难学的是西方民族血液里的战斗进取、勇敢冒险的精神和性格。鲁迅早就发现华夏民族在国民性格上存在大问题……"

在草甸上，原始马战仍打得不可开交。打着打着，那美丽的"白雪公主"终于被一匹得胜的马圈进它的马群。失败者不服气，狂冲过来，朝小母马就是几蹄。小公主被踢翻在地，不知道该向谁求救，卧在草地上哀哀地长嘶起来。小公主的妈妈焦急地想上前援救，但被恶魔似的丈夫几蹄子就打回了马群。

杨克实在看不下去了，他推了推张继原说："你们马倌怎么也不管管？"

张继原说："怎么管？你一去，马战就停；你一走大战又起。这是马群的生存战，千年万年就这样。整个夏季，儿马子不把所有的女儿赶出家门、不把所有的小母马争抢瓜分完毕，这场马战就不会停止。每年一直要到夏末秋初才能休战。到那时候，最凶猛的儿马子能抢到最多的小母马，而最弱最胆小的儿马子，只能捞到人家不要的小母马。最惨的儿马子甚至连一个小妾也捞不着。夏季这场残酷的马战中，会涌现出最勇猛的儿马子，它配出的后代也最厉害，速度快，脑子灵，性格强悍。战斗竞争出好马，通过一年一度的马战，儿马子的胆量越来越强，战技也越来越精，它的家族也就越来越兴旺。这也是儿马子锻炼斗狼杀狼、看家护群本领的演习场。没有一年一度的马战演习，蒙古马群根本无法在草原生存。"

陈阵说："看来能打善战、震惊世界的蒙古马，真是让草原狼给逼出来的。"

张继原说："那当然。草原狼不光培养了蒙古武士，也培育了蒙古战马。中国古代汉人政权也有庞大的骑兵，可是汉人的马，大多是在马场马圈里喂养出来的。马放在圈里养，有人喂水添料，晚上再加夜草。内地马哪见过狼啊，也从来没有马战。马配种不用打得你死我活，全由人来包办。这种马的后代哪还有个性和战斗力？"

张继原又说:"战斗性格还真比和平劳动性格更重要。世界上劳动量最大的工程——长城,仍是抗不过世界上最小民族的骑兵。光会劳动不会战斗是什么?就是那些阉马,任劳任怨任人骑,一遇到狼,掉头就逃,哪敢像儿马子那样猛咬狠踢。"

杨克赞同地说:"唉,长城万里是死劳动,可人家草原骑兵是活的战斗。"

陈阵说:"我觉得咱们过去受的教育,把劳动捧得太极端。劳动创造了人,劳动创造了一切。勤劳的中国人民最爱听这个道理。实际上,光靠劳动创造不了人。如果猿猴光会劳动不会战斗,它们早就被猛兽吃光了,哪还轮得上劳动创造以后的'一切'。猿人发明的石斧,你说这是劳动工具还是武器,或者二者兼而有之?"

杨克说:"石斧当然首先是武器,不过用石斧也可以砸核桃吃。"

陈阵思索着说:"劳动之中还有无效劳动、破坏性劳动和毁灭性劳动。只有把战斗和劳动完美结合的民族,才能生存、发展,才有广阔的前途……"

杨克和张继原都连连点头。

儿马子终于暂时休战,都去往肚子里填草了。小母马们趁机又逃回妈妈身边,大母马心疼地用厚厚的嘴唇给女儿撸毛揉伤。但小母马只要一看到父亲瞪眼喷鼻向它怒吼,就吓得乖乖跑回自己的新家,远远地与妈妈相望,四目凄凉。

杨克由衷地说:"看来,以后我还真得多到马群中去上上课。"

19
狼的词典里没有 "品尝" 二字

高建中赶了一辆牛车兴冲冲地回来。他大喊:"咱们赚了!我抢了大半桶野鸭蛋!"

三人跑过去,从车上拎下沉甸甸的大水桶,里面大约有七八十个长圆形野鸭蛋,其中有一些破了,裂了口子,金黄色的汁液从蛋壳的缝隙里渗出来。

杨克说:"你可是一下子就消灭了一大群野鸭啊。"

高建中说:"同学们都在那儿抢呢。西南的泡子边,小河边的草里沙窝里,走不了十几步,就能找到一窝野鸭蛋,一窝就有十几个。先去的人都抢了好几桶了。跟谁抢?跟马群抢呗。马群去饮水,一踩一大片,河边泡子边尽是蛋黄和碎蛋壳,看着真心疼啊。"

陈阵问:"还有没有?咱们再去抢点回来,吃不了就腌咸鸭蛋。"

高建中说:"这边没了,四群马一过还能剩下多少,泡子东边可能还有。"

杨克冲着张继原吼道:"马群真够浑的,可你们马倌难道也不长点眼睛。"

张继原说:"谁知道河边草里有野鸭蛋啊!"

高建中看到了家门口下面不远的马群,立即对张继原说:"哪有把马群放在自己家门口的,把草吃光了,我的牛吃什么?你快把马群赶走,再回来吃摊鸭蛋。"

陈阵说:"他骑的可是生个子,上马下马不容易,还是让他吃了再走吧。他刚才给我们俩上了一课,也得犒赏犒赏他。"又对张继原说:"别走别走,这么多的破蛋我们仨吃不了。"

高建中吩咐说:"你们都过来,把破蛋好蛋分开挑出来。我两年没吃到摊鸡蛋了,这次咱们吃个够。正好包里还有不少山葱,野葱摊野蛋,是真正的野味,一定特香。杨克你去剥葱,陈阵你去打蛋,继原去撮一大簸箕干牛粪来,我掌勺。"

挑拣的结果,一半好蛋,一半破蛋。每人可以先吃上八九个破蛋,四人乐得像过节。

不一会儿,羊油、山葱和野鸭蛋浓烈的混合油香溢出蒙古包,在草原上随风飘散。狗们全都流着口水,摇着尾巴挤在门口,小狼把铁链挣得哗哗响,也馋得蹦高,凶相毕露。陈阵准备留出一份喂狼,想看看小狼吃不吃羊油摊野鸭蛋。

四人在蒙古包里狼吞虎咽地吃了一碗又一碗。正吃在兴头上,忽然听到嘎斯迈在包外大声高叫:"好啊,吃这么香的东西,也不叫我。"嘎斯迈带着巴雅尔,扒拉开狗进了包。陈阵和杨克立刻让坐,请两人坐在北面地毡主座的位置上。陈阵一边给两人盛鸭蛋,一边说:"我以为牧民不吃这种东西呢。来,你们先尝尝。"

嘎斯迈说:"我在家里就闻到香味了,太香了,隔着一里地都能闻见，馋得我像狗一样流口水了，连我家的狗都跟来了。我怎么不敢吃？我吃我吃!"说完就拿筷子夹了一大块，放到嘴里，嚼了几口，连说好吃好吃。

巴雅尔更是吃得像小狼一样贪婪，吃着碗里望着锅里，担心锅底朝天。草原牧民早上一顿奶食、肉和茶，晚上一顿主餐，不吃中饭。这时母子俩确实都饿了。嘎斯迈说:"这东西太好吃了，我的'馆子'吃啦，不用进城了，今天一定得让我吃个饱。"

额仑草原的牧民把汉家菜叫做"馆子"，都喜欢吃"馆子"。近年来，牧民的饮食中也开始出现汉菜的作料。牧民喜欢花椒、酱油和大葱，有的牧民也喜欢辣椒，但所有的牧民都不喜欢醋、蒜、生姜和八角大料，说大料"臭臭的"。

陈阵赶紧说:"往后我们做'馆子'一定请你们来吃。"

高建中经常吃嘎斯迈送来的黄油、奶豆腐、奶皮子，也经常去她家喝奶茶吃手把肉。他最喜欢吃嘎斯迈做的蒙古奶食肉食，这次终于得到回报的机会了。他笑着说:"我这儿有一大桶呢，破的不够就吃好的，保你们吃够。"他连忙把破蛋放在一边，一连敲了五六个好蛋，专门为嘎斯迈母子摊一锅。

嘎斯迈说:"可阿爸不吃这东西，他说这是腾格里的东西不能动，我只好到你们这儿来吃啦。"

陈阵说:"去年我见到阿爸向场部干部家属要了十几个鸡蛋，那是怎么回事？"

嘎斯迈说:"那是因为马得了病上了火。他捏住马鼻子，让马抬起头，再在马牙上把这东西打破，灌下去。灌几次马病就好啦。"

杨克小声跟张继原嘀咕:"这事坏了，咱们来了，牧民也开始跟着咱们吃他们原来不吃的东西了。再过几年，这儿不要说天鹅，连野鸭子也见不着了。"

巴雅尔越吃越来劲，他满嘴流油地对高建中说："我知道哪儿还有这东西，你再给我们做一碗，明天我带你去捡。土坡上废獭洞的口子里面准有，早上我找羊羔的时候，就在草场的小河旁边见到过。"

高建中高兴地说："太好了，小河边是有一个土包，还真有不少沙洞呢，马群肯定踩不着。"他一边摊着蛋，一边让陈阵再敲出一些蛋来。又是一大张油汪汪厚嫩嫩的摊鸭蛋出了锅。这回高建中把蛋饼用锅铲一切两半，盛到嘎斯迈母子的碗里，母子俩吃得满头冒汗。油锅里油烟一冒，一大盆打好的蛋汁，又哧啦啦地下了锅。

等摊蛋出了锅以后，陈阵接过锅铲说："我再让你们俩吃新花样。"他往锅里放了一点羊油，开始煎荷包蛋，不一会儿，锅里就出现了两个焦黄白嫩的荷包形的标准煎蛋。嘎斯迈母子俩站起身来看锅，看得眼睛都直了。陈阵给他俩一人盛了一个，并浇了一点化开的酱油膏。

嘎斯迈一边吃一边说："这个新东西更好吃啦，你再给我们做两个。"

杨克笑嘻嘻地说："待会儿我给你做一碗韭菜炒鸭蛋，你们吃饱以后，再让张继原给你们做一锅鸭蛋葱花汤。我们四个的手艺一个也不落下了。"

蒙古包里油烟和菜香弥漫，六个人吃得有点恶心了，才放下碗筷。这顿野鸭蛋宴，消灭了桶里的一多半鸭蛋。

嘎斯迈急着要走，刚搬家，里里外外的活儿多。她打着饱嗝回头笑了笑说："你们可别跟阿爸说啊。过几天，你们几个都上我那儿去吃奶皮子拌炒米。"

高建中对巴雅尔说："明天一定带我去找野鸭蛋啊。"

133

陈阵追上嘎斯迈家的大狗巴勒，悄悄地给它的嘴里塞了一大块摊蛋。巴勒马上把蛋吐在草地上看了看，又闻了闻、舔了舔，确信这是主人刚才吃的好东西时，才眉开眼笑地吃到嘴里，咂着滋味慢慢咽下，还不忘向陈阵摇尾答谢。

人都散了，陈阵心里惦着自己的小狼，赶紧跑到蒙古包一侧去。

一眼看去，小狼竟然没了。陈阵冒出一头冷汗，慌忙跑近一看，却见小狼原来是放扁了身子，下巴贴地，趴着躲在高高的草丛里。一定是刚才的两个陌生人和一大群陌生狗，把它吓成这样。看来小狼天生具有隐蔽的才能，陈阵这才松了一口气。小狼探头看了看，陌生人和狗都不在了，才跳起来，上下左右闻着陈阵身上浓重的煎蛋油烟香气，还不断地舔陈阵的油手。

陈阵转身进包，向高建中要了六七个破鸭蛋，又加大羊油量，为小狼和狗们做最后一锅摊鸭蛋。虽然不可能让它们吃饱，但他决定必须要让它们尝一尝，草原狗对零食点心的喜爱，有时超过主餐，给狗喂零食也是人亲近狗的好法子。

陈阵摊好了蛋，把它分成四大块三小块，四块大的给三条大狗和小狼，三块小的给三条小狗。狗们还挤在门口不肯走，陈阵先把小狼的那块藏好。然后，蹲在门口用炉铲像敲木鱼那样，轻轻敲了敲每条狗的脑门，让它们不准抢，必须排队领食。再用手拿了最大的一块蛋递给二郎，二郎把蛋块叼住，尾巴不住地左右摇晃。

陈阵等狗们满意地到草地上玩去了，又等到摊蛋完全放凉了，才把小狼的那份蛋放到食盆里，向小狼走去。杨克、张继原和高建中都跟着走过来，想看看小狼吃不吃摊鸭蛋，这可是草原狼从来没见过吃过的东西。

陈阵高喊:"小狼,小狼,开饭喽。"食盆一放进狼圈,小狼像饿狼扑羔一样,把羊油味十足的摊鸭蛋一口咬到嘴里,囫囵吞下,连一秒钟都没有。

四人大失所望。

张继原说:"狼也真是可怜,把东西吞到肚子里就算幸福了。狼的词典里没有'品尝'这个字眼。"

高建中心疼地说:"真是白白糟蹋了那么好的鸭蛋。"

陈阵只好解嘲地说:"没准狼的味蕾都长在胃里了。"

三人大笑。

陈阵留在蒙古包里收拾刚搬来的乱家,其他三人准备去马群、牛群和羊群那边。陈阵对张继原说:"嗳,要不要让我揪住马耳朵帮你上马?"

张继原说:"那倒不用,生个子很聪明,它一看我要回马群,准不给我捣乱。"

陈阵又问:"你骑这匹小马,怎么换马?它能追上你的大马吗?"

张继原说:"马倌都有一两匹老实马,你喊它一声,或者用套马杆敲敲它的屁股,它就停,不用追,也不用套。马倌要是没这种马,万一一个人在马群里被烈马摔下来,没马骑了,马群又跑了,那就惨啦。要在冬天,非冻死在深山里不可。"

张继原拿了一些换洗的衣服,又换了一本书,出了包。

张继原果然轻松上马,又在马群里顺利换马,然后赶着马群,向西南的大山方向跑去。

20
狼粪和狼烟

又轮到陈阵放羊了，他将羊群拢了拢朝湖边慢慢赶。羊群已经走起来，他便先骑马跑到湖边。湖西北边的一溜芦苇已经被砍伐干净，

又出现了一大片用沙土填出的人造沙滩，以便畜群进湖饮水。一群已经饮饱了的马，还站在水里闭目养神，不肯上岸。野鸭和各种水鸟仍在湖面上戏水，几只美丽的小水鸟甚至游到马腿边，从马肚子下面大摇大摆地钻了过去。马们友好地望着水鸟，连尾巴也不扫一下。只有天鹅不愿与马为伍，它们远离被马蹚泻的湖水，在湖心、湖对岸的芦苇丛和苇巷里慢慢游弋。

羊群饮饱了水，翻过了西北的一道山梁，走出了盆地草场。羊群散成半月形的队伍，向对面山坡慢慢移动。

阳光下，上千只羊羔白亮得像大片盛开的白菊花，在绿草坡上分外夺目。羊羔的卷毛已经开始蓬松，羊羔又吃奶又吃嫩草，它们的肥尾长得最快，有的快赶上母羊被喂奶耗瘦的尾巴了。

满坡的野生黄花刚刚开放，陈阵坐在草地上，眼前一片金黄。成千上万棵半米多高的黄花花株，头顶一朵硕大的喇叭形黄花，枝杈上

斜插着沉甸甸的笔形花蕾，含苞欲放。陈阵坐在野生的黄花菜花丛里，如同坐在江南的油菜花田里。

陈阵站起来骑上马，跑到羊群前面花丛更密的地方，趟花采蕾。这些日子，鲜嫩可口的黄花菜已经成为北京学生的时令蔬菜：鲜黄花炒羊肉，黄花羊肉包子饺子，凉拌山葱黄花，黄花肉丝汤等等。一冬缺菜的知青，个个都像牛羊一样狂吃起草原的野菜野花来。早上出门前，高建中已经为陈阵准备了两只空书包。这几天高建中不让陈阵在放羊的时候看书了，要他和杨克抓紧花季尽量采摘，回家以后用开水焯过，再晒制成金针菜，留到冬季再吃。这几天，他们已经晒制出半面口袋了。

羊群在身后远处的花丛中低头吃草，陈阵大把大把地采摘花蕾，不一会儿就采满了一书包。采着采着，他发现脚下有几段狼粪，立即蹲下身，捡起一段仔细端详。狼粪呈灰白色，香蕉一般粗长，虽然已经干透，但还能看得出是狼在前几天新留下的。陈阵盘腿坐下，细细地琢磨起来，也想多积累一些有关狼粪的知识。

陈阵认识狼粪，但还没有机会细细研究。他掰开一段狼粪，发现狼粪里面几乎全是黄羊毛和绵羊毛，竟没有一点点羊骨渣，只有几颗草原鼠的细牙齿，还有粘合羊毛的石灰粉似的骨钙。陈阵又捏松了狼粪仔细辨认，还是找不到其他任何的硬东西。狼竟然把吞下肚的羊肉鼠肉、羊皮鼠皮、羊骨鼠骨、羊筋鼠筋全部消化了，消化得几乎没有一点残余，只剩下不能消化的羊毛纤维和鼠齿。再仔细看，即便是羊毛也只是粗毛纤维，而细羊毛和羊绒也被消化掉了。

陈阵越看越吃惊，草原狼确实是草原的清洁工，它们把草原上的牛羊马、旱獭黄羊、野兔野鼠甚至人的尸体统统处理干净。经过狼嘴、狼胃和狼肠吸光了所有的养分，最后只剩下一点毛发牙齿，吝啬得甚至不给细菌留下一点点可食的东西。万年草原，如此纯净，草原狼功莫大焉。

微风轻拂，黄花摇曳。陈阵用手指捻着狼粪，粪中的羊毛经过狼胃酸的强腐蚀、狼小肠的强榨取，已经变得像刚出土的木乃伊。羊毛纤维早已失去任何韧性，稍稍一捻，松酥的纤维就立刻化为齑粉，化得比火葬的骨灰还要轻细，像尘埃一样，从指缝漏下，随风飘到草地上，零落成泥，化为草地的一部分，连最后一点残余也没有浪费。狼粪竟把草原生灵那最后的一点残余，又归还给了草原。

牛角梳形的羊群缓缓梳过花丛，漫上山坡。陈阵舍不得扔掉剩下的几段狼粪，就把狼粪装进另一个空书包里，跨上马向羊群前行的方向跑去。

不远处的山头上有几块浅黑色巨石，远远望去，很像古长城上的烽火台。在更远的山头上也有几块巨石，陈阵眯着眼看过去，这片山地草原仿佛残存着一段古长城的遗迹，使他忽然想起了"烽火戏诸侯"和"狼烟四起"那些成语典故。陈阵曾查过辞典，"狼烟"——被解释成"用狼粪烧出来的烟"。

可他刚刚捻碎过一段狼粪，很难想象这种主要由动物毛发构成的狼粪，怎能烧出报警的冲天浓烟来呢？难道狼粪中含有特殊成分？他的心突突地跳起来，眼前这现成的烽火台，现成的狼粪，何不亲手烧一烧，何不戏戏诸侯？亲眼见识见识，两千年来让华夏人民望烟丧胆的"狼烟"呢？看看狼烟到底有多么狰狞可怕。陈阵的好奇心越来越大，他决定再多收集一些狼粪，今天就在"烽火台"上制造出一股狼烟来。

羊群缓缓而动，陈阵在羊群前面来回绕行，仔细寻找，找了一个多小时，才找到四撮狼粪，加起来只有小半书包。

陈阵的疑心越来越大。即便烧狼粪可以冒出浓烟，但狼不是羊，狼是疾行猛兽，狼粪不可能像羊粪那样集中。狼群神出鬼没，狼粪极分散，要搜集足够燃烟的狼粪，决非易事。即使在这片狼群不久前围猎打黄羊大规模活动过的地方，都很难找到狼粪，更何况是在牛羊很少的长城附近了。

再说，万里长城，无数个烽火台，那得搜集多少狼粪？狼是消化力强、排粪少的肉食猛兽，得需要多么庞大的狼群，才能排出够长城烧狼烟的狼粪？陈阵又跑了几个来回，再也找不到一堆狼粪了。他把羊群往一面大坡圈了圈，便直奔山头巨石。

陈阵跑到石下，抬头望去，巨石有两人多高，旁边有几块矮石，可以当石梯。他在山沟里找了一大抱枯枝，用马笼头拴紧，拖到石下。再斜挎书包，踏着石梯，攀上巨石，并把枯柴拽上石顶。石顶平展，有两张办公桌大，上面布满白色鹰粪。

时近正午，羊群已卧在草地上休息。陈阵站在"烽火台"上，用望远镜仔细观察周围形势，没有发现一条狼。他的羊群与其他的羊群相距五六里远，最近的一群羊也在三里之外，不怕羊群混群。

陈阵放心地架好柴堆，把所有的狼粪放到柴堆上。此时是初夏，不是防火季节，草原上到处都是多汁的青草，又在高高的巨石上，在此点火冒烟不会受人指责，远处的人只会认为是某个羊倌在烤东西吃。

陈阵定了定心，从上衣口袋里掏出袖珍语录本大小的羊皮袋，里面有两片火柴磷片和十几根红头火柴。这是额仑草原不抽烟的牧人身上必备的东西，防身、烤火、烧食、报信都用得上。

陈阵划着了火，干透了的枯枝很快就烧得噼啪作响。他的心怦怦直跳，如果狼粪冒出浓烟，那可是有史以来汉族人在蒙古草原腹地点燃的第一股狼烟。可能全队所有人都能看到这股烟，大部分的知青看到这座"烽火台"上的浓烟，一定会联想到狼烟，毕竟狼烟在汉人的记忆中太让人毛骨悚然了。

"狼烟"在中国历史文化中是一个特级警语，意味着警报、恐怖、爆发战争和外族入侵。"狼来了"能吓住汉人的大人和小孩，而"狼烟"能吓住整个汉民族。华夏中原多少个汉族王朝，就是亡在狼烟之中的。

陈阵有些害怕，如果他真把狼烟点起来，不知全队的知青会对他怎样上纲上线，口诛笔伐呢。养了一条小狼还不够，竟然还点出一股狼烟来，此人定是狼心叵测。这里又是战备紧张的边境，他竟敢烽火戏诸侯，这不是冒烟报信通敌吗？陈阵额上冒出了冷汗，抬起一只脚，随时准备用马靴踩灭火堆，扑灭狼烟。

可是一直到柴火烧旺了，狼粪还没有太大的动静。灰白的狼粪变成了黑色，既没有冒出多少烟，也没有蹿出火苗。火堆越烧越旺，狼粪终于烧着了，一股狼骚气和羊毛的焦糊味直冲鼻子。但是狼粪堆还是没有冒出浓黑的烟，烧狼粪就像是烧羊毛毡，冒出的烟是浅棕色的，比干柴堆冒出的烟还要淡。

干柴烧成了不大不小的火，狼粪也终于全部烧了起来，最后与干柴一起烧成了明火，连烟都几乎看不见了。哪有冲天的黑烟？就是连冲天的白烟也没有。哪有令人胆寒的报警狼烟？哪有妖魔龙卷风状的烟柱？完全是一堆干柴加上一些羊毛毡片烧出的最平常的轻烟。

陈阵早已放下脚，他擦了擦额上虚惊的冷汗，轻轻地舒了一口气。这堆烟火实在不值得大惊小怪，与羊倌们在冬天雪地里烧火取暖的柴火没什么区别。他一直看着这堆柴粪烧光烧尽，期盼中的狼烟仍未出现。他站在高高的巨石上，周围是一派和平景象：牛车悠悠地走着，马群依然在湖里闭目养神，女人们低头剪着羊毛，民工们挖着石头……

这堆烟火没引起人们的任何反应，最近的一位羊倌，只是探身朝他这里看了看。远处蒙古包的烟筒冒出的白烟，倒是直直地升上天空。这堆用真材实料烧出的狼烟，还不如蒙古包的和平炊烟更引人注目。

陈阵大失所望，他想所谓的狼烟，真是徒有虚名，看来"狼烟"

一定是望文生义的误传了。刚才的试验多少印证了他的猜测：古代烽火台上所谓的狼烟，绝不可能是用狼粪烧出来的烟。那种冲天的浓烟，完全可以用干柴加湿柴再加油脂烧出来，就是烧半湿的牛粪羊粪也能烧出浓烟来，而湿柴油脂、半湿的牛羊粪要远比狼粪容易得到。他现在可以断定，狼烟是用狼粪烧出来的流行说法，纯属胡说八道欺人之谈，是胆小的华夏居民吓唬自己的鬼话。

柴灰和狼粪灰被微风吹下了"烽火台"。

陈阵没有被自己烧出的狼烟吓着，而对中国权威辞典中关于狼烟的解释十分生气。华夏农耕文明对北方草原文明的认识太肤浅，对草原狼的认识也太无知。狼烟是不是用狼粪烧出来的这么简单的一件事，只要弄点狼粪烧一烧不就知道了吗？可是为什么，从古至今的亿万汉人，竟没有人去试一试？

陈阵转念一想，又觉得这个简单的事情，实际上并不简单。几千年中原农耕文明的扩张，把华夏狼斩尽杀绝，汉人上哪儿去找狼粪？拾粪的老头拾的，都是牛羊猪马狗粪或者是人粪，就是偶然碰到一段狼粪也不会认得。

陈阵坐在高高的"烽火台"上，凝神细想，思路继续往纵深延伸。既然狼烟肯定不是狼粪烧出来的，那么古代烽火台上，燃起的冲天浓烟为什么叫做狼烟呢？狼烟这两个字，确实具有比狼群更可怕的威吓力和警报作用，而狼烟肯定与狼有关。狼烟难道就是警报"狼来了"的浓烟？长城绝对挡得住草原狼群，而"狼来了"这三个字中的"狼"，实际上不是草原狼群，而是打着狼头军旗的突厥骑兵；是崇拜狼图腾、具有狼的战略战术的匈奴、鲜卑、突厥、蒙古等等的草原狼性骑兵。

草原人从古至今一直崇拜狼图腾；一直喜欢以狼自比，把自己比作狼，把汉人比作羊；一直拿以一当百的豪气藐视农耕民族的羊性格。而古代华夏农耕民族也一直将草原骑兵视为最可怕的"狼"。"狼烟"的最初本义应该是"在烽火台点燃的、报告那些崇拜狼图腾的草原民族骑兵进犯边境的烟火信号"。"狼烟"与狼粪压根儿就没有直接的关系。

他忽然想到，也许世界上只有汉语中有"狼烟"这一词语。如今狼烟虽已渐渐消散，但是草原文明与农耕文明的深刻矛盾并没有解决。农耕民族垦荒烧荒的浓烟，正在朝着草原燃烧蔓延过去。这是一种比狼烟更可怕的战争硝烟，是比自毁长城更愚蠢的自杀战争。陈阵想起乌力吉的话，如果长城北边的草原变成了沙地，与蒙古大漠接上了头，连成了片，那北京怎么办？

陈阵望着脚下已经化为灰烬的狼粪，颓然而沮丧。

狼烟是用狼粪烧出来的流行说法，纯属胡说八道欺人之谈，是胆小的华夏居民自己吓唬自己的鬼话。

21
毒日下·的·小·狼

　　很多天过去了，轮到了陈阵给羊群下夜。有二郎守着羊群，他可以一边下夜一边在包里的油灯下看书做笔记。三条大狗一夜未叫，他也没有出过一次包喊夜，看书一直看到凌晨才睡下。第二天上午睡醒了觉，陈阵出门后的第一件事，就是给小狼喂食。

　　小狼从天一亮就像蹲守伏击猎物一样，盯着蒙古包的木门，瞪着它的食盆。在小狼的眼里，这个盆就是活动的"猎物"。它像大狼那样耐心地等待战机，等"猎物"走到它跟前，然后突然地袭击"猎物"。陈阵经常忍不住乐出声来。

　　内蒙古高原在夏天雨季到来之前，常常有一段干旱酷热的天气，这年的热度似乎比往年更高。陈阵觉得内蒙古的太阳不仅出得早，而且还比关内的太阳离地面低，才是上午十点多钟，气温已经升到关内盛夏正午时的温度了。强烈的阳光，把蒙古包附近的青草晒卷，每根草叶被晒成了空心的绿针。

　　蚊子还未出来，但草原上由肉蛆变出来的大头苍蝇，却像野蜂群似的拥来，围着人畜全面进攻。苍蝇专攻人畜的脑袋，叮吸眼睛、鼻孔、嘴角和伤口的分泌物，还有那些挂在包内带血的羊肉条。人、狗、狼都得一刻不停地晃头挥手挥爪，不胜其烦。机警的黄黄，经常能用闪电般的动作，将眼前飞舞的大苍蝇，一口咬进嘴里，嚼碎以后再吐出来。不一会儿，它身旁的地面上，就落了不少像西瓜子壳般的死蝇。

阳光越来越毒，地面热雾蒸腾，整个草场盆地，热得像一口烘炒绿茶的巨大铁锅，满地青草都快炒成干绿新茶了。狗们都趴在蒙古包北面的阴影里，张大了嘴，伸长舌头大口喘气，肚皮急速起伏。陈阵发现二郎不在阴影里，他叫了两声，二郎也没露面，它又不知上哪儿溜达，也可能到河里凉快去了。二郎在它下夜上班的时候尽责尽心，全队的人已经不叫它野狗了，但一到天亮，它"下班"以后，人就管不着它了，它想上哪儿去就上哪儿去。

此时此刻，小狼的处境最惨。毒日之下，小狼被一根滚烫的铁链拴着，无遮无掩，活活地暴晒着。狼圈中的青草，早已被小狼踩死踩枯，狼圈已变成了圆形的黄沙地，像一个火上的平底锅，里面全是热烫的黄沙。而小狼则像一个大个儿的糖炒毛栗子，几乎被烤焦烤煳了，眼看就像要开裂炸壳。可怜的小狼不仅是个囚徒，而且还是个遭上晒下烤、天天受毒刑的重犯。

小狼一见门开，呼地用两条后腿站起来，铁链和项圈勒出了它的舌头，两条前腿拼命在空中敲鼓。小狼此时最想要的好像不是阴凉，也不是水，仍然是食物。几天来，陈阵发现小狼从来没有热得吃不下饭的时候，天气越热，狼的胃口似乎更大。小狼拼命敲鼓招手，要陈阵把它的食盆放进它的圈里。

陈阵犯愁了。草原进入夏季，按牧民的传统习惯，夏季以奶食为主，肉食大大减少，每日一茶一餐，手把肉不见了。主食变成了各种面食，小米、炒米和各种奶制品：鲜奶豆腐、酸奶豆腐、黄油、奶皮子等等。牧民喜食夏季新鲜奶食，可知青还没有学会做奶食。一方面是不习惯以奶食代替肉食，更主要的是知青受不了做奶食的那份苦。谁也不愿意在凌晨三点就爬起来，挤四五个小时的牛奶，然后几乎一整天不间断地捣酸奶桶里的发酵酸奶，捣上几千下才算完；更不愿意到下午五六点钟母牛回家以后，再挤上三四个小时的奶，以及后面一系列煮、压、切、晒等麻烦的手工劳动。

知青宁肯吃小米捞饭，素面条素包子素饺子素馅饼，也不愿去做奶制品。夏季牧民做奶食，而知青就去采野菜，采山葱、野蒜、马莲韭、黄花、灰灰菜、蒲公英等等。夏季断肉，牧民和知青正好都改换口味，尝个新鲜。然而，这样一来，可苦了陈阵和小狼。

草原民族夏季很少杀羊，一则因为杀一只大羊，大部分的肉无法储存。天太热，苍蝇又多，放两天就发臭生蛆。牧民的办法是将鲜羊肉割成拇指粗的肉条，沾上面粉，防蝇下卵，再挂在绳上，放到包里的阴凉处，晾成干肉条。每天做饭的时候，切两根干肉条放在面条里，只是借点肉味而已。如果碰上连续阴天，肉条照样发绿发臭变质长蛆。

二则，因为夏天是羊上水膘的季节，羊上足水膘以后，到秋季还得抓油膘。两膘未上，夏羊只是肉架子，肉薄、油少、味差，牧民也不爱吃。而且夏季羊刚剪过羊毛，杀羊后羊皮不值钱，只能做春秋季穿的夹袍。毕利格老人说，夏天杀羊是糟践东西。牧民夏季少杀羊吃，就像农民春天不会把麦苗割下来充饥一样。

额仑草原虽然人口稀少，畜群庞大，但是政策仍不允许草原牧民敞开肚皮吃肉。对于当时油水稀缺、限量供肉的中国，每一只羊都是珍稀动物。

饱吃了一秋一冬一春肉食的知青，一下子见不到肉，马上就受不了了，不断要求破例照顾。但知青向组里申请杀羊，往往得不到批准。嘎斯迈一见陈阵上门，就笑呵呵地用香喷喷的奶皮子砂糖拌炒米，来堵他的嘴，还准备了一包新鲜奶食品送给他们吃，弄得陈阵每次都只好把要求杀羊的话憋了回去。偶尔有一个小组的知青申请到一只羊，立即就拿出一半羊肉，分给其他小组的同学，让大家都能隔上一段日子吃到鲜肉，但这样一来，各家的肉条存货就越发地少了。

人还好说，可小狼怎么办？

陈阵只好回到包里想办法。他坐下来吃早饭，望着锅里几块小小的羊肉干，犹豫了一下，还是把肉干攆出来，放到小狼的食盆里。小狼跟狗不一样，不吃没有肉味的小米粥和小米饭，没有肉骨头，小狼就会坐立不安，发狠地啃铁链子。

陈阵就着腌韭菜，吃了两碗肉干汤面，就把半锅剩面倒在小狼的食盆里。又用木棍搅了搅，把盆底的几块羊肉干搅到表面，好让小狼看到肉。陈阵端起盆闻了闻，还是觉得羊肉味不足，他打算往食盆里放一些用来点灯的羊油。

夏天天热，放在陶罐里凝固的羊油已经开始变软变味了，好在狼是喜食腐肉的动物，腐油对狼来说也算是好东西。包里从冬天存下来的两大罐羊油，是他和杨克每天晚上读书的灯油，够不够坚持到深秋还难说。

但小狼正在长身子骨的关键阶段，他只好忍痛割舍掉一些读书时间了。不过他仍然改不掉天天读书的习惯，看来以后只好厚着脸皮去向嘎斯迈要了。毕利格老人和嘎斯迈，如果听说他们读书的灯油不够了，一定会尽量供应给他的。夏季太忙太累，他给老人讲历史故事，并听老人讲故事的机会越来越少了。

陈阵从陶罐里挖了一大勺软羊油，添到热热的食盆里，搅成了油汪汪的一盆。他又闻了闻，羊油味十足，应该算是小狼的一顿好饭了。他又把大半铝锅的小米粥倒进狗食盆里，但没舍得放羊油。夏季少肉，草原上的狗，每年总要过上一段半饥半饱的日子。

推开门，狗们早已拥在门外。陈阵先喂狗，等狗们吃光舔净食盆，退到了包后的阴影里，才端着狼食盆向小狼走去。

陈阵一边走着，照例大喊："小狼，小狼，开饭喽。"小狼早已急红了眼，亢奋雀跃得几乎把自己勒死。陈阵将食盆快速推进狼圈，跳后两步，一动不动地看小狼抢吃肉油面条。看上去，它对这顿饭似乎还满意。

给小狼喂食必须天天喊，顿顿喊。陈阵希望小狼能记住他的养育之恩，至少能把他当做一个真心爱它的异类朋友。他相信狼有魔力，在饥饿的草原森林，母狼会奶养人类的弃婴，狼群会照顾他保护他，并把他抚养成狼。如果没有一种超人类、超狼类的魔力情感，是不可能出现这种"神话"的。

陈阵自从养狼以后，经常被神话般的梦想和幻想所缠绕。

他在上小学的时候，曾读过一篇苏联小说，故事说一个猎人救了一条狼，把它养好伤以后放回森林。后来有一天早晨，猎人推开木屋的门，门口雪地上放着七只大野兔，雪地上还有许多行大狼的脚印……

这是陈阵看到的第一篇人与狼的友谊故事，与当时他看过的所有有关狼的书和电影都不同。那些书里写的大多都是狼外婆、狼吃小羊，大灰狼掏吃小孩的心肝一类的可怕残忍的事情，所以他一直对那个苏联小说十分着迷，多年不忘。他常常梦想成为那个猎人，踏着深雪到森林里去和狼朋友们一起玩，抱着大狼在雪地上打滚，大狼驮着他在雪原上奔跑……

如今他竟然也有一条属于自己的、可触可摸的真狼了。只要他把小狼喂饱，也可以抱着它在绿绿的草地上打滚，他已经和小狼滚过好几次了。他的梦想差不多算是实现了一半。

但那另一半，他似乎不敢梦想下去了——小狼长大以后，给他留下一窝狼狗崽，然后重返草原和狼群。陈阵曾在梦中见到自己骑着马，带着一群狼狗来到草原深处，向荒野群山呼喊："小狼，小狼，开饭喽。我来喽，我来喽。"于是，在迷茫的暮色中，一条苍色如钢，健壮如虎的狼王，带着一群狼，呼啸着久别重逢的亢奋嗥声，向他奔来……

可惜这里是草原牧区，不是森林，营盘上有猎人猎狗步枪和套马杆。即使小狼长大后能够重返自然，它也不可能叼七只大野兔，作为礼物送到他的蒙古包门口来……

陈阵既然冒险地实现了一半的梦想，他还要用兴趣和勇气，去圆那个更困难的另一半梦想。陈阵希望草原能更深地唤醒自己压抑已久的梦想与冒险精神。

小狼终于把食盆舔净了。小狼已经长到半米多长，吃饱了肚子，它的个头显得更大更威风，身长已比小狗们长出大半个头了。陈阵将食盆放回门旁，走进狼圈，现在到了他可以盘腿坐下来，和小狼耳鬓厮磨的时候了。他抱了一会儿小狼，然后把它朝天放在自己的腿上，再轻轻地给小狼按摩肚皮。在草原上，狗与狗、狗与狼在厮杀时，它们的肚皮绝对是敌方攻击的要害部位，一旦被撕开了肚皮，就必死无疑。所以狗和狼，是决不会仰面朝天地把肚皮亮给它所不信任的同类或异类的。

前几天道尔基告诉陈阵，他养的那条小狼，比陈阵的小狼个头小，打小野性就不太大。他一直把它放在小狗堆里一块儿养，没用链子拴着。那条小狼养了一个多月，就跟小狗大狗混熟了，不知道的人还当它是一条小狗呢。后来，小狼越长越胖，比小狗都长得快，真跟一条小狼狗一样，全家人都挺喜欢它。小狼最喜欢跟他的小儿子玩，这孩子才四岁，也最喜欢小狼。可是没想到，前几天，小狼跟孩子玩着玩着，狠狠地朝孩子的肚子上咬了一口，咬出了血，还撕下一块皮来。孩子吓傻了，疼得大哭。狼牙毒啊，比狗牙还毒，吓得他一棒子就把小狼打死了。又赶紧抱孩子上小彭那儿打了两针狂犬疫苗，这才没出大事。

当时道尔基一再对陈阵说，看来这狼确实养不得，野性太大，如要接着养，千万得防着点。但陈阵还是愿意把自己的手指让小狼抱着舔，抱着咬。他相信，小狼是不会真咬他的。它啃他的手指，就像咬它的亲兄弟姐妹一样，都是点到为止，不破皮不见血。既然小狼把自己的肚皮放心地亮给他，他为什么不可以把手指放进小狼的嘴里呢？他在小狼的眼睛里看到的完全是友谊和信任。

已近中午，高原的毒日把空心绿草针晒没了锋芒，青草大多打蔫倒伏。小狼又开始受刑了，它张大嘴，不停地喘，舌尖上不断地滴着口水。陈阵将蒙古包的围毡全部掀到包顶上去，蒙古包八面通风，像一个凉亭，又像一个硕大的鸟笼。在包里他可以一边看书，一边时不时向外张望照看小狼，只是犹豫着不知道该不该帮帮它。

　　草原狼从来不惧怕恶劣天气，那些受不了严寒酷热的狼，会被草原无情淘汰，能在草原生存下来的都是硬骨铁汉。可是，如果天气太热，草原狼也会躲到阴凉的山岩后面的。陈阵听毕利格老人说，夏天放羊遇到凉快的地方，别马上让羊群停下来乘凉，人先要过去看看，草丛里有没有狼"打埋伏"。

　　陈阵不知道该如何帮小狼降温解暑，他打算先观察狼的耐热力究竟有多强。吹进蒙古包里的风，也开始变热。盆地草场里的牛群全不吃草了，都卧在河边的泥塘里。远处的羊群，大多卧在迎风山口处午睡。山顶上，出现了一顶顶的三角白"帐篷"。羊倌们热得受不了了，就把套马杆斜插在旱獭洞里，再脱下白单袍把领口拴在杆上，用石头压住两边拖地的衣角，就能搭出一顶临时遮阳帐篷来。陈阵在里面乘过凉，很管用。帐篷里往往是两个羊倌，一人午睡，一人照看两群羊。三角白帐篷只有在草原最热的时候才会出现。陈阵渐渐坐不住了。

　　小狼已被晒得焦躁不安，站也不是，卧也不是。沙地冒出水波似的热气，小狼的四个小爪子，被烫得不停地倒换。它东张西望到处寻找小狗们，看到一条小狗躲在牛车的阴影下，它更是气急败坏地拼命挣着铁链。

　　陈阵赶紧出了包，他担心再这么曝晒下去，小狼真成了糖炒栗子。万一晒中暑了，场里的兽医决不会给狼治病的。怎么办？草原风大，只有雨衣，没有伞，不可能给小狼打一把遮阳伞。那么推一辆牛车来让小狼躺到牛车下？但牛车的结构太复杂，弄不好，小狼脖子上的铁链会被轱辘缠住，把小狼勒死。

　　最好的办法，是给小狼搭一个羊倌那样的三角遮阳帐篷，可他又不敢。所有野外的人畜都干晒着，有人竟为狼搭凉棚，这是什么"阶级感情"？那样全队反对养狼的牧民和知青就该有话说了。这一段大家都忙，几乎都已忘掉了小狼，偷养小狼不可张扬，陈阵再不能做出提醒人们记起小狼的事情。

陈阵从水车木桶里舀了半盆清水，端到小狼面前。小狼一头扎进盆里，一口气把水舔喝光，然后竟然迅速钻到陈阵身体的阴影里，来躲避毒日。它像个可怜的孤儿，苦苦按住他的脚，不让他走。

陈阵站了一会儿，马上就感到脖子后面扎扎地疼，再不离开就要被晒爆皮。他只好退出狼圈，打了半桶水泼在狼圈里，沙地冒出揭屉蒸笼般的蒸汽来。

小狼立即发现地面温度降了不少，马上就躺下来休息，它已经一连站了好几个小时了。可是，不一会儿沙地就被晒干，小狼又被烤得团团转。陈阵再没有办法了，他不可能连连给它泼水，就算能，那么轮到他放羊外出时怎么办？

陈阵进了包，看不下书去，他开始担心小狼晒病、晒瘦，甚至晒死。他没想

到，拴养小狼保证了人畜的安全，却保证不了小狼的生命安全。要是在定居点，把小狼养在圈里，至少还可以得到一面墙的阴影。难道在原始游牧的条件下，真不能养狼？连毕利格老人也不知道如何养狼，他没有一点经验可以借鉴呵。

陈阵始终盯着小狼，苦思苦想，却仍是一筹莫展。

小狼继续在狼圈里转着，它的脑子好像也在不停地转动。转着转着，它似乎发现了狼圈外的草地，要比圈内的沙地温度低很多。小狼偏着身子，用后腿踩了几脚草地，大概不怎么烫，小狼马上就把整个身体躺到圈外的草地上去了，只把头和脖子留在圈内的烫沙上。铁链被小狼拽得笔直，小狼终于可以伸长着脖子休息了。

虽然小狼还在曝晒之中，但却大大地减少了身子的烘烤，陈阵高兴得真想亲小狼一口。小狼这个绝顶聪明的行为，给了陈阵一线希望。他也总算想出了一个办法，等到天更热的时候，他就隔些日子给小狼换一个有草的狼圈，只要狼圈里又快被踩成了沙地，就马上挪地方。

陈阵暗暗感叹，狼的生存能力总是超出人的想象，连这条没娘抚养的小狼，天生都会自己解决困难，就更不要说那些集体行动的狼群了。

狼也真是可怜，把东西吞到肚子里就算幸福了。狼的词典里没有"品尝"这个字眼。

22
小狼给自己挖了一个洞

　　蒙古包外响起了一阵急促的马蹄声，两匹快马卷着沙尘，顺着门前二十多米远的车道急奔。陈阵以为这只是过路人，却没想到，两匹马跑近蒙古包的时候，突然急拐弯，朝小狼冲去。小狼立即惊起后退，绷直了铁链。

　　前面那个人，用套马杆一杆子就套住了小狼的头，又爆发性地狠命一拽，把小狼拽得飞了起来。这一杆力量之大，下手之狠，看来是想要小狼的命。他们恨不得借着铁链的拉劲，一下子就把小狼的脖子拽断。小狼刚刚噗地摔在地上，后面那个人又用套马杆的套绳，狠狠地抽了小狼一鞭子，把小狼抽得一个溜滚。前面那人勒住马，倒手换马棒，准备下马再击。

　　陈阵吓得大叫了一声，抄起擀面杖，疯了似的冲出去。那两人见到陈阵一副拼命的样子，迅速骑马卷沙扬长而去。只听一人大声骂道："狼在掏马驹，他还养狼！我早晚得杀了这条狼！"

　　黄黄和伊勒猛冲过去狂吼，也挨了一套马杆子。两匹马向马群方

向狂奔而去。

　　陈阵没有看清那两人是谁，他估计有一位可能是挨了毕利格老人批评的那个羊倌，另一个是四组的马倌。这两人来势凶猛，打算好了要对小狼下死手，只不过没能得逞罢了。这下子陈阵可亲身领教了蒙古骑兵闪击战的威力。

　　陈阵冲到小狼身边，小狼夹着尾巴吓得半死，四条腿已抖得站不稳了。小狼见到陈阵，就像一只在猫爪下死里逃生的小鸡扑向老母鸡那样，跌跌撞撞地扑向陈阵。陈阵哆哆嗦嗦地抱起小狼，人与狼马上就抖到一起了。

　　陈阵慌忙去摸小狼的脖子，幸好脖子还没有断，但是脖子上的一片毛被套绳钩掉，下面是一道深深的血印。小狼的心脏怦怦乱跳，陈阵连哄带抚摸，好不容易才止住了小狼和自己的颤抖。他又进包拿出一小条肉干，安慰小狼。等小狼吃完了肉条，陈阵又抱起小狼，把它脸贴脸地抱在胸前。他摸了摸小狼的胸口，狼心已渐渐恢复平稳。

小狼余悸未消。它盯着陈阵看，看着看着，突然舔了陈阵的下巴一下。陈阵受宠若惊，这是他第二次得到狼的舔吻，也是第一次得到了狼的感谢。看来狼给救命恩人叼去七只野兔的故事不是瞎编的。

但是陈阵的心却沉得直往下坠，他一直担忧的事终于发生了。养狼已得罪了绝大部分牧民，他感到了牧民的疏远和冷落，连毕利格阿爸来他们包的次数也少多了。他已被牧民看做像包顺贵和民工一样的，破坏草原规矩的外来户了。狼是草原民族精神上的图腾，肉体上半个凶狠的敌人。无论从精神到肉体，草原牧民都不允许养狼。他养狼，在精神上是亵渎，在肉体上是通敌，他确实触犯了草原天条。

陈阵不知道自己还能不能保住小狼，还该不该养狼。但是他实在想记录和探究狼的秘密和价值，不能眼睁睁地看着曾对世界和中国历史产生过巨大影响的狼图腾，随着草原游牧生活的逐渐消亡而消亡；像草原人的肉体那样，通过狼化为齑粉，不留痕迹地消失得无影无踪。这可能是最后的一次机会了，陈阵不得不固执己见，咬紧牙关，坚持下去。

他到处去找二郎，可二郎还没有回家。如果有它看家，除了本组牧民以外，其他组的牧民还不敢轻易上门。二郎会把陌生人的马追咬得破胆狂奔。

太阳还没有发出它在这一天的最高温，草原盆地却已把所有的热量，全聚拢到了小狼的狼圈里。小狼的身体下面虽然减少了烘烤，但它的脑袋和脖子还留在沙盘里，加上脖子受伤，小狼躺不住了。它站起来在狼圈里转磨，转几圈又躺到草地上去。

陈阵开始为大家准备晚饭，他摘韭菜，打野鸭蛋，拌馅和面，烙馅饼，一直埋头干了半小时。当他抬头再看小狼的时候，他愣住了——小狼居然在沙圈里撅着屁股和尾巴，拼命刨土掏洞，沙土四溅，像礼花似的从地洞里喷出地面。陈阵急忙擦了擦手跑出包去，走进狼圈，蹲下身子好奇地观察起来。

小狼在圈中南半部，用力刨洞，半个身子已经扎进洞里，尾巴乱抖，沙土不断地从小狼的身子底下喷射出来。过了一会儿，小狼退出洞，用两只前爪搂住沙堆往后扒拉。小狼浑身沾满了土，它看了陈阵一眼，狼眼里充满野性和激情，像是在挖金银财宝，亢奋中还露出贪婪和焦急。

小狼到底想干什么？难道想刨倒木桩，逃到阴凉处？不对，位置不对。小狼并没有对准木桩刨，而且木桩埋得很深，它得刨多大一个坑？小狼是在狼圈的南半部，背对木桩，由北朝南，冲着阳光的方向刨。陈阵心中一阵惊喜，他立刻明白了小狼的意图。

　　小狼又在洞里刨松了许多沙土，它半张着嘴哈哈哈地忙里忙外，一会儿钻进洞刨土，一会儿又往外倒腾土。小狼两眼放光，贼亮贼亮，根本没工夫搭理陈阵。陈阵看得终于忍不住，小声叫它："小狼小狼，慢点刨，小心把爪子刨断。"小狼瞟了陈阵一眼，眯着眼睛笑了笑，它好像对自己的行为很是得意。

　　洞里刨出的沙土有些潮气，远比洞外的黄沙凉得多。陈阵抓了一把沙土，握了握，确实又潮又凉。陈阵想，小狼真是太聪明了，它这是在为自己刨一个避光避晒避人避危险的凉洞和防身洞。一点没错，小狼准是这样想的，洞里有凉气有黑暗，洞的朝向也对，洞口朝北，洞道朝南，阳光晒不进洞。小狼钻进去刨土的时候，它的大半个身子已经晒不到毒辣的阳光了。

　　小狼越往里挖，里面的光线就越弱。它显然尝到了黑暗的快乐，也开始接近它预期的目标。黑暗黑暗，黑暗是狼的至爱，黑暗意味着凉快、安全和幸福。它以后再也不会受那些可恶的大牛大马大人的威胁和攻击了。

　　小狼越挖越疯狂，它简直乐得快合不上嘴了。又过了二十多分钟，洞外只剩下一条快乐抖动的毛茸茸的狼尾巴。而小狼的整个身体，全都钻进了阴凉的土洞里。

　　陈阵又一次被小狼非凡的生存能力和智慧所震惊。他想起了"龙生龙，凤生凤，耗子生儿会打洞"。老鼠会打洞，那小鼠至少见过大鼠和母鼠打洞吧？可这条小狼，眼睛还没有睁开就离开了狼妈，它哪里见过大狼打洞？况且，后来它周围的狗，也不可能教它打洞，狗是不会打洞的家畜。

　　那么，小狼打洞的本领是谁教给它的？而且打洞的方位和朝向也绝对正确，打洞的距离更是恰到好处。如果离木桩的距离太远，那么铁链的长度，就会限制狼洞向纵深发展。可是小狼选的洞位，恰恰在木桩和圈边之间，它竟然打了一个可以带半截铁链进洞的狼洞，这又是谁教的？这个选址的本领，可能连草原上的大狼都不具备，它自己又是怎样计算出来的呢？

陈阵惊得心里发毛。这条才三个多月大的小狼，居然在完全没有父母言传身教的情况下，独自解决了生死攸关的居住问题。它确实要比狗甚至比人还聪明。狼的先天遗传竟然强大到这般地步。

陈阵从自己的观察作出判断：遗传只是基础，而小狼的智商更高。他这个有知识的大活人，在毒日下转悠了大半天，就是没有想到，就地给小狼挖一个遮阳防身洞。一个现代智人，竟眼睁睁傻乎乎地让一条小狼给他上了一堂高难度的生存能力课。

陈阵自叹不如，他应该心悦诚服地接受小狼对他的嘲笑。怪不得，小狼在跟他玩耍的时候，他会感到一种莫名其妙的"平等"。此刻，陈阵更觉得小狼可能根本不把他放在眼里。小狼桀骜不驯的眼神里，总是有一种让他感到恐惧的意味：你先别得意，等我长大了再说。陈阵越来越吃不准，小狼长大了会怎样对待他。

但是陈阵心里还是很高兴。他跪在地上看了又看，觉得自己不是在豢养一个小动物，而是在供养一个可敬可佩的小导师。他相信小狼会教给他更多的东西：智慧、勇敢、顽强、忍耐、热爱生活、热爱生命、永不满足、永不屈服并藐视严酷恶劣的环境，建立起强大的自我。他暗暗想，华夏民族除了龙图腾以外，要是还有个狼图腾就好了。那么华夏民族还会遭受那么多次的亡国屈辱吗？还会发愁中华民族实现不了民主自由富强的伟大复兴吗？

　　小狼撅着尾巴干得异常冲动。越往深里挖，它似乎越感到凉快和惬意，好像嗅到了它出生时的黑暗环境和泥土气息。

　　陈阵感到小狼不仅是想挖出个凉洞和防身洞，好像还想挖掘出它幼年的美好记忆，挖掘出它的亲妈妈和它的同胞兄弟姐妹。他想象着小狼挖洞时的表情，也许极为复杂，混合着亢奋、期盼、侥幸和悲伤……

　　陈阵的眼眶有些湿润，心中涌出一阵剧烈的内疚。他越来越宠爱小狼，可他却是毁了这窝自由快乐的狼家庭的凶手。如果不是他的缘故，那窝狼崽早已跟着它们的狼爸狼妈，东征西战了。陈阵猜想，这条优秀的小狼，也许就是额仑草原那头白狼王的儿子。如果在久经沙场的狼群的训导下，在未来它甚至可能成长为新一代的狼王。可惜它们的锦绣前程，完全被一个千里之外的汉人给改变了。

　　小狼已经挖到了极限，铁链的固定长度，已不允许它再往深里挖。陈阵也不打算再加长铁链。此地沙土松脆，狼洞顶只是一层盘结草根的草皮层，再往里挖，万一哪匹马，哪头牛踩塌了洞顶，就可能把小狼活埋了。

　　小狼挖洞的极度兴奋被突然中断，气得发出咆哮，它退出洞，拼命冲撞铁链。项圈勒到了它脖子上的伤口，疼得它张嘴倒吸凉气。它不肯罢休，直到它累得撞不动为止。小狼趴在新土堆上大口喘气，休息了一会儿，它探头朝洞里张望，陈阵不知道它还能琢磨出什么新点子来。

　　小狼喘气刚刚平稳，又一头扎进洞。不一会儿，洞里又开始喷出沙土。陈阵傻了眼，他急忙俯下身，凑到洞口往里看。只见小狼在往洞的两边挖，它竟然知道放弃深度，横向扩大广度。小狼挖掘不出它的妈妈和兄弟姐妹，它只好为自己挖一个宽大的卧铺，一个能将自己的整个身体，囫囵个儿放在里面的安乐窝。

161

陈阵愣愣地坐下来，他简直不敢相信，小狼从开始选址、挖洞，一直到量体裁洞的整个过程，从设计到完工都是一次成功，工程没有反复，没有浪费。陈阵真是无法理解狼的这种才华到底是从哪里来的。可能正是这种人类太多的"无法理解"，从古到今，草原民族才会把狼放到"图腾"的位置上去。

小狼的凉洞和防身洞终于挖成了。小狼舒舒服服地横卧在洞里，陈阵怎么叫也叫不出它来。他朝洞里望进去，小狼圆圆的眼睛绿幽幽的，阴森可怕，完全像一条野狼。小狼此时显然正在专心享受它所喜欢的阴暗潮湿和土腥气味。它如同回到了自己的故土故洞，回到了妈妈的怀抱，回到了同胞兄弟姐妹的身旁。

此刻的小狼心平气和，它终于逃离了在人畜包围下惶惶不可终日的地面，躲进了狼的掩蔽所，回到狼的世界里去了。小狼也终于可以睡个安稳觉，做个狼的美梦了。陈阵把狼洞前的土堆铲平，把沙土摊撒到狼圈里。小狼总算有了安全的新家，这一意外的壮举，使得陈阵也重新对小狼的生存恢复了信心。

傍晚，高建中和杨克回到包里，两人见到包门前不远的狼洞，也都大吃一惊。杨克说："在山上放了一天羊，人都快晒干了，渴死了，我真怕小狼活不过这个夏天。没想到，小狼还有这么大的本事，真是一条小神狼。"

高建中说："往后还真得留点神，得防着它，每天都要检查铁链、木桩、脖套。说不定在什么节骨眼上，小狼给咱们捅个大娄子，牧民和同学们都等着看咱们的笑话呢。"

三个人都省下自己分内的半张油汪汪的韭菜鸭蛋馅饼，要拿去喂小狼。杨克刚一叫开饭喽，小狼就蹿出洞，将馅饼嗖地叼进洞里。它已经认定那是自己的领地，从此谁也别想冒犯它了。

二郎在外面浪荡了一天，也回到蒙古包里。它的肚皮胀鼓鼓的，嘴巴上油渍斑斑，不知道它又在山里猎着了什么野物。黄黄、伊勒和三条小狗一拥而上，抢舔二郎嘴巴上的油水。多日不见油腥，狗们馋肉都馋疯了。

小狼听见二郎的声音，嗖地蹿出洞。二郎走进狼圈，小狼又继续去舔二郎的嘴巴。二郎发现小狼的洞，它好奇地围着洞转了几圈，然后笑呵呵地蹲在洞口，还把长鼻子伸进洞闻了又闻。小狼立即爬到二郎干爸的背上，上蹿下跳，打滚翻跟头。它开心得忘掉了脖子上的伤痛，精神勃勃地燃烧着自己野性的生命力。

草原上太阳一落，暑气尽消，凉风嗖嗖。杨克立即套上一件厚上衣，走向羊群，陈阵也去帮他拦羊。吃饱了的羊群，忌讳快赶，两人像散步一样，将羊群缓缓地圈到无遮无拦无圈栏的营盘。

夏季的原始游牧，到了晚上，近两千只羊的大羊群，就卧在蒙古包外侧后面的空地上过夜。夏季下夜是件最苦最担风险的工作，他们两人都不敢大意。

狼的一天是从夜晚开始的。小狼拖着铁链快乐地跑步，并时不时地去欣赏自己的劳动成果。陈阵和杨克坐在狼圈旁边，静静地欣赏黑暗中的小狼和它的绿宝石一样的圆眼睛。两人都不知道狼群是否已经嗅到了小狼的气味，失去狼崽的母狼们，是否就潜伏在不远的山沟里。

陈阵给杨克讲了这一天发生的事情，又说："得想办法弄点肉食了，要不然，小狼长不壮，二郎也不安心看家，那就太危险了。"杨克说："今天我在山上吃到了烤獭子肉，是道尔基套的。要是他套得多，咱们就跟他要一只，拿回来喂狗喂狼，可就是羊倌羊群干扰太多，獭子吓得不上套。"

陈阵忧心忡忡地说："我现在样样都担心，最担心的是狼群夜里偷袭羊群。母狼是天下母性最强的猛兽，失掉孩子以后的报复心也最强最疯狂。万一母狼们带着大狼群半夜里打咱们一次闪电战，咬死小半群羊，那咱们就惨了。"

杨克叹了口气说："牧民都说母狼肯定会找上门来的。额仑草原今年至少被人掏了二十多窝狼崽，几十条母狼都在寻机报仇呢。牧民一个劲地想杀这条小狼，其他组的同学也都反对养狼，咱们现在真是四面楚歌啊。我看咱们是不是悄悄地把小狼放掉算了，就说小狼挣断链子逃跑了，那就没事了。"杨克抱起小狼，摸摸它的头说："不过，我也真舍不得小狼，我对我的小弟弟也没这么亲。"

陈阵狠了狠心说："中国人干什么事，都是前怕狼后怕虎的。咱们既然入了狼窝，得了狼子，就不能半途而废，既然养了就得养到底。"

杨克忙说："我不是害怕担责任，我是看小狼整天拴着铁链，像个小囚徒，太可怜了。狼是最爱自由的动物，却无时不在枷锁中，你能忍心吗？我可是已经在心里真正拜过狼图腾了，我能理解为什么阿爸反对你养狼。这真是亵渎神灵啊。"

陈阵的心里十分矛盾，嘴上却依然强硬，猛地上来一股执拗劲儿，冲着杨克发狠说："我何尝不想放狼归山啊，但现在不能放，我还有好多问题没弄清楚呢。小狼的自由是一条狼的自由，可要是将来草原上连一条狼都没有了，还有什么狼的自由可言？到时候，你也会后悔的。"

杨克想了想，终于还是妥协了。他犹豫着说："那……咱们就接着养。我想法子再多弄点'二踢脚'来。狼跟草原骑兵一样，最怕火药炸，火炮轰。只要咱们听到二郎跟狼群一掐起来，我就先点一捆'炸弹'，你再一个一个地往狼群里扔，准保能把狼群炸蒙。"

陈阵笑起来："这么说，你的狼性和冒险劲，其实比我还大呢。"

23
夜半狼嗥

内蒙古高原的夏夜，转眼间就冷得像到了深秋。草原上可怕的蚊群，很快就将形成攻势了，这是最后几个宁静之夜。刚刚剪光羊毛的羊群，紧紧地靠卧在一起，悠悠反刍，发出一片咯吱咯吱磨牙碾草的声音。二郎和黄黄不时抬头仰鼻，警惕地嗅着空气，并带领着伊勒和三条小狗，在羊群的西北边慢慢溜达巡逻。

陈阵握着手电筒，拖了一块单人褥子大小的毡子，走到羊群西北面，找了一块平地，铺好毡子，披上破旧的薄毛皮袍，盘腿而坐，不敢躺下。进入新草场之后，陈阵放羊、下夜、剪羊毛、伺候小狼、读书做笔记，天长夜短，睡眠严重不足。只要他一躺下马上就会睡死过去，无论大狗们怎样狂叫，再也叫不醒他。本来他应该趁着蚊群暴起之前的平安夜，抓紧机会多睡觉，可是他仍然丝毫不敢懈怠，草原狼是擅长捕捉"侥幸"的大师。

前几天，一小群狼成功偷袭了工地的病牛之后，他们三个人都绷紧了神经。狼群吃掉病牛，是给牧人的一个信号，报告狼群进攻的目标，已经从黄羊旱獭黄鼠转到畜群身上来了。小黄羊早已奔跃如飞，旱獭也更加机警，饥饿的狼群已不满足靠抓草原鼠充饥，转而向畜群展开攻击战。这新草场，人畜立足未稳，毕利格老人召集了几次生产会议，再三提醒各组牧民和知青不得大意，要像狼那样，睡觉的时候就是闭上眼睛，也得把两只耳朵竖起来。额仑草原又要进入新一轮人狼大战了。

陈阵每天都要把小狼的地盘彻底打扫干净，清除狼粪狼骚味，还要盖上一层薄薄的沙土。这不仅是为了狼窝的卫生，保证小狼身体健康不得病，更重要的是怕小狼的气味会暴露目标。

陈阵最近常常琢磨当时从狼窝带回小狼崽之后的各个细节，想得脑袋发疼。他觉得其实任何环节都可能出问题，都会被母狼发现。比如在旧营盘，母狼就可以嗅出小狼的尿味。那时他夜夜都担心狼群会发动突然袭击，血洗羊群，抢走小狼。他唯一庆幸的是，这次开进新草场，长途跋涉的路途中，一直把小狼关在牛粪木箱里，没有让小狼下过车，因此在路上就没有留下小狼的气味踪迹。即使母狼嗅出旧营盘上小狼留下的气味，它也不可能知道小狼被转移到哪里去了。

空气中似乎没有狼的气味，三条小胖狗跑到陈阵身边，他挨个抚摸它们。黄黄和伊勒也跑到陈阵身边，享受主人的爱抚。只有二郎忠于职守，依然在羊群西北边的不远处巡视。它比普通狗更知晓狼的本事，任何时候它都像狼一样警觉。

夜风越来越冷，羊挤得更紧，羊群的面积又缩小了四分之一。三只小狗都钻进了陈阵的破皮袍里面。刚过午夜，天黑得陈阵看不见身旁的白羊群。后半夜风停了，但寒气更重。陈阵把狗们赶到它们应该去的岗位，自己也站起来裹紧皮袍，打着手电，围着羊群转了两圈。

陈阵刚刚坐回毡子上，从不远的山坡上，传来了凄凉悠长的狼嗥

声,"呜嗷……嗷……嗷……"尾音拖得很长很长,还带有颤音和间隙很短的顿音。

狼嗥声音质纯净,底气充足,具有圆润锐利的渗透力和穿透力。战栗的尾音尚未终止,东南北三面大山,就开始发出低低的回声,在山谷、盆地、草滩和湖面慢慢地波动徘徊,又揉入了微风吹动苇梢的沙沙声,变幻组合出一波又一波悠长苍凉的狼声苇声风声的和弦。曲调越来越冷,把陈阵的思绪带到了蛮荒的西伯利亚。

陈阵好久没有在极为冷静清醒的深夜细细倾听草原狼的夜半歌声了。他不由得打了一个寒噤,裹紧了皮袍,但是仍感到那种似乎从冰缝里渗出的寒冷感,穿透皮袍,穿透肌肤,从头顶穿过脊背,一直灌到尾骨。陈阵伸出手把黄黄搂进皮袍,这才算有了点热气。

阴沉悠长的序曲刚刚退去,几条大狼的雄性合唱又高声响起来了。

这次狼嗥立即引来全大队各个营盘一片汹涌的狗叫声。陈阵周围的大狗小狗，也都冲向西北方向，站在羊群的外围线，急促猛吼。二郎先是狂吼着向狼嗥的地方冲去，不一会儿，又怕狼抄后路，就又退到羊群迎着狼嗥方向不远的地方停下，继续吼叫。沿盆地的山坡排成长蛇阵的大队营盘，都亮起了手电光，全大队一百多条狗足足吼了半个小时，才渐渐停下来。

夜更黑，寒气更重。狗叫声一停，草原又静得能听到苇叶的沙沙声。不一会儿，那条领唱的狼，又开始第二遍嗥歌。紧接着北、西、南三面大山传来更多更密的狼嗥声，像三面声音巨墙向营盘围过来，大有压倒狗群叫声的气势。全队的狗叫得更加气急败坏，澎湃汹涌。各家各包下夜的女人全都打着手电，向狼的方向乱扫，并拼命高叫，"啊嗬……乌嗬……依嗬……"尖厉的声音一波接一波，汇成更有气势的声浪，向狼群压去。

草原上人人是歌手，他们的嗓子，也许都是下夜驱狼练出来的。

狗仗人势，各家好战的大狗恶狗，叫得更加嚣张。狗的吠声、吼声、咆哮声、挑衅声、威胁声、起哄声，错杂交汇成一片分不清鼓点的战鼓声，轰轰烈烈，惊天动地，犹如又一次决战在即，大狗猎狗恶狗，随时就要冲出阵大杀一场。

陈阵也扯着脖子乱喊乱叫，但与草原女人和草原狗的高频尖锐之声相比，他觉得自己就像一只牛犊，微弱的喊声很快被夜空吞没了。

草原许久没有发生这样大规模的声光电的保卫战了。新草场如此集中扎营，使牧人的声光反击战，比在旧营盘更集中更猛烈，也给宁静的草原，单调的下夜，带来紧张热闹的战斗气氛。

群狼的嗥声很快被压制下去。乌力吉和毕利格老人集中扎营的部署，显示出巨大的实效。营盘牢不可破，狼群难以下手。

陈阵忽然听见铁链的哗哗声响，他急忙跑到小狼身旁。只见白天在狼洞里养足精神的小狼，此刻正张牙舞爪地上蹿下跳，对这场人狼狗、声光电大战异常冲动亢奋。它蹦来跳去，挣得铁链响个不停，不断地向它的假想敌冲扑撕咬，恨不得挣断链子，立即投入战斗。小狼急得呼呼哈哈地喘气，生怕捞不到参战的机会，简直比抢不到肉还要难受。

酷爱黑暗的狼，到了黑夜，全身的生命活力必然迸发；酷爱战斗的狼，到了黑夜，全身嗜杀的冲动必须发泄。

黑夜是草原狼打家劫舍，大块吃肉，大口喝血，大把分猎物的大好时光。可是一条铁链，将小狼锁在了如此狭小的牢地里，使它好战、更好夜战的天然狼性憋得更加浓烈，就像一个被堵住出气孔的高温锅炉，随时都可能爆炸。

小狼挣不断铁链，开始发狂发怒。求战不得的狂暴，将它压缩成一个毛球，然后突然炸出，冲入狼圈的跑道，以冲锋陷阵的速度转圈疯跑。边跑边扑边空咬，有时会突然一个急停，跟上就是一个猛扑，再来一个就地前滚翻，然后合嘴、咬牙、甩头，好像真的扑住了一个巨大猎物，正咬住要害部位，置猎物于死地。

过了一会儿，它又眼巴巴地站在狼圈北端，紧张地竖耳静听，一有动静，它马上又会狂热地厮杀一通。小狼的战斗本能，已被紧张恐怖的战争气氛刺激得蓬蓬勃勃，它似乎根本分不清敌我，只要能让它参战就行，至于加入哪条战线则无所谓，不管是杀一条小狗或是杀一条小狼它都高兴。

小狼一见到陈阵便激动地扑了上来，却够不着他，就故意退后几步，让陈阵走进狼圈。陈阵有些害怕，他向前走了一步，刚蹲下身，小狼一个饿虎扑食，抱住他的膝头，张口就咬。幸亏陈阵早有防备，急忙拿手电筒挡住小狼的鼻子，强光刺得小狼张开了嘴。他心里有些难受，看来小狼被憋抑得太苦了。

全队的狗又狂吼起来。家中的几条狗，围着羊群又跑又叫，有时还跑到小狼旁边，但很快又冲到羊群北边，根本忘记了小狼的存在。三条小狗俨然以正式参战的身份，叫得奶声奶气，吼得煞有其事，使得近在咫尺的小狼气得浑身发抖。它的本性、自尊心、求战心受到了莫大的轻视和伤害，那种痛苦只有陈阵能够理解，他料想它无论如何也不会甘于充当这场夜战的局外者的。

小狼歪着头，羡慕地听着大狗具有雄性战斗性的吼声，然后低头沉思片刻。它似乎发现了自己不会像狗们那样狂叫，第一次感到了自卑。但小狼立即决定要改变目前的窘况，它张了张嘴，显然是想学狗叫了。

陈阵深感意外，他好奇地蹲下来仔细观察。小狼不断地憋气张嘴，十分费力地吐出呼呼哈哈的怪声，就是发不出"汪汪"或"喔喔"的狗叫声。小狼十分恼火，它不甘心，又吸气憋气，收腹放腹，极力模仿狗吼叫的动作，但是发出的仍然是狗不狗、狼不狼的憋哑声，急得小狼原地直打转。

陈阵看着小狼的怪样直乐。小狼还小，它连狼嗥还不会，要发出狗叫声太难为它了。虽然狗与狼有着共同的祖先，可是二者进化得越来越远。大多数狗都会模仿狼嗥，可狼却从来不学狗叫，可能大狼们根本不屑发出狗的声音。然而此时小狼却极想学狗叫，可怜的小狼还不知道自己的真实身份。

小狼在焦虑焦急之中，学习模仿的劲头仍是丝毫不减。陈阵弯腰凑到它耳旁，大声学了一声狗叫。小狼似乎明白"主人"想教它，眼里露出笨学生的难为情，转而又射出凶学生恼羞成怒的目光。二郎跑过来，站在小狼的身旁，慢慢地一声接一声高叫，像一个耐心的老师。

突然，陈阵听到小狼发出了"慌……慌……"的声音，节奏已像狗叫，但就是发不出"汪"音。小狼兴奋得原地蹦高，去舔二郎的大嘴巴。以后小狼每隔六七分钟，就能发出"慌慌"的声音，让陈阵笑得肚子疼。

这种不狼不狗的怪声，惹得小狗们都跑来看热闹，并引起大狗小狗一片哼哼叽叽的嘲笑声。陈阵笑得前仰后合，每当小狼发出"慌慌"的声音，他就故意接着喊"张张"，营盘战场出现了"慌慌、张张"极不和谐的怪声。小狼可能意识到人和狗都在嘲笑它，于是它叫得越发慌慌张张了。小狗们乐得围着小狼直打滚。过了几分钟，全队

的狗叫声都停了，小狼没有狗们领唱，它又发不出声来了。

狗叫声刚停，三面大山又传来狼群的嗥声。这场声战精神战，来回斗了四五个回合，人和狗终于都喊累了。狼群擅长悄声突袭，此夜如此大张旗鼓，显然是在虚张声势，并没有强攻的意图。

当三面大山再次传来狼嗥声，人的声音已经停止，手电也已熄灭，连狗的叫声也敷衍起来，而狼群的嗥声却更加张狂。陈阵感到其中一定隐藏着更大的阴谋，可能狼群发现人狗的防线太集中太严密，所以采取了大规模的疲劳消耗战术，等到把人狗的精神体力耗尽了，才采取偷袭或突袭战。可能这场声音麻痹战，将会持续几夜。陈阵想起八路军游击队"敌驻我扰"的战术，还有，把点燃的鞭炮放在洋油桶里，用来模仿机关枪，吓唬敌人的战法。但是，这类"声音疲劳扰敌战"，草原狼却在几万年前就已经掌握了。

　　陈阵躺在毡子上，让黄黄趴下当他的枕头。没有人喊狗叫，他可以细细地倾听狼嗥的音素音调，反复琢磨狼的语言。

　　来到草原以后，陈阵一直对狼嗥十分着迷。狼嗥在华夏名声极大，一直是中原居民闻风丧胆的声音，以至中国人总是把"鬼哭"与"狼嗥"相提并论。到草原以后，陈阵对狼嗥已习以为常，但是他始终不明白，为什么"呜嗷呜嗷……"的狼嗥声，总是那么凄惶苍凉、如泣如诉、悠长哀伤呢？确实像是在"哭"。

　　陈阵从第一次听到狼的哭腔就觉得奇怪，这么凶猛不可一世的草原狼，它的内心为什么却有那么多的痛苦忧伤？难道在草原生存太艰难，狼被饿死冻死打死得太多太多，狼是在为自己凄惨的命运哀嚎吗？陈阵一度觉得，貌似凶狠顽强的狼，它的内心其实柔软而脆弱。

　　但是在跟狼打了两年多的交道，尤其是这大半年，陈阵渐渐否定了这种看法。他感到骨硬心硬命更硬的草原狼，个个都是硬婆铁汉，它们总是血战到底，死不低头。狼的字典中根本没有软弱这个字眼，即便是母狼丧子，公狼受伤，断腿断爪，那暂时的痛苦只会使狼伺机报复，变得愈加疯狂。

　　陈阵养了几个月的小狼，从未发现小狼有软弱委靡的时候，除了正常的困倦以外，小狼始终双目炯炯，精神抖擞，活泼好动。

　　陈阵又听了一会儿狼嗥，分明听出了一些狂妄威吓的意思。可为什么威吓人畜也要用这种哭腔呢？最近一段时间，狼群没有遭到天灾人祸的打击，好像没有痛苦哀伤的理由。难道像有些牧民说的那样，狼的哭腔，是专为把人畜哭毛哭慌，搅得人毛骨悚然，让人不战自败？草原狼莫非还懂得哀兵必胜或是精神恐吓的战略思想？这种说法虽有一定的道理，但是为什么狼群互相呼唤、寻偶寻友、组织战役、向远方亲友通报猎情、招呼家族打围或分享猎物的时候，也使用这种

哭腔呢？这显然与心理战无关。

那么草原狼发出哭腔到底出于何种原因？陈阵的思考如同锥子一般往深处扎去。他想，刚毅强悍的狼，虽然也有哀伤的时候，但它们决不会在任何时间、任何地点、任何喜怒哀乐的情绪下，都在那里"哭"。"哭"决不会成为狼性格的基调。

听了大半夜的狼嗥狗叫，陈阵的头脑越来越清醒。在科学研究方面，比较和对比，往往是解开秘密的钥匙。他突然意识到在狼嗥与狗叫的差异中，可能隐藏着答案。陈阵又反复比较着狼嗥和狗叫的区别，他发现狗叫声短促，而狼嗥悠长。这两种叫声的效果极为不同：狼的悠长嗥声，要比狗的短促叫声传得更远更广。大队最北端蒙古包传来的狗叫声，就明显不如在那儿附近的狼嗥声听得真切。而且，陈阵隐隐还能听到东边大山深处的狼嗥声，但狗叫声决不能传得那么远。

　　陈阵渐渐开窍。也许狼之所以采用凄凉哭腔，作为狼语言的主调，是因为在千万年的自然演化中，它们渐渐发现了哭腔的悠长拖音，是能够在草原上传得最远最广最清晰的声音。就像"近听笛子远听箫"一样，短促响亮的笛声，确实不如呜咽悠长的箫声传得远。古代草原骑兵使用拖音低沉的牛角号传令，寺庙的钟声，也以悠长送远而闻名天下。

　　草原狼善于长途奔袭、分散侦查、集中袭击。狼又是典型的集群作战的猛兽，它们战斗捕猎的活动范围辽阔广大。为了便于长距离通信联络，团队作战，狼群便选择了这种草原上最先进的联络信号。

　　残酷的战争最看重实效，至于是哭还是笑，好听不好听，那不是狼所需要考虑的。强大的军队需要先进的通信工具，先进的通信手段又会增强军队的战斗力。古代狼群可能就是采用了这种草原上最先进的噪音，才大大地提高了狼群的战斗力，甚至将虎豹熊等体形更大的

猛兽逐出草原。

陈阵又想：狗之所以被人驯服成家畜的重要原因之一，可能就是远古狗群的通信落后，因而被狼群打败，最后只好投靠在人的门下，仰人鼻息。草原狼的自由独立、勇猛顽强的性格，是有其超强本领作为基础的。人也是这样，一个民族自己的本事不高，性格不强，要想独立自由也只能是空想。

陈阵不禁在心里长叹：艺高胆愈大，胆大艺愈高。草原狼对人的启示真是无穷无尽。看来，曾经横扫世界的草原骑兵，在通信手段上也受到了狼的启示。古战场上悠长的牛角号，曾调集了多少草原骑兵，号令了多少场战役啊。

骨硬心硬命更硬的草原狼，个个都是硬婆铁汉，它们总是血战到底，死不低头。狼的字典中根本没有软弱这个字眼。

24
不鸣则已、一鸣惊人的小·狼

　　狼群的噪声渐渐稀落了。忽然，一声奶声嫩气的狼嗥从羊群和蒙古包后面传来。陈阵顿时吓得一激灵：狼居然抄了羊群的后路？二郎带着所有的狗，猛吼着冲了过去。陈阵一骨碌爬起来，抄起马棒和手电也跟着冲了过去。冲到蒙古包前，只见二郎和大狗小狗，围在小狼的狼圈外，都惊奇地冲着小狼乱哼哼。

　　电筒光下，陈阵看见小狼蹲踞在木桩旁边，鼻尖冲天，仰天长嗥——那一声狼嗥，竟然是从小狼喉咙里发出来的。小狼居然会狼嗥了。

　　这是陈阵第一次听到小狼长嗥，他原以为小狼要完全长成标准的大狼才会嗥呢，没想到这条不到四个月狼龄的小狼，这一夜突然就发出了呜噢——呜噢的狼嗥声。那动作和声音，嗥得和真正的野狼一模一样。陈阵兴奋得真想把小狼紧紧抱在怀里，再亲它一口，但他不愿打断它初展歌喉的兴致，也想最近距离地欣赏自己宝贝小狼的歌声。陈阵比一个年轻的父亲听到自己宝贝孩子第一次叫他爸爸还要激动。

177

他忍不住轻轻抚摸小狼的背毛，小狼高兴地舔了一下他的手，又继续引吭高歌。

狗们都糊涂了，不知道该咬死它，还是制止它。在看羊狗同仇敌忾的阵线里，突然出现了仇敌的嗥声，小组的狗队阵营顿时大乱。邻家的狗也突然停止了叫喊，有几条狗甚至跑到陈阵的家门口来看个究竟，并随时准备支援。只有二郎欣喜地走进狼圈，舔舔小狼的脑袋，

然后趴在它的身旁，倾听它的嗥声。黄黄和伊勒举目恶狠狠地瞪着小狼，这一刻，小狼稚嫩的嗥声，把它在狗群里生活了几个月以来模糊暧昧的身份不打自招了——它不是一条狗，而是一条狼，一条与狗群嗥吠大战的野狼，没有任何疑义的狼。但是黄黄和伊

勒见主人笑眯眯地抚摸小狼，敢怒不敢言。邻家的几条大狗，看着人狗狼和平共处，一时也弄不清它到底是狗还是狼。它们歪着脑袋，怀疑地看了几眼这条奇怪的东西，便悻悻地回家了。

陈阵蹲在小狼身边听它的长嗥，仔细观察狼嗥时的动作。陈阵发现小狼开始嗥的时候，一下子就把鼻尖抬起，把它的黑鼻头直指中天。

陈阵欣赏着小狼轻柔绵长均匀的余音，就像月光下，一头小海豚正在水下用它长长的鼻头，轻轻点拱平静的海面，海面上荡起一圈一圈的波纹，向四面均匀扩散。陈阵突然想到，狼鼻朝天的嗥叫姿态，也是为了使声音传得更远，传向四面八方。只有鼻尖冲天，嗥叫声才能均匀地扩散音波，才能使分散在草原四处的家族成员同时听到它的声音。狼嗥哭腔的悠长拖音，狼嗥仰天的姿态，都是草原狼为适应草原生存和野战环境的实践而创造出来的。草原狼进化得如此完美，如此成功，不愧是腾格里的杰作。

而且，草原骑兵的牛角号的发音口，也是直指天空的。牛角号悠长的音调和指天的发声，与草原狼嗥的音调和方向完全一样，这难道是偶然的巧合吗？看来古代草原人，早已对草原狼嗥的音调和姿态做了深刻的研究。草原狼教会了草原人太多的本领。

陈阵浑身的热血涌动起来。在原始游牧的条件下，在内蒙古草原的最深处，此前大概还没有一个人，能抚摸着狼背，倾听狼的嗥歌。紧贴着小狼倾听狼嗥声真是太清晰了，小狼的嗥声柔嫩圆润纯净，虽然也是"呜呕……呕……"那种标准的狼嗥哭腔，但声音中却没有一点悲伤。

相反，小狼显得异常兴奋，它为自己终于能高声长歌而激动无比，一声比一声悠长、高昂、激越。小狼像一个初登舞台就大获成功的歌手，亢奋得赖在台上不肯谢幕了。

尽管几个月来，小狼常常做出令陈阵吃惊的事情，但是此时，陈阵还是又一次感到了震惊。小狼学狗叫不成，转而改学狼嗥，一学即成，一嗥成狼。那狼嗥声虽然可以模仿狼群，但是长嗥的姿态呢？黑暗的草原，小狼根本看不见狼嗥的姿态，可它竟然又一次无师自通。

小狼学狗叫勉为其难，可学狼嗥却是心有灵犀一点通。真是狼性使然，小狼终于从学狗叫的歧途，回到了它自己的狼世界。小狼不鸣则已，一鸣惊人！小狼长大了，从此将长成一条真正的草原狼。陈阵深感欣慰。

然而，随着小狼的嗥声一声比一声熟练、高亢、嘹亮，陈阵的心像被小狼爪抓了一下，立即揪紧了。偷来的锣敲不得，可是偷来和偷养的小狼，却自己大张旗鼓地"敲打"起来了，唯恐草原上的人狗狼不知道它的存在。陈阵暗暗叫苦：我的小祖宗，你难道不知道有多少人和狗想打死你？你为了躲避人和狗挖了一个洞，把自己藏起来，你这一嗥不是前功尽弃了吗？

陈阵转念一想，突然意识到，小狼不顾生命危险，冒死高嗥，肯定是它想让它的妈妈爸爸来救它。它发出自己的声音以后，立刻本能地意识到了自己的身份——它不是一条"汪汪"叫的狗，而是野外游荡长嗥的那些"黑影"的其中一员。荒野的呼唤在呼唤荒野，小狼天性属于荒野。

陈阵出了一身冷汗，感到了来自人群和狼群两方面的巨大压力。

小狼突然运足了全身的力气，发出了音量最大的一声狼嗥。

对于小狼的长嗥，陈阵以及草原上的人群、狗群和远处的狼群，最初都没有反应过来，小狼给了大家一个措手不及。仓促中，仍是狼群的反应最快，当小狼发出第三声第四声娇嫩悠长的嗥声时，三面大山的狼群刹那间静寂无声，有的狼"噢……"的尾音还没有拖足拖够，就戛然而止，把剩下的嗥声吞回狼肚。

陈阵猜想，在人的营盘传出标准的狼嗥声，这是所有草原上的狼王、老狼、头狼和母狼闻所未闻的事情。陈阵可以想象狼们的吃惊程度，狼们可能想：难道是一条不听命令的小狼，擅自闯进人的营盘了？那也不对啊，小狼误入营盘，按常理它马上会被恶狗猛犬撕碎，可是为什么听不到小狼的惨叫呢，而且小狼居然还安全愉快地嗥个没完？

那么难道不是小狼，而是一条会学狼嗥的小狗？陈阵按着狼的逻辑进一步推测。可老狼头狼们从来没听到过狗能发出如此精确、狼所独有的嗥声。那么难道是人养了一条小狼？可草原上自古到今只有狼养人，而从没有人养狼的事情。就算是人养了条小狼，这是谁家的狼崽呢？在春天，人和狗掏了不少狼窝的狼崽，可那时狼崽还不会嗥，母狼们也听不出这条小狼是谁家的孩子。

狼群肯定是蒙了慌了和糊涂了。陈阵估摸着，此刻狼们正大眼瞪小眼，谁也发不出声音来。一个来自北京的学生，违反草原天条的莽撞行为，使老狼头狼们全傻了眼。但是，狼群迟早会听出这是一条真的狼在嗥叫。那些春天丧子的母狼，也肯定会烈火般地燃起寻子夺子的一线希望。小狼突如其来的自我暴露，使陈阵最担心的事情终于突现眼前。

　　草原上第二批对小狼的嗥声做出反应的，是大队的狗群。刚刚开始休息的狗群，听到营盘内部传出狼嗥声，吃惊不小。狗们判断准是狼群趁着人狗疲乏，突袭了一家的羊群，于是全队的狗群突然集体狂吠起来。它们好像有愧于自己的职责，全都以这一夜最凶猛疯狂的劲头吼叫，把接近凌晨的草原吼得个天翻地覆。狗群准备拼死一战，并警告主人们：狼群正在发动全面进攻，赶快持枪应战。

　　草原上反应最迟钝的却是人，下夜的女人都累困得睡着了，没有听到小狼的长嗥，她们是被极为反常和猛烈的狗叫声惊醒的。近处远处各家女人尖厉的嗓音又响起来了，无数手电的光柱扫向天空和山坡。谁也没想到在蚊群大规模出动之前，狼群竟提前进攻了。

　　陈阵被全队狗群震天的声浪吓蒙了头，这都是他惹的祸。他不知道天亮以后，怎样面对全大队人的指责。他真怕一群牧民冲到他家，把小狼抛上腾格里。可是小狼还在嗥个不停，它快乐得像是在过成人节。小狼毫无收场的意思，喝了几口水，润润嗓子，又兴冲冲地长嗥起来。

　　天色已褪去深黑，不下夜的女人们就要起来挤奶了。陈阵急得一把搂住小狼，又用左手狠狠握住小狼的长嘴巴，强行制止它发声。小狼哪里受过这等欺负，立即拼出全身力气，狂暴挣扎。小狼已是一条半大的狼了，陈阵没想到小狼的力气那么大，他一只胳膊根本就按不住它，而握住狼嘴的手又不敢松开，此时放手，他非得被小狼咬伤不可。

　　小狼疯狂反抗，它翻脸不认人，两眼凶光毕露，两个小小的黑瞳孔像两根钢锥，直刺陈阵的眼睛。小狼的嘴甩不脱陈阵的手，它就用两个狼爪拼命地乱抓乱刨，陈阵的衣裤被撕破，右手手背手臂也被抓了几道血口子。陈阵疼得大叫杨克杨克。门开了，杨克光着脚冲了过来，两人使足了劲，才把小狼牢牢地按在地上。小狼呼呼喘气，两个爪子在沙地上刨出两个小坑。

　　陈阵手背上渗出了血，两人只好齐声喊，一、二、三，同时松手，然后跳出狼圈。小狼不肯罢休，疯扑过来，但被铁链死死勒住。杨克急忙跑进包，从药箱拿出绷带和云南白药，给陈阵上药包扎。高建中也被吵醒了，爬起来走出门外，气得大骂："狼啊，个个都是白眼狼，你天天像侍候大爷似的侍候它，它竟敢咬你。你们下不了手，我下手，待会儿我就杀了它！"

　　陈阵急忙摆手："别、别，这次不怪小狼。我攥住了它的嘴，它能不急眼吗？"

　　天已微微发白，小狼的狂热还没有退烧。它活蹦乱跳，喘个不停，一会儿又蹲坐在狼圈边缘，眼巴巴地望着西北方向，抬头仰鼻又要长嗥。却没想到，经过刚才那一通搏斗，小狼竟把尚未熟练的狼嗥声忘了，突然发不出声来。憋了几次，结果又发出"慌慌、哗哗"的怪声。二郎乐得直摇尾巴，三个人也乐出了声。小狼恼羞成怒，竟然冲干爹二郎皱鼻龇牙。

　　陈阵发愁地说："小狼会嗥了，跟野狼嗥得一模一样，全队的人可能都听到了，这下麻烦就大了，怎么办呢？"

　　高建中坚持说："快把小狼杀了，要不以后狼群夜夜围着羊群嗥，一百多条狗跟着叫，全队不下夜的人还能睡着觉吗？要是再掏了羊群，你就吃不了兜着走吧。"

杨克说："可不能杀，咱们还是悄悄把小狼放了吧，就说它挣断链子逃跑了。"

陈阵对杨克说："不能杀也不能放，坚持一天算一天。要放也不能现在放，营盘边上到处都是别人家的狗，一放出去就得让狗追上咬死。这些日子，你天天放羊吧，我天天下夜，看羊群，白天守着小狼。"

杨克说："只好这样了。要是大队下了死令，非杀小狼不可，那咱们就马上把小狼放跑，把小狼送得远远的，到没狗的地方再放。"

高建中哼一声说："你俩尽想美事，等着吧，待会儿牧民准保打上门来。"

早茶未吃完，门外就响起马蹄声。陈阵杨克慌忙出门，乌力吉和毕利格老人已经来到门前。两人并未下马，正在围着蒙古包转圈找小狼，转了两圈，才看到一条铁链通到地洞里。老人下了马，探头看了一眼说："怪不得找不见，藏这儿了。"陈阵杨克急忙接过缰绳，把两匹马拴在牛车轱辘上。两人一句话也不敢说，准备听候发落。

乌力吉和毕利格蹲在狼圈外面往洞里看。小狼正侧卧休息，非常讨厌陌生人打扰，它发出呼呼的威胁声，目光凶狠。

老人说："哦，这小崽子长这么大了，比野地里的小狼还大。"老人又回头对陈阵说，"你还真宠着它，想着给它挖个凉洞。这阵子我还想，你把小狼拴在毒日头底下，不用人杀它，晒也把它晒死了。"

陈阵小心地说："阿爸，这个洞不是我挖的，是小狼自个儿挖的。那天它快晒死了，自个儿转悠了半天，想出了这个法子。"

老人露出惊讶的目光，盯着小狼看，停了一会儿，说："没母狼教，它自个儿也会掏洞？兴许腾格里还不想让它死。"

乌力吉说："狼脑子就是好使，比狗强多了，好些地方比人都聪明。"

陈阵说："我也纳闷，这么小的狼怎么就有这个本事呢？把它抱来的时候它还没开眼呢，连狼妈都没见过。"

老人说："狼有灵性。没狼妈教，腾格里就不会教它吗？昨儿夜里，你瞅见小狼冲天嗥了吧。草原上牛羊马狗狐狸黄羊旱獭叫起来，全都不冲着天，只有狼冲着天嗥，这是为啥？我不是早就说了嘛，狼是腾格里的宝贝疙瘩，狼在草原上碰见麻烦，就冲天长嗥，求腾格里帮忙。狼那么多的本事，都是从腾格里那儿求来的。草原人遇上大麻烦，也要抬头恳求腾格里。草原万物，只有狼和人敬腾格里。"

老人看小狼的目光柔和了许多，又说："草原人敬拜腾格里还是跟狼学的。蒙古人还没有来到草原的时候，狼早就天天夜夜抬头对腾格里长嗥了。活在草原太苦，狼心里更苦。夜里，老人们听着狼嗥，常常会伤心落泪。"

陈阵心头一震。在他的长期观察中，茫茫草原上，确实只有狼和人对天长嗥或默祷。草原人和狼，活在这片美丽而贫瘠的草原上太艰难了，他（它）们无以排遣，不得不常常对天倾诉。从科学的角度看，狼对天长嗥，是为了使自己的声音信息传得更远更广更均匀，但陈阵从情感上，却更愿意接受毕利格阿爸的解释。人生若是没有某些神性的支撑，生活就太无望了。陈阵的眼圈发红。

老人转身看着他说："别把手藏起来，是让小狼抓的吧？昨儿晚上我全听见了。孩子啊，你以为我是来杀小狼的吧……今儿早上，就有好几拨马倌羊倌上我家告你的状，让大队处死小狼。我和老乌商量过了，你还接着养吧，可得多加小心。唉，真没见过像你这样迷狼的汉人。"

陈阵吃惊地问："真让我接着养啊？为什么？我也真的怕给队里造成损失，怕给您添麻烦，正打算给小狼做一个皮条嘴套，不让它嗥。"

乌力吉说："晚了，母狼全都知道你家有一条小狼了。我估摸，今天夜里狼群准来。不过，我们俩让各组的营盘扎得这么密，人多狗多枪多，狼群不好下手。我就怕以后回到秋草场，营盘一分散，那你们包就危险了。"

陈阵说："到时候我家的三条小狗长大了，有五条大狗，再加上二郎这条杀狼狗，我们下夜的时候再勤往外跑，还可以点大爆竹，我们就不怕狼了。"

老人说："到时候再看看吧。"

陈阵忍不住问："阿爸，那么多的人让您下令处死小狼，您怎么跟他们说啊？"

老人说："这些日子狼群专掏马驹子，马群损失太大。要是小狼能把狼群招到这儿来，马群就可以减少损失，马倌的日子就能好过一些。马群再不能出事了。"

乌力吉对陈阵说："你养小狼倒是有这么一个好处，能减轻马群的压力……你千万别让小狼咬了，那可不是闹着玩的。前些日子，有一个民工夜里去偷牧民的干牛粪，让牧民的狗咬伤了，差点得狂犬病送了命。我已经叫小彭上场部再领一些药回来。"

老人和乌力吉骑上马去了马群，走得急匆匆。马群一定又出事了。陈阵望着两股黄尘，心里不知是轻松还是紧张。

25
肉包子打狼

　　陈阵拿出家里最后两根肉条，再加了一些羊油，给小狼煮了一锅稠肉粥。小狼的食量越来越大，满满一盆肉粥还不能把它喂饱。陈阵叹了口气，进包抓紧时间睡觉，争取养足精神，准备应对更危险的夜战。到午后一点多钟，他被一阵叫声喊醒，急忙跑出了门。

　　张继原骑着一匹驮着东西的大马，来到蒙古包门前空地。那匹马前半身全是血，一惊一乍地不肯靠近牛车。狗们一拥而上，把人马围住，猛摇尾巴。陈阵揉了揉惺忪的睡眼，吓了一跳：张继原的马鞍上竟然驮着一匹受伤的马驹子。他慌忙上前牵住马笼头，稳住大马。马驹子疼得抬头挣扎，胸颈的几个血洞仍在流血，染红了马鞍马身。大马惊恐地瞪大了眼，鼻孔喷着粗气，一条前腿不停地打颤，另一条腿不时刨地跺蹄。张继原坐在鞍后马屁股上，下马很困难，又怕血淋淋的马驹摔落到马蹄下，惊炸了坐骑。陈阵连忙腾出一只手，攥住了小马驹的一条前腿，张继原费力地把右脚退出马镫，小心地下了马，几乎摔倒在地。

两人在大马的两侧，抬起马驹，轻轻放到地上。大马急转身，瞪大眼，哀哀地看着马驹。小马驹已经抬不起头，睁大了美丽的黑眼睛，哀求地望着人，疼得咝咝地叫，前蹄撑地，但已经站不起来了。陈阵忙问："还有救吗？"张继原说："巴图已经看过伤口，他说肯定是没救了。咱们好久没吃肉了，趁它还活着，赶紧杀吧。沙茨楞刚给毕利格家也送去了一匹咬伤的马驹。"

陈阵心里咯噔一下。他给张继原打了一盆水，让他洗手，忙问："马群又出事了？损失大不大？"

张继原丧气地说："别提了。昨天一晚上，我和巴图的马群，就被狼吃了两匹马驹，咬伤一匹。沙茨楞那群马更惨，这几天，被狼一口气掏了五六匹。别的马群还不知道，损失肯定也不少。队里的头头都去了马群。"

陈阵说："昨天夜里，狼群围着大队营盘嗥了一夜。狼群都集中在我们这儿，怎么又跑到马群那儿去了呢？"

张继原说："这就叫做群狼战术，全面出击，四面开花，声东击西，互相掩护，佯攻加主攻，能攻则攻，攻不动就牵制兵力，让人顾头顾不了尾，顾东顾不了西。狼群的这招要比集中优势兵力，各个击破的战术更厉害。"张继原洗完手又说："赶紧把马驹杀了吧，等马驹死了再杀，就放不出血，血淤在肉里，肉就不好吃了。"

陈阵说："都说马倌狼性最足，一点也不假。你现在有马倌的派头了，口气越来越大，有点儿古代草原武士的凶狠劲儿了。"陈阵把铜柄蒙古刀递给张继原："还是你下刀吧，杀这么漂亮的小马驹我下不了手。"

张继原说："这马驹是狼杀的，又不是人杀的，跟人性善恶没关系……算了，我杀就我杀。说好了，我只管杀，剩下剥皮开膛卸肉的活就全是你的了。"

陈阵一口答应。

张继原接过刀，踩住马驹侧胸，按住马驹脑袋，又按照草原的传统，让马驹的眼睛直对腾格里。然后一刀戳进脖子，挑断颈动脉。马血已经喷不出来，但还能流淌。张继原像看一只被杀的羊一样，看着马驹挣扎断气。狗们都流着口水摇尾巴，小狗们拥上前去舔吃地上的马血。小狼闻到了血腥味，也早已蹿出洞，冲拽铁链，馋得狼眼射出凶光。

张继原说："前几天我已经杀过一匹驹子，没这匹个大肉足。我和几个马倌吃了两顿马驹肉馅包子，马驹肉特嫩特香，夏天吃马驹肉包子，草原牧民本是迫不得已。但是，千百年下来，马驹肉包子倒成了草原出名的美味点心了。"张继原洗净了手，坐在木桶水车的车辕上，看陈阵剥马皮。

陈阵剥出了马驹肥嫩的肉身，也乐了，说："这马驹子个头真不小，快顶上一只大羯羊了。这一个月，我都快不知道肉味了。人还好说，小狼快让我养成羊啦，再不给它肉吃，它就要学羊叫喽。"

张继原说："这匹驹子是今年最早生下来的，爹妈个头大，它的个头当然也就大了。你们要是觉着好吃，过几天我再给你们驮一匹回来。夏季是马群的丧季，年年如此。这个季节，母马正下驹子，狼群最容易得手的就是马驹。每个马群，隔三差五就得让狼掏吃一两匹驹子，真是防不胜防。这会儿，马群的产期刚过，每群马差不多都新添了一百四五十匹驹子。额仑草好，母马奶水足，马驹长得快，一个个又调皮好动，儿马子和母马真管不过来……"

陈阵把马驹的头、胸、颈这些被狼咬过的部分，用斧子剁下来，又放到砧板上剁成小块。六条狗早已把陈阵和马驹围得水泄不通，五条狗尾摇得像秋风中的芦花，只有二郎的长尾像军刀一样伸得笔直，一动不动地看着陈阵怎样分肉。多日不知肉味的小狼，闻到了血腥味，急得团团转，急出了"慌慌、哗哗"的狗叫声。

肉和骨头分好了，仍是三大份三小份。陈阵将半个马头和半个脖子递给二郎，它摇摇尾巴，叼住肉食就跑到牛车底下的阴凉处享用去了。黄黄、伊勒和三条小狗也分到了自己的那份。陈阵等狗们分散了，才把他挑出的马驹胸肉和胸骨，剁成小块，放到小狼的食盆里，足有大半盆，再把马驹胸腔里残存的血浇在肉骨上，然后高喊："小狼，小狼，开饭喽！"向小狼走去。

小狼的脖子早已练得脖皮厚韧，一见到带血的鲜肉，就把自己勒得像牛拉水车爬坡一样，勒出了小溪似的口水。陈阵将食盆飞快地推进狼圈，小狼像大野狼扑活马驹一样，扑上马驹肉，并向陈阵龇牙咆哮，赶他走。陈阵回到马驹皮旁继续剔骨卸肉，一边用眼角扫视着小狼。小狼正狂吞海塞，并不时警觉地瞭着狗和人，身体弯成弓状，随时准备把食盆里的鲜肉叼进自己的洞里。

马驹肉馅包子在一阵弥漫的热气中出了屉。陈阵倒着手，把包子倒换得稍稍凉了一点，便咬了一口，连声赞道："好吃好吃，又香又嫩！以后你一碰到狼咬伤马驹子，就往家驮。"

张继原说："其他三个知青包都跟我要呢，还是轮着送吧。"陈阵说："那你也得把被狼咬过的那些部位拿回来，我要喂小狼。"

两人一口气吃了一屉包子，陈阵心满意足地站起来说："我已经记不清这是第几次吃狼食了。走，咱去玩'肉包子打狼'。"

等肉包子凉了，陈阵和张继原各抓起一个，兴冲冲地出了蒙古包，朝小狼走去。陈阵高喊："小狼，小狼，开饭喽！"两个肉包子轻轻打在小狼的头上和身上。小狼吓得夹起尾巴"嗖"地钻进了洞，肉包子也被黄黄和伊勒抢走。两人愣了一会儿才反应过来。陈阵笑道："咱们真够傻的，小狼从来没见过和吃过肉包子，肉包子打狼，怎能有去无回呢？狼的疑心太重，连我都不相信。它一定是把肉包子当成打它的石头了。这些日子，过路的蒙古孩子可没少拿土块打它。"

张继原笑着走到狼洞旁，说："小狼太好玩了，我得抱抱它，跟它亲热亲热。"

陈阵说："小狼认人，就认我和杨克，只让我和杨克抱，连高建中都不敢碰它一下，一碰它就咬。你还是算了吧。"

张继原低下头，凑近狼洞，连声叫小狼，还说："小狼，别忘了，是我给你拿来马驹肉的，吃饱了，就不认我啦？"张继原又叫了几声，可是小狼龇牙瞪眼就是不出来。他刚想拽铁链把小狼拽出来，谁料想小狼"嗖"地蹿出洞，张口就咬，吓得张继原往后摔了一个大跟头。陈阵一把抱住小狼的脖子，才把小狼拦住，又连连抚摸狼头，直到小狼消了气。张继原拍了拍身上的沙土站了起来，面露笑容说："还行，还跟野地里的狼一样凶，要是把小狼养成狗就没意思了。下次回来，我再给它带点马驹肉。"

小狼不鸣则已，一鸣惊人！小狼长大了，从此将长成一条真正的草原狼。

191

26
悲怆的狼歌

晚饭后，包顺贵从毕利格家来到陈阵的蒙古包。他发给了陈阵和杨克一个可装六节电池的大号电筒，以往这是马倌才有资格用的武器和工具。包顺贵特别向陈阵交代了任务："如果狼群攻到羊群旁边，就开大手电，不准点爆竹，让你们家的狗缠住你家的小狼。我已经通知你们附近几家，一见到电筒打亮，大伙都得带狗过来围狼。"

包顺贵笑着说："想不到你们养条小狼，还有这么大的好处。要是这次能引来母狼和狼群，再杀它个七八条狼就算胜利。牧民都说今天夜里母狼准来，他们都要我枪毙小狼，把小狼扒了皮，扔到山坡野地，让母狼全死了心。可我不同意。我跟他们说，我就怕狼不来，用小狼来引大狼，这机会上哪儿找啊。这回大狼可得上当啦，你们俩得小心点。不过嘛，这么大的手电，能把人的眼睛晃得几分钟内跟瞎了一样，狼就更瞎了。你们也得准备铁棒铁锹，以防万一。"

陈阵杨克连连答应。包顺贵忙着到别的包去布置任务，严禁开枪惊狼，走火伤人伤畜，就急急走了。

　　这场草原上前所未有的以狼诱狼战，虽然后果难以预料，但已给枯燥的放牧生活增添了许多刺激。有几个特别恨狼、好久不上门的年轻马倌羊倌，也跑来问情况和熟悉环境地形，他们对这种从来没玩过的猎法很感兴趣。一个羊倌说，母狼最护崽子，它们知道狼崽在这儿一定会来抢的，最好每夜都来几条母狼，这样就能夜夜打到狼了。一个马倌说，狼吃了一次亏，再不会吃第二回。另一个羊倌说，要是来一大群硬冲怎么办？马倌说，狼再多也没有狗多，实在不行那就人狗一块儿上，打灯乱喊、开枪放炮呗。

　　人们都走了以后，陈阵和杨克心事重重地坐在离小狼不远的毡子上，两人都深感内疚。杨克说："如果这次诱杀母狼成功，这招实在是太损了。掏了人家的全窝崽子还不够，还想利用狼的母爱，把母狼也杀了。以后咱俩真得后悔一辈子。"

　　陈阵垂着头说："我现在也开始怀疑自己，当初养这条小狼究竟是对还是错。为了养一条小狼，已经搭进去六条狼崽的命，以后不知道还要死多少……可我已经没有退路了，科学实验有时跟屠夫差不多。毕利格阿爸主持草原也真不易，他的压力太大了。一方面要忍受牲畜遭狼屠杀的悲哀，另一方面还要忍受不断去杀害狼的痛苦，两种忍受都是血淋淋的。可是为了草原和草原人，他只能铁石心肠地维持草原各种关系的平衡。我真想求腾格里告诉母狼们，今晚千万别来，明晚也别来，可别自投罗网，再给我一点时间，让我把小狼养大些，咱俩一定会亲手把它放回母狼身边去的……"

　　上半夜，毕利格老人又来了一趟，检查陈阵和杨克的备战情况。老人坐在两人旁边，默默地抽旱烟，抽了两烟袋锅以后，老人像是安慰他的两个学生，又像是安慰自己，低声说道："过些日子蚊子一上来，马群还要遭大难，不杀些狼，今年的马驹子就剩不下多少了，腾格里也会看不过去的。"

杨克问:"阿爸,依您看,今晚母狼会不会来?"

老人说:"难说啊,用人养的小狼来引母狼,我活了这把年纪,还从来没使过这种损招,连听都没听说过。包主任非叫大伙利用小狼来打一次围,马驹死了那么多,不让包主任和几个马倌杀杀狼消消气,能成吗?"

老人走了。盆地草场静悄悄,只有羊群咯吱吱的反刍声,偶尔也能听到大羊甩耳朵轰蚊子的扑噜噜的声音。草原上第一批蚊子已悄然出现,但这只是小型侦察机,还没有形成轰炸机群的凌厉攻势。

两人轻轻聊了一会儿,互相轮流睡觉。陈阵先睡了,杨克看着腕上的夜光表,握着大电筒,警惕四周的动静,又把装了半捆爆竹的书包挂在脖子上,以防万一。

吃饱马驹肉的小狼,从天还没有黑就绷紧铁链,蹲坐在狼圈的西北边缘,伸长脖子,直直地竖着耳朵,全神贯注,一动不动,紧张地等待着它所期盼的声音。狼眼炯炯,望眼欲穿,力透山背,比孤儿院的孤儿盼望亲人的眼神,还要让人心酸。

午夜刚过,狼嗥准时响起。狼群又发动声音疲劳战,三面山坡,嗥声一片。全队的狗群立即狂吠反击,巨大的声浪扑向狼群。狼嗥突然停止,但是狗叫声一停,狼嗥又起。几个回合过去,已经吼过一夜的狗群,认为狼在虚张声势,便开始节约自己的声音弹药,音量减弱,次数减少。

陈阵惊醒,连忙和杨克走近小狼,凭借微微的星光观察小狼。狼圈里铁链声哗哗作响,小狼早已急得围着狼圈团团转。它刚想模仿野狼嗥叫就被狗叫声干扰,还常常被近处二郎、黄黄和伊勒的吼叫拐带到狗的发声区。小狼一急又发出"慌慌，哗哗"的怪声，它气得痛心疾首，甩晃脑袋。几个月来与狗们的朝夕相处，使它很难摆脱狗叫声的强行灌输去找到自己的原声。

二郎带着狗们，紧张地在羊群西北边来回跑动，吼个不停，像是发现了敌情。不一会，西北方向传来狼嗥，这次嗥声似乎距陈阵的羊群更近。其他小组的狗群叫声渐渐稀落，而狼群好像慢慢集中到陈阵蒙古包的西北山坡上。

陈阵的嘴唇有些发抖，悄声说道："狼群的主力是冲着咱们的小狼来了。狼的记性真没得说。"

杨克手握大电筒，也有些害怕。他摸了摸书包里的大爆竹说："要是狼群集体硬冲，我就管不了那么多了，你打手电报警，我就往狼群里扔'手榴弹'。"

狗叫声终于停止。陈阵小声说："快！快蹲下来看，小狼要嗥了。"

没有狗叫的干扰，小狼可以仔细倾听野狼的嗥声。它挺直胸，竖起耳，闭嘴静听。小狼很聪明，它不再张口乱学，而是先练听力，使自己更多接受些黑暗中传来的声音，然后才学叫。

狼群的嗥声仍然瞄准小狼。小狼焦急地辨认，北面嗥，它就头朝北；西边嗥，它就头朝西。如果三面一齐嗥，它就原地乱转。

陈阵侧耳细听，他发现此夜的狼嗥声与前一夜的声音明显不同。前一夜的嗥声比较单一，只是骚扰威胁声。而此夜的狼嗥声却变化多端，高一声低一声，其中似乎有询问、有试探，甚至有母狼急切地呼儿唤女的意思。陈阵听得全身发冷。

草原上，母狼爱崽护崽的故事流传极广：为了教狼崽捕猎，母狼经常冒险活抓羊羔；为了守护洞中的狼崽，不惜与猎人拼命；为了狼崽的安全，常常一夜一夜地叼着狼崽转移洞穴；为了喂饱小狼，常常把自己吃得几乎撑破肚子，再把肚中的食物全部吐给小狼；为了狼群家族共同的利益，那些失去整窝小崽的母狼，会用自己的奶去喂养它姐妹或表姐妹的孩子。

　　毕利格老人曾说，很久以前，额仑草原上有个老猎人，曾见过三条母狼共同奶养一窝狼崽的事情。那年春天，他到深山里寻找狼崽洞，在一面暖坡发现三条母狼，躺成半个圈，给七八只狼崽喂奶。每条母狼肚子旁边都有两三只狼崽，于是他和猎手们不忍心再去掏那个窝。老人曾说，蒙古草原的猎手马倌，掏杀狼崽从不掏光。那些活下来的狼崽，干妈和奶妈也就多，狼崽们奶水吃不完，身架底子打得好，所以，蒙古狼是世界上个头最大最壮最聪明的狼……陈阵当时想说，这还不是全部，狼的母爱甚至可以超越自己族类的范围，去奶养自己最可怕的敌人——人类的孤儿。在母狼的凶残后面，还有着世上最不可思议、最感人的博爱。

　　而此刻，在春天里失去狼崽的母狼们，全都悲悲切切、怀有一线希望地跑来认子了。它们明明知道这里是额仑草原上营盘最集中、人狗枪最密集的危险之地，但是母狼们还是冒险逼近了。陈阵在这一刹那，真想解开小狼的皮项圈，让小狼与它那么多的妈妈们母子相认重新团聚。然而，他不敢放，他担心只要小狼一冲出营盘的势力范围，自家或邻家的大狗，马上就会将它当做野狼，一拥而上把它撕碎。他也不敢把小狼带到远处黑暗中放生，那样，他自己就陷入了疯狂的母狼群中……

　　小狼似乎对与昨夜不同的声音异常敏感，它对三面六方的呼唤声，有些不知所措。它显然听不懂那些奇奇怪怪、变化复杂的噪声是什么意思，更不知道应当如何回应。狼群一直得不到小狼的回音，噪声渐少。它们可能也不明白昨夜听到的千真万确的小狼噪声，为什么不再出现了。

　　就在这时，小狼坐稳了身子，面朝西北开始发声。它低下头，"呜呜呜"地发出狼噪的第一关键音，然后憋足气，慢慢抬头，"呜"音终于转换到"噢"音上来。"呜呜呜……噢……噢……"小狼终于磕磕绊绊完成了一句不太标准的狼噪声。

　　三面狼噪戛然而止，狼群好像一愣：这"呜呜呜……噢……噢……"是什么意思？狼群有些吃不准，继续静默等待。

　　过了一会儿，狼群里出现了一个完全模仿蒙古包旁小狼的噪声，好像是一条半大野狼噪出来的。陈阵发现自己的小狼也愣了一下，弄不明白那声噪叫询问的是什么。小狼像一头刚刚被治愈的聋哑狼，既听不懂人家的话，又说不出自己想要说的意思。天那么黑，即便打手势做表情，对方也看不见。

　　小狼等了一会儿，不见回音，就自顾自进一步开始发挥。它低头

憋气，抬头吐出一长声。这次小狼终于完全恢复到昨夜的最高水平：
"呜……嗷……" 嗷声悠长，带着奶声奶气的童音，像长箫、像薄簧、像小钟、像短牛角号，尾音不断，余波绵长。

小狼对自己的这声长嗥极为满意，它不等狼群回应，竟一个长嗥接着一个长嗥过起瘾来了。由于性急，嗥声的尾音稍稍变短。它的头越抬越高，直到鼻头指向腾格里。它亢奋而激烈，嗥得越来越熟练，越来越标准，连姿势也完全像条大狼。长嗥时，它把长嘴的嘴形，拢成像单簧管的圆管状，运足腹内的底气，均匀平稳地吐气拖音，拖啊拖，一直将一腔激情全部用尽为止。然后，再狠命吸一口气，继续长嗥长拖。小狼欢天喜地长嗥着"哭腔哀调"，兴高采烈地向狼群"鬼哭狼嚎"。小狼的音质极嫩、极润、极纯，犹如孩童，婉转清脆。在悠扬中它还自作主张地胡乱变调，即兴加了许多颤音和拐弯音。

两人听得如痴如醉，杨克情不自禁压低声音去模仿小狼的狼歌。

陈阵小声对杨克说："我有一个发现，听了狼的长嗥，你就会明白蒙族民歌，为什么会有那么长的颤音和拖音了。蒙古民歌的风格，和汉人民歌的风格区别太大了。我猜测，这种风格是从崇拜狼图腾的匈奴族那里传下来的。史书里就有过记载，《魏书》的《匈奴传》里面就说，在很古很古的时候，匈奴单于有两个漂亮的女儿，小女儿嫁给了一条老狼，跟狼生了许多儿女，原文还说：'妹……下为狼妻，而产子。后滋繁成国。故其人好引声长歌，又似狼嗥。'"

杨克忙问："《匈奴传》里真有这样的记载？你读书还是比我读得仔细。要是真有这个记载，那么就真的找到蒙古民歌的源头了。"

陈阵说："那还有错？《匈奴传》我不知看了多少遍了，里面好多精彩段落，我背都能背下来了。读书人来到蒙古草原生活，不看《匈奴传》哪成？在草原，狼图腾真是无处不在。一个民族的图腾，是这个民族崇拜和模仿的对象；崇拜狼图腾的民族，肯定会尽最大的可能去学习模仿狼的一切。所以我认为，蒙古人的音乐和歌唱，也必然受到狼嗥的影响，甚至是有意地学习和模仿。草原上所有其他动物，牛羊马狗黄羊旱獭狐狸等等的叫声，都没有这样悠长的拖音，只有狼歌和蒙古民歌才有。你再好好听听，像不像？"

杨克连连点头说："像！越听越像。你要是不说，我还真没往那儿琢磨。胡松华唱的蒙古《赞歌》，尤其是开头那段，那么多的拐弯颤音，那么长的拖音，活脱脱是从狼嗥那儿借鉴过来的。这两年咱们听了那么多的蒙古民歌，几乎没有一首歌不带长长的颤音和拐弯拖音的。可惜，没有录音机，要是能把狼嗥狼歌和蒙古民歌，都录下来再作比较，那就一定能找出两者的关系来。"

陈阵说："咱们汉人也喜欢听蒙古民歌，苍凉悠长，像草原一样辽阔，可没人知道蒙古歌的源头原来是狼。不过，现在内蒙古的蒙族人，都不太愿意承认他们的民歌是从狼歌那儿演变来的。可事实就是事实，我觉得不像是巧合。"

在蒙古草原，蚊灾是比黑灾白灾、风灾水灾、旱灾、病灾和狼灾更可怕的天灾。

27
你是谁家的孩子

黑暗中的狼歌仍在继续着。

二郎率领两家的大狗小狗，冲西北方向又是一通狂吼。等狗叫一停，小狼再嗥。慢慢地，小狼已经能够不受狗声的干扰了，熟练地发出标准的狼声。小狼连嗥了五六次，突然停了下来，然后又跑回西北边长嗥起来。嗥了几次便停住，竖起耳朵静候回音。

过了很长时间，在一阵杂乱的众狼嗥声之后，突然，从西边山坡上传来一个粗重威严的嗥声。那声音像是一头狼王，或是头狼发出来的，嗥声带有命令式的口气，尾音不长，顿音明显。陈阵能从这狼嗥声中，感到那狼王体格雄壮，胸宽背阔，胸腔深厚。两人都被这嗥声镇吓得不敢再出一点声音。

小狼又是一愣，但马上就高兴地蹦起来。它摆好身姿，低头运气，但不知道如何回答，只好极力去模仿那个嗥声。小狼的声音虽然很嫩，但它模仿的顿音尾音和口气却很准。小狼一连学了几次，可是那头狼王威严的声音却再也没有出现。

陈阵费力地猜测这次对话的意思和效果。

他想，可能狼王在问小狼："你到底是谁？是谁家的孩子？快回答！"

可是小狼的回答，竟然只是把狼王的问话重复了一遍："你到底是谁家的孩子？快回答！"并且还带着模仿狼王居高临下的那种命令口气。那头狼王一定被气得火冒三丈，而且还加深了对这条小狼的怀疑。如此一问一答，效果简直糟透了。

小狼显然不懂狼群中的等级地位关系，更不懂狼群的辈分礼节。小狼竟敢当着众狼，模仿狼王的询问，一定被众狼视为藐视权威、目无长辈的无礼行为。众狼发出一片短促的叫声，像是义愤填膺，又像是议论纷纷。

过了一会儿，群狼不吭气了，可小狼却来了劲。它虽然不懂狼王的问话和群狼的愤怒，但它觉得黑暗中的那些影子已经注意到自己的存在，还想和它联系。小狼急切地希望继续交流，可是它又不会表达自己的意思，它急得只好不断重复刚学来的句子，向黑暗发出一句又一句的狼话："你是谁家的孩子？……快回答！快回答！快回答！"

所有的大狼一定在抓耳挠腮，摸不着狼头了。草原狼在蒙古大草原生活了几万年，还从来没有遇到过这种小狼。它显然是在人的营盘上，待在狗旁和羊群旁，嘻嘻哈哈，满不在乎，胡言乱语。那么它到底是不是狼呢？如果是，它跟狼的天敌，那些人和狗们，到底是什么关系？听小狼的口气，它急于想要跟狼群对话。但它好像生活得不错，没有人和狗欺负它，声音底气十足，一副吃得很饱的样子。既然人和狗对它那么好，它究竟想要干什么呢？

陈阵望着无边的黑暗，远远闪烁着幽幽绿眼，极力设身处地地想象着群狼的猜测和判断。此时，狼王和群狼一定是狼眼瞪狼眼，一定越来越觉得这条小狼极为可疑。

小狼停止了嗥叫，很想再听听黑影的回答。它坐立不安，频频倒爪，焦急等待。

陈阵对这一现状既失望又担忧。那条雄壮威严的狼王，很可能就是小狼的亲爸爸，但是从小失去父爱的小狼，已经不知道怎么跟父亲撒娇和交流了。陈阵担心小狼再一次失掉父爱，可能永远也得不到父爱了。那么，孤独的小狼真的会从此属于人类、属于他和杨克了吗？

忽然，又有长长的狼嗥传来，好像是一条母狼发出的。那声音亲切绵软、温柔悲哀，满含着母爱的痛苦、忧伤和期盼，尾音颤抖悠长。这可能是一句意思很多，情感极深的狼语。

陈阵猜测这句话的意思可能是："孩子啊，你还记得妈妈吗？我是你的妈妈……我好想你啊，找你找得好苦，总算听到你的声音了……我的宝贝，快回到妈妈身边来吧……大家都想你……嗷……嗷……"

呜呜咽咽，情深意切。陈阵忍不住自己的眼泪，杨克也两眼泪光闪闪。

小狼被这断断续续、悲悲切切的声音深深触动，它本能地感到这是它的"亲人"在呼唤它。小狼发狂了，它比抢食时更凶猛地冲撞铁链，项圈勒得它长吐舌头乱喘气。那条母狼又呜呜嗷嗷悲伤地长嗥起来，不一会儿，又有更多的母狼，加入到寻子唤子的悲歌行列之中，草原上哀歌一片。

母狼们的哀声，将原本就具有哭腔形式的狼嗥，表现得淋漓尽致，表里如一。这一夜，此起彼落忧伤的狼歌哭嗥，在额仑草原持续了很久很久，成为动天地、泣鬼神、慑人魂魄的千古绝唱。母狼们像

是要把千万年来，年年丧子丧女的积怨，统统宣泄出来。苍茫黑暗的
草原，沉浸在万年的悲痛之中。

　　陈阵默默伫立，只觉得全身彻骨的寒冷。杨克噙着泪水，慢慢走
近小狼，握住小狼脖子上的皮项圈，拍拍它的头和背，轻轻地安抚
它。

　　母狼们的哀嚎悲歌渐渐低落。小狼挣开了杨克，像是生怕黑暗中
的声音再次消失，跳起身，朝着西北方向扑跃。然后极不甘心地又一
次昂起了头，凭着自己有限的记忆力，不顾一切地嗥出了几句较长的狼
语来。

　　陈阵心里一沉，压低声音说："坏了！"他和杨克都明显感到，小
狼的嗥声与母狼的狼语，差别极大，小狼可能把模仿的重点放在母狼

温柔哀怨的口气上了。而且，小狼的底气还是不够，它不能嗥得像母狼的嗥声那样长，结果，当小狼这几句牛头不对马嘴的狼话传过去以后，狼群的嗥声一下子全部消失了。草原一片静默。

陈阵彻底泄气。他猜想，可能小狼把母狼们真切悲伤的话漫画化了，模仿成了嘲弄，悲切成了挖苦，甚至它可能把从狼王那里学来的狼话也塞了进去。小狼模仿的这几句狼话，可能变成："孩啊子……还记得你，你是谁？……妈妈回到身边，快回答！嗷……嗷……"

或许，小狼说的还不如陈阵编想的好。不管怎样，让一条生下来就脱离狼界，与人狗羊一起长大的小狼，刚会"说话"就回答这样复杂的问题，确实是太难为它了。

陈阵望着远处突然沉寂无声的山坡，他猜测，那些盼子心切的母狼们一定气昏了头。这个小流氓居然拿它们的悲伤讽刺挖苦寻开心，可能整个狼群都愤怒了：这个小混蛋决不是它们想要寻找的同类，更不是它们准备冒死拼抢的狼群子弟。一贯多疑的狼群，定是极度怀疑小狼的身份。以善于设圈套诱杀猎物而闻名草原的狼，经常看到同类陷入人设下的陷阱的狼王头狼们，也许断定这条"小狼"是牧人设置的一个诱饵，是一只极具诱惑力、杀伤力，但伪装得露出了破绽的"狼夹子"。

狼群也可能怀疑这条"小狼"是一条来路不明的野种。草原上从来没有人养狼崽的先例。每年春天，那些会骑马的两条腿的家伙，总会带上狗群搜狼寻洞，熏掏狼窝。眼尖的母狼，可以在隐蔽的远处，看到人掏出狼崽，马上扔上天摔死。母狼回到被毁的洞穴，能闻到四处充满了鲜血的气味。有些母狼还能从旧营盘，找到被埋入地下的、被剥了皮的狼崽尸体。那般恨狼的人怎么可能养小狼？

狼群也可能判断，这条会狼嗥的小东西，不是狼，而是狗。在额仑草原，狼群常常在北边长长的沙道附近，见到穿着绿衣服的带枪人。他们总是带着五六条耳朵像狼耳一样竖立的大狗，有几条狼耳大狗也会学狼嗥。那些大狗比本地大狗厉害得多，每年都有一些狼，被它们追上咬死。多半，这个也会狼嗥的小流氓，就是"狼耳大狗"的小崽子。

陈阵继续猜测，也许，狼群还是认定这条小狼是条真狼。因为，他每天傍晚外出遛狼的时候，遛得比较远时，小狼就在山坡上撒下不少狼尿。可能一些母狼早已闻出了这条小狼的真实气味。但是，草原狼虽然聪明绝顶，它们还是不可能一下子绕过一个弯子，这就是语言上的障碍。狼群必定认为，既然是真小狼，就应该和狼群中其他小狼一样，不仅能嗥狼语，听懂狼话，也能与母狼和狼群对话。

那么，这条不会说狼话了的小狼，一定是一条彻底变心、完全投降了人的叛狼。它为什么自己不跑到狼群这边来，却一个劲地想让狼群过去呢？

在草原上，千万年来，每条狼天生就是宁可战死、决不投降的铁骨硬汉，怎么竟然出现了这么一个千古未有的败类？那么，能把狼驯得这么服服帖帖的这户人家，一定有魔法和邪术。或许，草原狼能嗅出汉人与蒙人的区别，它们可能认定，有一种蒙古狼从未接触过的事情，已经悄悄来到了草原，这些营盘太危险了。

狼群完全陷入了沉默。

静静的草原上，只有一条拴着铁链的小狼在长嗥，嗥得喉管发肿发哑，几乎嗥出了血。但是它嗥出的长句，更加混乱不堪，更加不可理喻。群狼再也不做任何试探和努力，再也不理睬小狼的痛苦

呼救。可怜的小狼，永远错过了在狼群中牙牙学语的时光和机会。这一次，小狼和狼群的对话失败得无可挽救。

陈阵感到狼群像避瘟疫一样，迅速解散了包围圈，撤离了攻击的出发地。

黑沉沉的山坡，肃静得像查干窝拉山北的天葬场。

狼的母爱甚至可以超越自己族类的范围，去奶养自己最可怕的敌人——人类的孤儿。在母狼的凶残后面，还有着世上最不可思议、最感人的博爱。

28
被狼群遗弃的小·狼

　　陈阵和杨克毫无睡意，一直轻声地讨论着。谁也不能说服对方为什么会出现最后的这种结果。

　　直到天色发白，小狼终于停止了长嗥。它失望之极，软软地趴在地上，眼巴巴地望着西北面晨雾迷茫的山坡，瞪大了眼睛，想看清那

些"黑影"的真面目。晨雾渐渐散去，草坡依然是小狼天天看见的草坡，没有"黑影"，没有声音，没有它期盼的同类。小狼终于累倒了，像一个被彻底遗弃的孤儿，闭上了眼睛，陷入像死亡一样的绝望之中。陈阵轻轻地抚摸它，为它丧失了重返狼群、重获自由的最佳机会而深深内疚。

整个生产小组和大队，又是一夜有惊无险。全队没有一个营盘遭到狼群的偷袭和强攻，羊群牛群安然无恙。这种结局出乎所有人的预料，牧民议论纷纷。人们百思不得其解，为什么一向敢于冒死拼命护崽的母狼们，居然不战而退？所有的老人都连连摇头。这也是陈阵在草原生活中，所遇到的最不可思议的事情之一。

包顺贵和一些盼着诱杀母狼的羊倌马倌，空欢喜了一场。但包顺贵天一亮就跑到陈阵包，大大地夸奖了他们一番，说北京学生敢想敢干，在内蒙古草原打出了一场"不战而屈人之兵"的漂亮仗，并把那个大手电筒奖给他们，还说要在全场推广他们的经验。陈阵和杨克长长地松了一口气，至少他俩可以继续养小狼了。

早茶时分，乌力吉和毕利格老人走进陈阵的蒙古包，坐下来喝茶吃马驹肉馅包子。

乌力吉一夜未合眼，但气色很好。他说："这一夜真够吓人的，狼群刚开始嗥的时候，我最紧张。大概有几十条狼从三面包围了你们包，最近的时候也就一百多米，大伙真怕狼群把你们包一窝端了，真险哪。"

毕利格老人说："要不是知道你们有不少'炸炮'，我真差一点下令让全组的人狗冲过去了。"

陈阵问："阿爸您说，狼群为啥不攻羊群，也不抢小狼？"

老人喝了一口茶，吸了一口烟，说："我想八成是你家小狼，说的还不全是狼话，隔三差五来两声狗叫，把狼群给闹蒙了……"

陈阵追问："您常说狼有灵性，那么腾格里怎么没告诉它们真事儿呢？"

老人说："听着，虽说就凭你们包，三个人几条狗，是挡不住狼群，可是咱们组的人狗都憋足了劲，母狼跟狼群真要是铁了心硬冲，准保吃大亏。包主任这招儿，瞒谁也瞒不过腾格里。腾格里不想让狼群吃亏上当，就下令让它们撤了。"

陈阵杨克都笑了起来。杨克说："腾格里真英明。"

陈阵又问乌力吉："乌场长，您说，从科学上讲，狼群为什么不下手？"

乌力吉想了一会儿说："这种事我还真没遇见过，听都没听说过。我寻思，狼群八成把这条小狼当成外来户了。草原上的狼群都有自个儿的地盘，没地盘的狼群早晚待不下去。狼群都把地盘看得比自个儿的命还要紧。本地狼群常常跟外来的狼群干大仗，杀得你死我活。可能这条小狼，说的是这儿的狼群听不懂的外地狼话，母狼和狼群就犯不上为一条外来户小狼拼命了。昨晚上狼王也来了，狼王可不是好骗的，它准保看出这是个套。狼王最明白'兵不厌诈'，它一看小狼跟人和狗还挺近乎，疑心就上来了。狼王有七成把握才敢冒险，它从来不碰自己闹不明白的东西。狼王最心疼它的母狼，怕母狼吃亏上当，就亲自来替母狼看阵，一看不对头，就领着母狼跑了。"

陈阵杨克连连点头。

陈阵和杨克送两位头头出包。小狼情绪低落，怏怏地趴在地上，下巴斜放在两只前爪的背上，两眼发直，像是做了一夜的美梦和噩梦，直到此刻仍在梦中。

毕利格老人看见小狼，停下脚步说："小狼可怜哪，狼群不认它了，亲爹妈也认不出它来了。它就这么拴着链子活下去？你们汉人一来草原，草原的老规矩全让你们给搅了。把这么机灵的小狼，当犯人奴隶一样拴着，我想想心就疼……狼最有耐心，你等着吧，早晚它会逃跑的。你就是天天给它喂肥羊羔，也甭想留住它的心。"

第三夜第四夜，第二牧业组的营盘周围，仍然听不到狼嗥，只有小狼孤独悲哀的童音，在静静的草原上回荡。山谷里传来回声，可是再没有狼群的回应。一个星期以后，小狼变得无精打采，嗥声也渐渐稀少了。

此后一段时间，陈阵杨克的羊群和整个二组以及邻近两个生产组的羊群牛群，在夜里再也没有遭到过狼群的袭击。各家下夜的女人，都笑着对陈阵杨克说，每天晚上都能睡个安稳觉了，一直可以睡到天亮挤牛奶的时候。

那些日子，当牧民们聊到养狼的时候，对陈阵的口气缓和了许多。但是，仍然没有一个牧民表示来年也养条小狼，用来吓唬狼群。四组的几个老牧民说："就让他们养吧，小狼再长大点，野劲上来了，看他们咋办？"

狼图腾，草原魂，草原民族的自由刚毅之魂。

29
小·狼的祭祀仪式

有了张继原时不时的马驹肉接济，那段时间小狼的肉食供应一直充足。但陈阵一想到狼群里的小狼，有那么多狼妈的悉心照顾，他就觉得自己应该让小狼吃得再好一点，吃得再撑一点；再多多地遛狼，增加小狼的运动时间。可是，眼看剩下的马驹内脏，只够小狼吃一顿了，何况狗们也已经断顿了，陈阵又犯了愁。

前一天傍晚，陈阵听高建中说，西南方向的山坡，下了一场雷阵雨，大雷劈死了一头在山头吃草的大犍牛。第二天一早，陈阵就带上蒙古刀和麻袋，赶到那个山头，但还是晚了一步，山坡上只剩下连巨狼都啃不动的牛头骨和大棒骨，狼群连一点肉渣都没给他剩下。他坐在牛骨旁边仔细看了半天，发现牛骨缝边上有许多小狼尖尖的牙痕。大狼大口吃肉块，小狼小牙剔肉丝，分工合作，把一头大牛剔刮得干干净净，连苍蝇都气得嗡嗡乱叫，叮了几口就飞走了。

三组的一个老牛倌也来到这里，这头只剩下骨头的牛，好像就是他牛群里的。老人对陈阵说："狼群不敢来吃羊了，腾格里就杀了一头牛给狼吃。你看看，早不杀晚不杀，专等傍黑杀，民工想第二天一早把死牛拉回去吃肉，都不赶趟了。年轻人，草原的规矩是腾格里定的，坏了规矩是要遭报应的。"老人阴沉着脸，夹了夹马，朝山下的牛群慢慢走去。

陈阵想，老牧民常常挂在嘴边的草原规矩，可能就是草原的自然规律，自然规律当然是由苍天即宇宙"制定"的。那么，他在原始游牧的条件下养一条狼，肯定打乱了游牧的生产方式。小狼已经给草原带来了许多麻烦，他不知道小狼还会给牧民，给他自己添什么新麻烦……

陈阵空手而归，一路思绪烦乱。他抬起头仰望腾格里，天似穹庐，笼盖四方。天苍苍，野茫茫，风吹草低不见狼。在草原，狼群像幽灵鬼火一样，来无影，去无踪；常闻其声，常见其害，却难见其容，使人们心目中的狼越发诡秘，越发神奇，也把陈阵的好奇心、求知欲和研究癖，刺激得不能自已。自养了小狼以后，陈阵才真实地搂抱住了活生生的狼——一条生活在狼群和狼图腾信仰包围中的狼。历经千辛万苦，他已是欲罢不能，如何轻言放弃和中断呢？

陈阵跑到民工营地，花高价买了小半袋小米。他只能给小狼增加肉粥中的粮食比例，争取坚持到下一次杀羊的时候，也打算让狗们也接上顿。陈阵回到家刚准备睡一小觉，突然发现家中的三条小狗欢叫着朝西南方向猛跑。陈阵出门望去，只见二郎、黄黄和伊勒从山里回来了。

二郎和黄黄高昂着头，嘴上叼着一只不小的猎物。黄黄和伊勒也忍受不了半饥半饱的日子，这些天经常跟着二郎上山打食吃。看来今天它们大有猎获，不仅自己吃得肚儿溜圆，而且还开始顾家了。

213

他急忙向它们迎上去。三条小狗争抢大狗嘴上的东西，二郎放下猎物将小狗赶开，又叼起猎物快步往家里跑。陈阵眼睛一亮：二郎和黄黄嘴上，叼着的竟是旱獭子，连伊勒的嘴上，也叼着一只一尺多长的金花鼠，个头有大白萝卜那样粗。陈阵还是第一次见到自家的猎狗往家叼猎物，兴奋地冲上前，想把猎物拿到手。

黄黄和伊勒表功心切，急忙把猎物放到主人脚下，然后围着陈阵笑哈哈地又蹦又跳，使劲抢摇尾巴，抢了一圈又一圈。黄黄甚至还做了一个陈阵从来没见过的前腿分开的劈叉动作，前胸和脖子几乎碰到了獭子，那意思是告诉主人，这猎物是它抓到的。獭子的腹部，露出一排胀红的奶头，那是一只还在喂奶的母獭。陈阵连连拍击两条狗的脑袋，连声夸奖："好样的！好样的！"

但是，二郎却不肯放下獭子，竟然绕过陈阵，径直朝小狼那边跑。陈阵见二郎叼的獭子又大又肥，马上猛追几步，双手抓住二郎的大尾巴，从它的嘴上抢下大獭子。二郎倒也不气恼，还朝他轻轻摇了几下尾巴。陈阵抓住獭子的一条后腿，拎了拎，足足有六七斤重，皮毛又薄又亮。这是刚刚上足夏膘的大公獭子，油膘要等到秋季才有，但肉膘已经长得肉滚滚的了。陈阵打算把这只獭子留给人吃，包里的三个人，已经好久没吃到草原野味了。

陈阵左手拎着大公獭，右手拎着大母獭和大鼠，兴冲冲往家走，三条大狗互相逗闹着跟在主人的身后。陈阵先把大公獭放进包，再关上门。小狗们还从来没吃过旱獭，好奇地东闻闻，西嗅嗅，它们还不会自己撕皮吃肉。

陈阵决定将那只母獭喂三条小狗，把那只又肥又大的大金花鼠，囫囵个地喂小狼，让它尝尝野狼们最喜欢吃的美味，也好让它锻炼锻炼自己撕皮吃肉的本领。

夏季的旱獭皮，只有毛没有绒，不值钱，收购站也不要。于是陈阵用蒙古刀把獭子连皮带肉带骨带肠肚，分成四等份，三份给小狗，另给小狼留一份下顿吃。陈阵把三大份肉食分给小狗们，小狗们一见到血和肉，就知道怎么吃了，不争不抢，按规矩就地趴在自己那一份食物旁边，大嚼起来。三条大狗都露出笑容，它们一向对陈阵分食的公平很满意。陈阵这种公平待狗的方法，还是从杰克·伦敦的小说《荒野的呼唤》里学来的。这本小说自打借出去以后，已经转了两个大队的知青包，再也收不回来了。

三条大狗肚皮胀鼓鼓的。立下军功应及时奖励，这是古今中外的传统军规，也是蒙古草原的老规矩。陈阵从蒙古包里，拿出四块大白兔奶糖来犒赏大狗。他先奖给了二郎两块，二郎叼住不动，斜眼看主人怎样奖赏黄黄和伊勒。当二郎看清了它俩各自只得到一块糖，它便得意地用爪子和嘴撕纸吃糖，嚼得咔叽咔叽作响。黄黄和伊勒比二郎少得了一块糖，但也都没意见，立即开吃。陈阵怀疑，它们俩叼的猎物，可能都是二郎抓获的，它俩只是帮着运送回来而已。

小狼早已被血腥气味刺激得后腿站立，挺起少毛的肚皮，疯狂地乱抓空气。陈阵故意不去看它，越看它，它就会被铁链勒得越狠。

一直到把大狗小狗摆平之后，陈阵才去摆弄那只大鼠。草原鼠品种繁多，最常见的是黄鼠、金花鼠和草原田鼠。蒙古草原到处都有金花鼠，任何一个蒙古包外，不到五六米就有鼠洞，鼠们经常站立在洞边吱吱高叫。有时，蒙古包正好支在几个鼠洞上，鼠们就会马上改草食为杂食，偷吃粮食、奶食和肉食，在食物袋里拉屎撒尿，甚至还钻进书箱里啃书。等到搬家时，人们还会在不穿的蒙古靴和布鞋里，发现一窝窝肉虫一样的鼠崽，极恶心。牧民和知青都极讨厌草原鼠，陈阵和杨克更是恨之入骨，因为老鼠啃毁了他们的两本经典名著。

金花鼠与北京西郊山里的小松鼠差不多大，只是没有那么大的尾

巴。它们也有松鼠一样的大眼睛，一身灰绿色带黄灰斑点和花纹的皮毛，还有一条像小刷子似的粗毛尾巴。

据毕利格老人说，金花鼠是古代蒙古小孩用小弓小箭练习射猎的小活靶子。金花鼠贼精，奔跑速度也极快，而且到处都有它们的洞，出箭稍慢，鼠就扎进洞里去了。蒙古孩子每天只有射够了家长规定的数目，才能回家吃饭。但射鼠又是蒙古孩子的快乐游戏，他们常常玩得连饭都忘了吃。

等孩子长大一点，就要换大弓，练习骑马射鼠。当年征服俄罗斯的成吉思汗的大将之一、蒙古最出名的神箭手哲别，就是用这种古老而有效的训练方法练出来的。哲别能够骑在快马上，射中一百步外的金花鼠的小脑袋。

毕利格老人说蒙古人守草原，打天下，靠的是天下第一的骑射本领，而箭法就是从射最小最精最难射的活鼠练出来的。如果射鼠能过关，箭法就百发百中，射黄羊狐狼、敌马敌兵，也就能一箭命中要害。汉人的马不好，射箭只能练习射死靶子，哪能练得出蒙古骑兵的骑射本事。战场上两军相遇，蒙古骑兵只要两三拨箭射出去，那边的人马就折了一小半。

老人还说，蒙古人拿活鼠来训练孩子，这也是从狼那里学来的。狼妈教小狼捕猎，就是从带领小狼抓鼠开始的，又好玩，又练身手反应和实战本领，还能填饱肚子。狼抓鼠，等于帮着牧民减少了鼠害。

古时候，每年草原上的小狼和小孩都在高高兴兴地玩鼠捕鼠射鼠，每年要练出多少好狼好兵？要杀死多少老鼠？能保护多少草场？陈阵常常感叹蒙古人有这么好的草原军校，有这么卓绝的狼教头。蒙古人不仅信奉"天人合一"，而且信奉"天兽人草合一"，这远比华夏文明中的"天人合一"更深刻更有价值。就连草原鼠这种破坏草原的大敌，在蒙古人的天地里，竟然也有着如此不可替代的妙用。

　　陈阵拎起大鼠的尾巴仔细看。他放羊的时候也曾见过硕大的金花雄鼠，但还从来没有见过一尺多长、比奶瓶还粗的大鼠。只有在山里的肥草地里，才能养出这么大的鼠来。他相信鼠肉一定又肥又嫩，是草原小狼和大狼爱吃的食物。他想象着小狼只要一闻到大鼠伤口上的血腥味，一定会立即扑上去，像吃马驹肉那样，把大鼠生吞活咽下去。

　　陈阵拎着大鼠的尾巴，大鼠伤口流出的血一直滴到它的鼻尖上，又滴到沙地里。陈阵站在狼圈外沿，大声高喊："小狼，小狼，开饭喽！"

　　小狼瞪红了眼，它从来没见过这种食物，但血腥味告诉它，这绝对是好吃的东西。小狼一次又一次向半空蹿扑，陈阵一次又一次把大鼠拎高。小狼急得只盯着肥鼠，不看陈阵。而陈阵却坚持非要小狼看

他一眼，才肯把大鼠给小狼。但陈阵发现自己的愿望这一次好像要落空：小狼见到野鼠以后一反常态，像一条兽性大发的凶残野狼，面目狰狞，张牙舞爪，狼嘴张大到了极限，四根狼牙全部凸出，连牙肉牙床都暴露无遗。小狼的凶相让陈阵胆战心寒。陈阵又晃了几次手中的猎物，仍然转移不了小狼的视线，只得把大鼠扔给小狼。他蹲坐在圈外，准备观看小狼疯狂撕鼠，然后狼吞虎咽。

然而，小狼从半空中接到大鼠以后的一系列动作表情，完全出乎陈阵的意料，又成为一件让他终身难忘并且无法解释的事情。

小狼叼住大鼠，像叼住了一块烧红的铁坨，吓得它立即把大鼠放在地上，迅速撤到距大鼠一米的地方，身子和脖子一伸一探，惊恐地看着大鼠。它看了足有三分钟，目光才安定下来。然后紧张地弓腰，在原地碎步倒腾了七八次，突然一个蹿跃，扑住大鼠，咬了一口，又腾地后跳。看了一会儿，见大鼠还是不动，就又开始扑咬，复又停下，狼眼直勾勾地望着大鼠，如此反复折腾了三四次，突然安静下来。

此时，陈阵发现小狼的眼里，竟然充满了虔诚的目光，与刚才凶残的目光简直判若两狼。小狼慢慢走近大鼠，在大鼠身边左侧站住，停了一会儿，忽然恭恭敬敬跪下一条右前腿，再跪下左前腿，然后用自己的右侧背，贴蹭着大鼠的身体，在大鼠身边翻了个侧滚翻。它迅速爬起来，抖了抖身上的沙土，顺了顺身上的铁链，又跑到大鼠的另一侧，先跪下左前腿，再跪下右前腿，然后又与大鼠身贴身、毛蹭毛地翻了一个侧滚翻。

陈阵紧张好奇地盯着看，他不知道小狼想干什么，也不知道小狼的这些动作从哪里学来，更不知道它贴着大鼠的两侧翻跟头，究竟是什么意思。此刻的小狼，就像一个小男孩，第一次独自得到一只囫囵个的烧鸡那样，想吃又舍不得动手。

小狼完成了这套复杂的动作以后，抖抖土，顺顺链，又跑到大鼠的左侧，开始重复上一套动作，前前后后，三左三右，一共完成了三套一模一样的贴身翻滚运动。

陈阵心头猛然一震。他想，从前给小狼那么多的好肉食，甚至是带血的鲜肉，它都没有这番举动，为什么小狼见到这只大肥鼠，竟然会如此反常？难道这是狼类庆贺自己获得食物的一种方式，或是开吃一只猎物前的一个仪式？那虔诚恭敬的样子，真像教徒在领圣餐。

陈阵把脑袋想得发疼，才突然意识到，他这次给小狼的食物，与以前的食物有本质的不同。他以前给小狼的食物质量再好，也都是碎骨肉块，或由人加工过的食物。而这次的"食物"，却完全是纯天然和纯野性的完整食物，是一只像牛羊马狗那样有头有尾、有身有爪（蹄）、有皮有毛的完整"东西"，甚至是像它自己一样的"活物"。可能狼类是把这种完整有形的食物和"活物"，作为高贵的狼类才配享用的高贵食品。

而那些失掉原体形的碎肉碎骨，味道再好，那也是人家的残汤剩饭。如果食之，便有失狼的高贵身份。莫非人类把烤全牛、烤全羊、烤整猪、烤整鸭作为最高贵的食物，食前要举行隆重的仪式，也是受了狼精神的影响，或是人类与狼类英雄所见略同？

今天，小狼是第一次面对这种高贵完整的食物，所以它高贵的天性被激发出来，才会有如此恭敬虔诚的举动和仪式。

但是小狼从来没有参加过狼群中的任何仪式，它怎么能够把这三套动作完成得如此有条不紊而章法严谨呢？就好像每组动作已经操练过无数遍，熟练精确得像是让一个严格的教练指导过一样。陈阵

又百思不得其解。

　　小狼喘了一口气，还是不去撕皮吃肉。它抖抖身体，把皮毛整理干净以后，突然高抬前爪，慢慢地围着大鼠跑起圈来。它兴奋地眯着眼，半张着嘴，半吐着舌头，慢抬腿，慢落地，就像苏联大马戏团马术表演中的大白马，一板一眼地做出了带有鲜明表演意味的慢动作。小狼一丝不苟地慢跑了几圈以后，又突然加速，但无论慢跑快跑，那个圈子却始终一般大，沙地上留下了无数狼爪印，组成了一个极其标准的圆圈。

　　陈阵头皮发麻。他突然想起了早春时节，军马群尸堆里那个神秘恐怖的狼圈。那是几十条狼围着最密集的一堆马尸跑出来的狼圈狼道，像怪圈鬼圈鬼画符。老人们相信，这是草原狼向腾格里发出的请示信和感谢信……那个狼圈非常圆，此刻小狼跑出的狼圈也非常圆，而两个圈的中央则都是囫囵个、带皮毛的猎物。

难道小狼不敢立刻享用如此鲜美的野味，它也必须向腾格里画圈致谢？

无神论者碰上了神话般的现实或现实中的神话，陈阵觉得无法用"本能"和"先天遗传"来解释小狼的这一奇特行为。他已经多次领教了草原狼，它们的行为，难以用人的思维方式来理解。

小狼仍在兴奋地跑圈。可是它已经一天没吃到鲜肉了，此刻是条饥肠辘辘的饿狼。按常理，饿狼见到血肉，就是一条疯狼。那么，小狼为什么会如此反常，做出像是一个虔诚的宗教徒才有的动作来呢？它竟然能忍受饥饿，去履行这么一大套繁文缛节的"宗教仪式"，难道在狼的世界里也有原始宗教，并以强大的精神力量支配着草原狼群的行为，甚至能左右一条尚未开眼就脱离狼群生活的小狼？

陈阵问自己，原始人的原始宗教，难道是由动物界带到人世间来的？草原原始人和原始狼，难道在远古就有原始宗教的交流？神秘的草原，有太多的东西需要人去破解……

小狼终于停了下来。它蹲在大鼠前喘气，等胸部起伏平稳之后，便用舌头把嘴巴外沿舔了两圈，眼中喷出充满野性贪欲和食欲的光芒，立即从一个原始圣徒，陡然变为一条野狼饿狼。它扑向大鼠，用两只前爪按住大鼠，一口咬破鼠胸，猛地一甩头，将大鼠半边身子的皮毛撕开，血肉模糊的鼠肉露了出来。

小狼全身狂抖，又撕又吞。它吞下大鼠一侧的肉和骨，便把五脏六腑全掏了出来。它根本不把鼠胃中的酸臭草食、肠中的粪便清除掉，就将一堆肠肚连汤带水、连汁带粪一起吞下肚去。

小狼越吃越粗野，越来越兴奋，一边吃，一边还发出有节奏的快乐的哼哼声，听得陈阵全身发悚。

　　小狼的吃相越来越难看和野蛮，它对大鼠身上所有的东西一视同仁，无论是肉骨皮毛，还是苦胆膀胱，统统视为美味。一转眼的工夫，一只大肥鼠，只剩下了鼠头和茸毛短尾。小狼没有停歇，马上用两只前爪夹住鼠头，将鼠嘴朝上，然后歪着头，几下就把鼠头前半截咬碎吞下，连坚硬的鼠牙也不吐出来。整个鼠头被咬裂，小狼又几口把半个鼠头吞下。就连那根多毛无肉只有尾骨的鼠尾，小狼也舍不得扔下，它把鼠尾一咬两段，再连毛带骨吞进肚里。沙盘上，只剩下一点点血迹和尿迹。

　　小狼好像还没吃过瘾，它盯着陈阵看了一会儿，见他确已是两手

空空，很不甘心地靠近他走了几步，然后失望地趴在地上。

陈阵发现小狼对草原鼠确实有异乎寻常的偏爱。草原鼠竟能激起小狼的全部本能和潜能，难怪额仑草原万年来从未发生过大面积鼠害。

陈阵的心里涌上来一阵阵对小狼的宠爱与怜惜。他几乎每天都能看到小狼上演的一幕幕好戏，而且狼戏又是那么生动深奥，那么富于启迪性，使他成为小狼忠实痴心的戏迷。只可惜，小狼的舞台实在太小，如果它能以整个蒙古大草原作为舞台，那该上演多么威武雄壮、启迪人心的活剧来。而草原狼群千万年来，在蒙古草原上演的浩如烟海的英雄正剧，绝大部分都已失传。现在残存的狼军团，也已被挤压到国境线一带了。中国人再没有大饱眼福、大受教诲的机会了。

小狼眼巴巴地望着还在啃骨头的小狗们。陈阵已经回包去剥那只大旱獭的皮，他将大旱獭被狗咬透的脖颈部位割下来，放在食盆里，准备等到晚上再喂小狼。

陈阵继续净膛、剁块，然后下锅煮旱獭手把肉。一只上足夏膘的大獭子的肉块，占了大半铁锅，足够三个人美美吃一顿的了。

蒙古人不仅信奉"天人合一"，而且信奉"天兽人草合一"，这远比华夏文明中的"天人合一"更深刻更有价值。

30
狼牙初露锋芒

　　傍晚，小狼面朝西天，端端正正地坐在沙盘里，焦急地看着渐渐变成半圆形的太阳。只要残阳在草茸茸的坡顶剩下最后几点光斑，它就嗖地把身体转向蒙古包的门，并做出各种各样的怪异动作和姿态，像敲鼓，像扑食，前后滚翻。再就是把铁链故意弄得哗哗响，来提醒陈阵或杨克：现在是属于它的时间了。

　　陈阵自己提前吃了獭子手把肉，便带着马棒，牵着铁链去遛狼，二郎和黄黄也一同前往。每天黄昏的这段半自由的时间，是小狼最幸福的时刻，比吃食还要幸福。但是遛狼决不同于军人遛狼狗。遛狼也是陈阵一天中最愉快、又是最累最费力的劳动。

　　小狼猛吃猛喝，越长越大，身长已超过同龄小狗一头，体重相当于一条半同龄小狗的分量。小狼的胎毛已完全脱光，灰黄色的新毛已长齐，油光发亮。背脊上一溜偏黑色的鬃毛，又长又挺，与野外的大狼没什么区别了。小狼刚来时的那个圆圆的脑门变平了一些，在黄灰色的薄毛上面，长出了像羊毛笔尖那样的白色麻点。

　　小狼的脸部也开始伸长，湿漉漉的黑鼻头像橡皮水塞，又硬又韧。陈阵总喜欢去捏狼鼻头，一捏小狼就晃头打喷嚏，它很不喜欢这种亲热的动作。小狼的两只耳朵，也长成了尖勺状的又硬又挺的长耳。从远处看，小狼已经像一条草原上标准的野狼了。

　　小狼的眼睛，是小狼脸上最令人生畏和着迷的部分。小狼的眼睛溜溜圆，但是内眼角低，外眼角高，斜着向两侧升高。如果内外眼角分别拉成一条直线，则两条直线几近45度角，比京剧演员化妆出来的吊眼还要鲜明。而且狼眼的内眼角，还往下斜斜地延伸出一条深色的泪槽线，使狼眼更显得狰狞。陈阵有时看着狼眼，就想起"柳眉倒竖"或"吊睛白额大虎"。

　　狼的眉毛只是一团浅黄灰色的毛，因此，狼眉在狼表示愤怒和威胁时，起不到什么作用。狼的凶狠暴怒的表情，多半仗着狼的"吊睛"，一旦狼眼倒竖，那凶狠的威胁力，决不亚于猛虎的白额"吊睛"，绝对比"柳眉倒竖"的女鬼更吓人。最为精彩的是，小狼一发怒，长鼻两侧皱起多条斜斜的、同角度的皱纹，把狼凶狠的吊眼烘托得越发恐怖。

小狼的眼珠，与人眼或其他动物的眼睛都不同，它的"眼白"呈玛瑙黄色。都说汽车的雾灯选择为橘黄色，是因为橘黄色在雾中最具有穿透力。陈阵感到狼眼的玛瑙黄，对人和动物的心理，也具有锐不可当的穿透力。小狼的瞳仁瞳孔相当小，像福尔摩斯小说中那个黑人的毒针吹管的细小管口，黑丁丁，阴森森，毒气逼人。陈阵从不敢在小狼发怒的时候与小狼对视，生怕狼眼里飞出两根见血毙命的毒针。

自从陈阵养了小狼，并与小狼混熟之后，常常可以在小狼快乐的时候，攥着它的两个耳朵，捧着它的脸，面对面、鼻对鼻地欣赏活狼的眉目嘴脸。他几乎天天看，天天读，已经有一百多天了，陈阵已经把小狼的脸读得滚瓜烂熟。虽然他经常可以看到小狼可爱的笑容，但他也常常看得心惊肉跳。仅是一对狼眼，就已经让他时时感到脊梁骨里冒凉气。要是小狼再张开血碗大口，龇出四根比眼镜蛇的毒牙更粗更尖的小狼牙，那就太令人胆寒了。

陈阵经常掐开小狼的嘴，用手指弹敲狼牙，狼牙发出类似不锈钢的铛铛声响，刚性和韧性都很强；用指头试试狼牙尖，竟比纳鞋底的锥子更尖利，狼牙表面的那层"珐琅质"，也比人牙硬得多。

腾格里确是偏爱草原狼，赐与它们那么威武漂亮的面容与可怕的武器。狼的面孔是武器，狼的狼牙是武器又是面容。草原上许多动物还没有与狼交手，就已经被草原狼身上的武器，吓得缴械认死了。

227

小狼嘴里那四根日渐锋利的狼牙，已经开始令陈阵感到不安。

好在遛狼是小狼最高兴的时段。只要小狼高兴，它是不会对陈阵使用面容武器的，更不会亮出它的狼牙。噬咬，是狼们表达感情的主要方式之一，陈阵也经常把手指伸在小狼嘴里，任它啃咬吮吸。小狼在咬玩陈阵手指的时候，总是极有分寸，只是轻轻叼舔，并不下力，就像同一个家族里的小狼们，互相之间玩耍一样，决不会咬破皮咬出血。

这一个多月来，小狼长势惊人，而它的体力要比体重长得更快。每天陈阵说是遛狼，实际上根本不是遛狼，而是拽狼，甚至是人被狼遛。小狼只要一离开狼圈，马上就像犍牛拉车一样，拼命拽着陈阵往草坡跑。为了锻炼小狼的腿力和奔跑能力，陈阵或杨克常常会跟着小狼一起跑。可是当人跑不动的时候，小狼就开始铆足力气拽人拖人，往往一拽就是半个小时一个小时。陈阵被拽疼了手，拖痛了胳膊，拽出一身臭汗，比他干一天重活还要累。

内蒙高原的氧气比北京平原稀薄得多，陈阵常常被小狼拖拽得大脑缺氧，面色发白，双腿抽筋。一开始他还打算跟着小狼练长跑，练出一副强健草原壮汉的身板来，但是当小狼的长跑潜能蓬蓬勃勃地迸发出来后，他就完全丧失了信心。狼是草原长跑健将，连蒙古最快的乌珠穆沁马都跑不过狼，他这个汉人的两条腿何以赛狼？陈阵和杨克都开始担心，等小狼完全长成大狼，他们如何"遛狼"？弄不好，反倒有可能被小狼拽到狼群里去。

有时，陈阵或杨克在草坡上被小狼拽翻在地，远处几个蒙古包的女人和孩子见状都会笑弯了腰。尽管几乎所有的牧民都认为养狼是瞎胡闹，但大家也都愿意看热闹。全队牧民都在等待公正的腾格里，制止和教训北京学生的所谓"科学实验"。有一个会点俄语的壮年牧民对陈阵说："人驯服不了狼，就是科学也驯不服草原狼！"陈阵辩解说，他只是为了观察狼，研究狼，根本就没打算驯服狼。没人愿意相信他的解释，而他打算用狼来配狼狗的计划，却早已传遍全场。人们都说，等着听狼吃母狗的事儿吧。陈阵和杨克遛狼，被狼拽翻跟头的事情，也已经成为牧民酒桌上的笑谈。

小狼兴奋地拽着陈阵一通猛跑，陈阵气喘吁吁地跟在后面。奇怪的是，以往一到放风时间，小狼喜欢无方向地带着陈阵乱跑。但是，近日来，小狼总拽着陈阵往西北方向跑，往那天夜里母狼声音最密集的地方跑。

陈阵的好奇心又被激起，也想去看个究竟。他跟着小狼跑了很长的一段路，比任何一次都跑得远。穿过一条山沟，小狼把陈阵带到了一面缓缓的草坡上。

陈阵回头看了看，离蒙古包已有三四里远。他有点担心，但因有二郎和黄黄保护，手上又有马棒，也就没有硬拽小狼掉头。又小跑了半里，小狼放慢脚步，到处闻四处嗅，无论是草地上的一摊牛粪、一个土堆、一块白骨、一丛高草和一块石头，每一个突出物它都不放过。

嗅着嗅着，小狼走到一丛针茅草前，它刚伸鼻一闻，突然浑身一激灵，背上的鬃毛全像刺猬的针刺那样竖了起来。它眼中射出惊喜的光芒，闻了又闻，嗅了又嗅，恨不得把整个脑袋扎进草丛中去。小狼忽然抬起头，望着西边天空的晚霞，长嗥起来。嗥声呜呜咽咽，悲切凄婉，再没有初次发声时那种亢奋和欢快，而是充满了对母爱和族群的渴望和冲动，将几个月囚徒锁链生活的苦痛，统统哭诉出来……

二郎和黄黄也低头嗅了嗅针茅草丛，两条大狗也都竖起鬃毛，凶狠刨土，又冲着西北方向一通狂吼。陈阵顿时明白过来：小狼和大狗，都闻到了野狼的尿味。他用穿着布鞋的脚，扒开草丛看了看，几株针茅草的下半部已被狼尿烧黄，一股浓重的狼尿臊味直冲鼻子。

陈阵有点发慌，这是新鲜狼尿，看来昨夜狼仍在营盘附近活动过。晚霞已渐渐褪色，山坡全罩在暗绿色的阴影里，轻风吹过，草波起伏，草丛里好像露出许多狼的脊背。陈阵浑身一抖，他生怕在这里遭遇狼的伏兵，蹿出一群不死心的母狼。他想也没想，急忙拽小狼，想把它拽回家。

就在这一刻，小狼居然抬起一条后腿，对着针茅草丛撒尿。陈阵吓得猛拉小狼。母狼还在惦记小狼，而囚徒小狼竟然也会通风报信了。一旦小狼再次与母狼接上头，后果不堪设想。陈阵使足了劲，猛地把小狼拽了一个跟头。这一拽，把小狼的半泡尿憋了回去，也使得小狼苦心寻母的满腔热望和计划强行中断。小狼气急败坏，吊睛倒竖，勃然大怒，突然后腿向下一蹲，猛然爆发，像一条真正的野狼扑向陈阵。

陈阵本能地急退，但被草丛绊倒。小狼张大嘴，照着陈阵的小腿就是狠狠一口。陈阵"啊"的一声惨叫，一阵钻心的疼痛和恐惧冲向全身。小狼的利牙咬透他的单裤，咬进了肉里。陈阵呼地坐起来，急忙用马棒头死顶小狼的鼻头。但小狼完全疯了，狠狠咬住就是不松口，恨不得还要咬下一块肉才解气。

两条大狗惊得跳起来，黄黄一口咬住小狼的后脖子，拼命拽。二郎狂怒地冲小狼的脑袋大吼一声，小狼耳边响起一声炸雷，被震得一哆嗦，这才松了口。

陈阵惊吓得几乎虚脱。他在亲手养大的小狼的狼牙上，看到了自己的血。二郎和黄黄还在扑咬小狼，他急忙上前，一把抱住小狼的脖子，紧紧地夹在怀里。可小狼仍发狠挣扎，继续狼眼倒竖，喷射"毒箭"，龇牙咆哮。

陈阵喝住了黄黄和二郎，两条大狗总算暂停攻击，小狼才停止挣扎。他松开了手，小狼抖抖身体，退到离陈阵两步的距离，继续用野狼般毒辣的目光瞪着陈阵，背上的鬃毛也丝毫没有倒伏的意思。

陈阵又气又怕，气喘吁吁地对小狼说："小狼，小狼，你瞎了眼啦？你敢咬我？"小狼听到熟悉的声音，才慢慢从火山爆发般的野性和兽性的疯狂中醒了过来。它歪着脑袋再次打量面前的人，好像慢慢认出了陈阵。可是，小狼眼中绝无任何抱歉的意思。

伤口还在流血，已经流到布鞋里去了。陈阵急忙站起来，把马棒深深地插进一个鼠洞，又将铁链末端的铁环套在这个临时木桩上。他怕小狼见血起邪念，便走出几步，背转身，坐在地上脱鞋卷裤。小腿肚子侧面有四个小洞，洞洞见血。幸好劳动布的布料，像薄帆布那般厚实坚韧，阻挡了部分狼牙的力度，伤口还不太深。陈阵急忙采用草原牧民治伤的土法，用力捋腿挤血，让体内干净的血流出来冲洗毒伤。挤出了大约半针管的血以后，才撕下一条衬衫布，将伤口包好扎紧。

陈阵重又站起身，牵着铁链把小狼的头拉向蒙古包，指了指蒙古包的炊烟，大声说："小狼，小狼，开饭喽，喝水喽。"这是陈阵和杨克摸索出来的，每次结束放风遛狼后，能让小狼回家的唯一有效的方法。

小狼一听到开饭喝水，舌头尖上马上滴出口水，立刻将刚才发生的事情忘得一干二净，头也不回地拽着陈阵往家跑。一到家，小狼直奔它的食盆，热切地等待开饭添水。陈阵把铁环套在木桩上，扣好桩子头上的别子，然后把獭子的脖颈递给小狼，又给小狼舀了大半盆清水。小狼渴坏了，它先不去啃骨头，而是一头扎进水盆，一口气把半盆水喝了一半。每次放风后，为了能把小狼领回来，必须一天不给它喝水。在遛狼时，等它跑得"满嘴大汗"，又渴又饿的时候，只要一提到水，它就会乖乖地拽着人跑回家。

陈阵进包上药，高建中一见到狼牙伤口，就吓得逼着陈阵去打针。陈阵也不敢大意，急忙骑马跑到第三牧业组的知青包，求赤脚医生小彭给他打了一针狂犬疫苗，上药扎绷带，并求他千万不要把小狼咬人的事情告诉别人。交换的条件是不追究小彭借丢《西行漫记》一书的责任，而且还要再借他《拿破仑传》和《高老头》，小彭这才算勉强答应下来，一边嘟哝说："每次去场部，卫生院就只给两三支狂犬疫苗。民工被牧民的狗咬了，已经用了两支，大热天的，我又得跑一趟场部了。"

陈阵连连说好话，可他也不知道自己说的是什么，他满脑子想的是如何保住小狼。小狼终于咬伤了人——草原规矩极严厉，狗咬伤了羊就得被立即处死，咬伤了人就更得现场打死。那么小狼咬伤了人，当然就没有一丝通融的余地了。养狼本属大逆不道，如今又"出口伤人"，小狼真是命在旦夕。陈阵上了马，忘记了对自己伤口的担心，一路上拍着脑袋，真想让脑子多分泌一些脑汁，想出保住小狼的办法。

一回到蒙古包，陈阵就听到杨克和高建中正在为如何处置这条开始咬人的小狼争论不休。高建中嚷嚷说："好个小狼，连陈阵都敢咬，那它谁还不敢咬啊！必须打死！以后它要是再咬人怎么办？等咱们搬到秋季草场，各组相隔四五十、六七十里地，打不上针，人被毒牙感染，狂狼病可比狂犬病厉害，那可是真要闹出人命来的！"

杨克低声说："我担心场部往后再不会给陈阵和我打狂犬疫苗了。

狂犬疫苗那么稀缺，是防狼或狗意外伤人用的，哪能给养狼的人用呢？我的意见是……我看只能赶紧放生，再晚了，大队就会派人来打死小狼的。"

高建中说："狼咬了人，你还想放了它，你真比东郭先生还东郭先生，没那么便宜的事！"

此刻陈阵反倒忽然清醒起来。他咬牙说："我已经想好了，不能打死，也不能放。如果打死小狼，那我就真的白白地被狼咬了，这么多日子的心血也全白费了；如果放，很可能放不了生，还会把它放死。小狼即使能安全回到狼群，头狼们也会把小狼当做'外来户'，或者是'狼奸'看待的，小狼还能活得了吗？"

"那怎么办？"杨克愁云满面。

陈阵说："现在唯一的办法，就是给小狼动牙科手术，用老虎钳把它狼牙的牙尖剪掉。狼牙厉害就厉害在锋利上，如果去掉了狼牙的刀刃，'钝刀子'咬人就见不了血了，也就用不着打针了……咱们以后喂狼，就把肉切成小块。"

杨克摇头说："这办法倒是管用，可是你也等于杀了它了。没有锋利狼牙的狼，它以后还能在草原上活命吗？"

陈阵垂下头说："我也没有别的办法了。反正我不赞成被狼咬了一口，就因噎废食，半途而废。那狼牙尖儿，兴许以后还会长出来呢？还是避其锋芒吧。"

高建中挖苦道："敢虎口拔牙？非得让狼再咬伤不可！"

第二天早上，羊群出圈以前，陈阵和杨克一起给小狼动手术。两人先把小狼喂饱哄高兴了，然后杨克双手捧住小狼的后脑勺，再用两个大拇指，从腮帮子两边掐开狼嘴。小狼并不反感，它对这两个人经常性的恶作剧举动早已习惯了，也认为这是很好玩的事情。

两人把狼的口腔对着太阳仔细观察：狼牙呈微微的透明状，可以看到狼牙里面的牙髓管。幸好，狼牙的牙髓管只有狼牙的一半长，只要夹掉狼牙的牙尖，可以不伤到牙髓，小狼也不会感到疼，这样就可以保全小狼的四根狼牙了。也许不久，小狼能重新磨出锋利的牙尖来。

陈阵先让小狼闻闻老虎钳，并让它抱着钳子玩了一会儿。等小狼对钳子放松了警惕，杨克掐着狼嘴，陈阵小心翼翼又极其迅速地、咔嚓咔嚓夹断了四根狼牙的牙尖，大约去掉了整个狼牙的四分之一，就像用老虎钳子剪夹螺蛳尾巴那样。两人原以为"狼口钳牙"一定类似"虎口拔牙"，并做好了捆绑搏斗、强行手术的准备，但是手术却用了不到一分钟就做完了，一点也没伤着小狼。

小狼舔了舔狼牙粗糙的断口，并没有觉得有什么损失。两人轻轻放下小狼，想犒赏它一些好吃的，又怕碰疼了伤口，只好作罢。

陈阵和杨克都松了一口气，以后再不怕狼咬伤人了，然而，两人好几天都打不起精神。杨克说：去了狼牙尖，真比给人去了皮还残忍。陈阵也有些茫然地自问："我怎么觉得，咱们好像离一开始养狼的初衷越来越远了呢？"

小彭一连借走了三本好书，两人心疼得要命，但是，陈阵不得不借……要是让三位头头知道小狼咬伤了人，包顺贵就准会毙了小狼。经典名著很管用，果然，在很长时间里，全大队一直没人知道陈阵被小狼咬伤过。

31
狗朋友们是冲着烟来的

几场大雨过后，额仑草原各条小河河水涨满。新草场的湖面扩大，湖边草滩变成了湿地，成了千百只小鸭练飞和觅食的乐园。

　　与此同时，一场罕见和恐怖的蚊灾，突然降临边境草原。

　　对北京知青来说，草原蚊灾是比黑灾白灾[①]、风灾火灾、旱灾、病灾和狼灾更可怕的天灾。额仑草原蚊灾中的蚊子就像空气，哪里有空气哪里就有蚊子。如果不戴防蚊帽，在草原任何一个地方吸一口气，准保能吸进鼻腔几只蚊子。

　　内蒙古中东部的边境草原，可能是世界上蚊群最大最密最疯狂的地区。这里河多湖多，草深草密，蚊子赖以平安越冬的獭洞鼠洞又特别多。蚊子有吸之不尽的狼血人血、牛羊马血，以及鼠兔狐蛇旱獭黄羊血。那些喝过狼血的蚊群，最近已把一个十六岁的小知青折磨得精神失常，被送回北京去了。更多吸过狼血的蚊群，以比草原狼群更加疯狂的野性，扑向草原所有的热血和冷血动物。

　　在新草场，前一年安全越冬的蚊子更多，因此，这里的蚊灾就更严重。

　　午后，陈阵在蒙古包的蚊帐里看了一会儿书，便头戴防蜂帽式的防蚊帽，手握一柄马尾扫蝇掸子，从捂得严严实实的蒙古包走出来，去观察被蚊群包围的小狼。这是一天当中，蚊群准备开始总攻的时刻。陈阵刚走出包，就陷入了比战时警报还恐怖的嗡嗡哼哼的噪音之中。

　　额仑草原的大黄蚊，不具有狼的智慧，却具有比狼更亡命更敢死的攻击性。它们只要一闻到动物的气味，立即扑上去就刺，毫不试探

---

①黑灾白灾：黑灾是指发生在冬季或初春的一种灾害。如遇到积雪过少或无积雪的年份，牲畜吃不上雪，就会因缺水而形成黑灾。白灾是指由于天然草场降雪过多、积雪过深而妨碍牲畜正常的采食活动，使牲畜长时间处于饥饿、半饥饿状态，引起严重掉膘甚至死亡的灾害。

毫不犹豫，没有任何战略战术，如同飞针乱箭急刺乱扎，无论被马尾牛尾抽死多少，依然蜂拥而上，后续部队甚至会被抽开花的蚊子血味刺激得越发凶猛。

陈阵眼前一块一尺见方的防蚊帽纱窗，一瞬间就落满无数黄蚊。他调近了眼睛的视焦，看到大黄蚊从一个个细密的纱网眼中，将长嘴针像一支支大头针一样空扎进来。陈阵用马尾掸子狠狠地抽扫了一下，几十只黄蚊被扫落，可转眼间纱窗上又一片黄蚊密布。他只得像扇扇子那样不断抽扫，才能看清眼前的东西。

陈阵望着天空，蚊群像是在做战前准备，密密麻麻悬飞在离头顶不到两米的空中。草原上仿佛燃起了战火，天空中罩上了一层厚厚的黄烟。陈阵想：真正可怕的"狼烟"，应该是草原蚊群形成的"黄烟"。这个季节，草原人畜全进入了战争状态。

陈阵抬头仔细观察蚊情，好为晚上下夜做准备。他发现这天的蚊群不仅密集，蚊子的个头也大得吓人。黄蚊都在不断地抖翅，翅膀看不见了，看见的都是黄蚊的身体，大得好像一只只虾米皮。一时间他竟然像是置身于湖底，仰望清澈的水空，头顶上是一片密集的幼虾群。

陈阵带着马绊子的那匹白马，早已不敢在草坡上吃草了，此时正站在空荡荡的羊粪盘上。这里的地上铺了一层羊粪，一根草也没有，蚊子较少。但是，马身上仍然落上厚厚一片黄蚊，像是全身沾上了一层米糠。白马看见主人拿着掸子正在扫蚊子，便一瘸一拐，一步三寸地往陈阵身旁挪动。陈阵急忙上前，弯腰替白马解开了皮"脚镣"，把马牵到蚊子更少一些的牛车旁边，再给它扣上了马绊子。

白马不停地上下晃头，并用大马尾狠狠地抽扫马肚马腿和侧背上的蚊子，而前胸前腿前侧背上的蚊子，只能靠马嘴来对付了。千万只黄蚊，都用前肢分开马毛，然后用针头扎马肉。不一会儿，蚊子的肚子就鼓了起来，马身上像是长出一片长圆形的枸杞子，鲜红发亮。白马狠命地抽扫，每抽一下便是一层红血，马尾已被血粘成马尾毡，马尾巴的功能在它的势力范围之内，确实发挥得淋漓尽致。而白马则像一匹刚从狼群里冲杀出来的血马。

陈阵用掸子替马轰蚊，使劲抽扫马背马前腿，大马感激得连连向主人点头致谢。可是蚊群越来越密，轰走一层，立即就又会飞来一层，马身上永远裹着一层黄色的"米糠"，又一层血红的"枸杞子"。

陈阵最惦记小狼，急忙跑向狼圈。狼洞里积了半洞的雨水，小狼无法钻进洞里避蚊。它的薄毛夏装根本无法抵御蚊群的针刺，那些少毛或无毛的鼻头耳朵、眼皮脸皮、头皮肚皮以及四爪，更是直接暴露

在外。小狼此时已经被蚊群折磨得快要发疯了。

　　草原蚊群似乎认准狼血是大补，小狼竟然招来了草原上最浓烈的"黄烟"，它被刺得不断地就地打滚。刺得实在受不了了，就没命地疯狂跑圈，跑累了连吐舌头也不敢，更不敢大口喘气，生怕把蚊群吸进喉咙里。不一会儿，小狼又蜷缩身体，把少毛的后腿缩到身子底下，再用两只前爪捂住鼻头。陈阵从未想到这个草原小霸王，居然会被蚊群欺负成这副狼狈相，活像一个挨打的小叫花子。但是，小狼的目光依然刺亮有神，眼神里仍然充满了倔强劲头。

　　天气越来越闷，头顶悬飞的蚊群被低气压聚拢得散不开去。陈阵一边替小狼轰赶蚊群，一边想着野外的狼群。相比之下，营盘上的草已被啃薄了，而山里草甸里，草高蚊群更多，狼群一定比小狼更苦：钻洞，蚊群会跟着进洞；顺风疯跑，可前面还是蚊群。旱獭是抓不到了，就算抓到一只，也不够补偿被蚊群吸血的损失。

　　毕利格老人说过，蚊灾之后必是狼灾，蚊群把狼群变成饿狼群疯狼群，人畜就该遭殃了。草原最怕双灾，尤其是蚊灾加狼灾。这些日子，全场人心惶惶。

　　小狼明显地疲惫不堪，但还不见瘦。每天每夜，它不知道要被蚊群抽掉多少血，还要无谓地加大运动量。在猖狂的蚊灾面前，小狼桀骜的个性更显桀骜，蚊群的轰炸，丝毫不影响小狼的饭量和胃口。盛夏蚊虫成灾，畜群中病畜增加，陈阵经常可以弄到死羊来喂小狼，小狼就以翻倍的食量，来抵抗蚊群对它的超额剥削和精神折磨。

　　大灾之际，小狼依然一心一意地上膘长个。陈阵像一个省心的家长，从来不用逼迫或利诱孩子去做功课。小狼只需要他做好一件事：顿顿管饱。只要有肉吃有水喝，再大的艰难和灾祸它都能顶得住，而且还可以天天带给你出色的成绩报告单。陈阵想，养过小狼的人，可能再也不会对自己的孩子抱有太高的期望。不要说"望子成龙"了，就是"望子成狼"，也是高不可攀的奢望。

小狼突然神经质地蹦跳起来，不知是哪只大黄蚊钻到了小狼的肚皮底下，扎刺了小狼的小鸡鸡。疼得它顾头不顾尾，马上改变了避蚊的姿势，高抬后腿，把头伸到肚子下面，想用牙齿来挠它的命根。可是它刚一抬起后腿，几百只饿蚊呼啦一下冲过去，覆盖了它的下腹，小狼疼得恨不得把自己的那根东西咬掉。

陈阵看着眼前的恐怖情势，只得暂时撇下小狼，拿上镰刀，背上柳条筐，去西山沟割艾草。前一年蚊子少，陈阵只跟着嘎斯迈去割过一次艾草。搬到湖边的这片新草场后，连逢雨水，陈阵早就侦察好了哪里长有艾草。雨水带来了大蚊灾，也给草原带来了一片又一片茂盛的艾草。蚊群刚到最猖獗的时候，山沟里的艾草也正好长得药味奇浓。陈阵仰望腾格里，他想假如草原上没有艾草，草原民族究竟还能否在草原上生存？

狗们都怕草地里的蚊子，没有跟陈阵走，仍趴在蚊子比较少的牛车底下，避蚊避晒。陈阵往西山沟走，他看见远处小组的羊群，都被放到草少石多风顺的山头上，只有在那里，羊群才能待得住。羊倌们个个都戴着防蚊帽，虽然热得透不过气来，但谁也不敢脱帽。

山沟里，草深蚊密吹不到风，陈阵汗流浃背。他的厚布外衣已湿了一大片，许多大蚊的硬嘴针，刺进厚湿布，刺了一半就刺不动，也拔不出。于是，陈阵衣服上出现许多被自己的嘴针拴住的飞蚊。陈阵懒得去拨弄它们，让它们自作自受飞死累死。但不一会儿，他就感到肩膀头上狠狠地挨了一针，一拍，手心上一朵血花。

陈阵刚一走近一片艾草地，蚊群就明显减少。地里长满近一米高的艾草，灰蓝白色的枝茎，细叶上长着一层茸毛，柔嫩多汁。艾草如苦药，牛羊马都不吃，因而艾草随意疯长。陈阵一见高高的艾草，就职业性地放慢脚步，握紧镰刀，警惕地弯下身子，做好战斗准备。老羊倌们常常提醒知青羊倌，夏天放羊的时候，一定得留神艾草地，这里蚊子少，是狼避蚊藏身的地方。狼为了驱蚊，还会故意在艾草地里打滚，让全身沾满冲鼻的艾草药味，给自个儿穿上一件防蚊衣。

没有狗，陈阵不敢深入。他大吼了两声，不见动静，又站了一会儿，才慢慢走进艾草地。陈阵像见到救命仙草一样，冲进最茂密的草丛一通狂割。草汁染绿了镰刀，空气中散发出浓郁的药香，他张大了嘴敞开呼吸，真想把自己的五脏六腑，都裹上艾草气息。

陈阵割了结结实实冒尖的一大筐艾草，快步向蒙古包走去。他抓了一把嫩艾草，拧出汁抹在手背上。果然，唯一暴露在外的皮肤，也没有多少蚊子敢刺了。

回到包里，陈阵加大炉火，添加了不少干牛粪。再到柳条筐车里找出一年来收集的七八个破脸盆，他挑了最大的一个，放进几块燃烧的牛粪，又加上一小把艾草，盆里马上就冒出了浓浓的艾香白烟。

陈阵端起烟盆，放到狼圈的上风头。微风轻吹，白烟飘动，罩住了大半个狼圈。草原上，艾烟是黄蚊的克星，烟到之处，黄蚊惊飞，连吸了一半血的蚊子，都被熏得慌忙拔针逃命。刹那间，大半个狼圈里的蚊群，便逃得无影无踪。

艾烟替小狼解了围。可是小狼见了火星和白烟，却吓得狼鬃竖立，全身发抖，眼里充满恐惧，乱蹦乱跳，一直退到狼圈边缘，直到被铁链勒停，还在不断挣扎。小狼像所有野狼那样怕火怕烟，怕得已经忘掉了蚊群叮刺的痛苦，拼命往白烟罩不到的地方躲。

陈阵猜想，千万年来草原狼经常遭遇野火浓烟的袭击，小狼的体内一定带有祖先们怕火怕烟的先天遗传。陈阵又加了一把艾草，挪了挪烟盆，将白烟罩住小狼。他必须训练小狼适应烟火，这是帮它度过最苦难的蚊灾的唯一出路。在野地里，母狼会带领小狼们到山头或艾草丛里避蚊；而在人的营盘，陈阵必须担起狼妈的责任，用艾烟来给小狼驱蚊了。

白烟源源不断。小狼虽然对白烟充满了警惕，但是它渐渐感到浑身轻松起来。包围它几天几夜的蚊群噪声消失了，可恶的小飞虫也不见了。它觉得很奇怪，转着脑袋四处张望，又低头看了看肚皮，那些刺得它直蹦高的小东西也不知上哪儿去了。小狼眼里充满狐疑和惊喜，顿时精神了不少。

白烟继续涌动，但小狼只要一看到烟，就缩成一团。烟盆里突然冒出几个火星，小狼吓得立即逃出烟阵，跑到没有烟的狼圈边缘。但它刚一跑出白烟弥漫的地方，马上又被蚊群包围，蚊子刺得它上蹿下跳，没命地捂脸。刺得实在受不了了，它只好又开始转圈疯跑。

跑了十几圈后，小

狼的速度慢慢减了下来。它好像忽然发现了蚊多和蚊少的区域差别：只要一跑进烟里，身上的蚊子就呼地飞光；只要一跑出白烟，它的鼻头准保挨上几针。小狼瞪圆了眼睛惊奇地望着白烟，在白烟里停留的时间越来越长。小狼是个聪明的孩子，它开始飞快地转动脑筋，琢磨眼前的新事物。但它还是怕烟，在有烟与无烟的地带，犹豫不决。

　　一直在营盘牛车下躲避蚊子的几条大狗很快发现了白烟。草原上的大狗都知道艾烟的好处，它们眼睛放光，兴奋得赶紧带着小狗们奔烟而来。大狗们一冲进烟阵，全身的蚊子呼地熏光了。大狗又开始抢占烟不浓不淡的地盘，卧下来舒服地伸懒腰，总算可以痛痛快快地补补觉了。小狗们还从来没尝到过艾烟的甜头，傻乎乎地跟着大狗冲进

烟阵，马上就高兴得合不上嘴了，也开始抢占好地盘。不一会儿，四米直径的小小狼圈，卧下了六条狗，把小狼看得个目瞪口呆。

小狼那叫高兴，眼也眯了，嘴也咧开了，尾巴也翘起来了。它平时那般殷勤地挥动双爪，三番五次热情地邀请狗们到它的狼圈来玩，可狗们总是对它爱理不理。今天竟然不邀自来，并且全体出动，就连最恨它的伊勒也来了，真让小狼感到意外和兴奋，比得到六只大肥鼠还要开心。

小狼一时忘掉了害怕，它冲进烟阵，一会儿爬上二郎背上乱蹦；一会儿又搂住小母狗滚作一团。孤独的小狼，终于有了一个快乐的大家庭，它像一个突然见到了全家成员一同前来探监的小囚徒，对每条狗好像都闻不够、亲不够、舔不够……

陈阵从来没有见到小狼这样高兴过，他的眼圈有些发涩……

狗多烟少，外加一条狼，艾烟就有些不够用了。小狼原本是这块地盘的"主人"，现在反倒被反客为主的狗们挤到烟流之外去了。小狗们还在争抢地盘，两条小公狗毫不客气地把好客的小狼再次顶出烟外。

小狼有些纳闷，它忍受着蚊群的叮刺，歪着脑袋琢磨着狗们的行为。不一会儿，小狼眼中露出恍然大悟的神色，眼里的问号没有了。它终于明白：狗们并不是冲它来的，而是冲着白烟来的。那片一直让它害怕的白雾，是没有可恶小飞虫的舒服天地，而这块地盘，原本是特意为它准备的。

从不吃亏的小狼，立即感到吃了大亏，便怒气冲冲地像抢肉一样冲进烟阵，张牙舞爪凶狠地驱赶两条小公狗。一条小狗死赖在地上不肯离开，小狼粗暴地咬住它的耳朵，把它生生地揪出烟阵，小公狗疼得呜哇乱叫。小狼终于为自己抢占了一个烟雾不淡又不呛的好地段，舒舒服服地趴下来，享受着无蚊的快乐。好奇心、求知欲、研究癖极强的小狼，始终盯着冒烟的破盆看，看得出神，一动不动。

过了一会儿，小狼突然站起来，向烟盆慢慢走去，想去看个究竟。可没走几步，就被浓烟呛得连打喷嚏。它退了几步，过了一会儿，它又忍不住好奇心，再去看。小狼把头贴在烟少的地面，"蹑手蹑脚"地匍匐前进，接近烟盆。它刚抬起头，一颗火星刚好飞到小狼的鼻头上，它被烫得一激灵，像颗被点着火捻的炸弹那样炸了起来，重重地落到地面。它的鬃毛又一次全部竖起，呈往外放射状。小狼吓得夹起尾巴，跑回二郎身旁，钻进它的怀里。

二郎呵呵笑，笑这条傻狼不知好歹，张开大嘴，去舔小狼的鼻头。

小狼老老实实趴在了地上，傻呆呆地望着烟盆，再也不敢上前一步了。小狼像一个犯困的婴儿，困得睁不开眼睛，很快睡了过去。被蚊群折磨了几天几夜的小狼，总算可以补一个安稳觉了。但陈阵却留意到，熟睡中的小狼，耳朵仍在微微颤动，它的狼耳仍在站岗放哨。

陈阵听到磕磕绊绊的马蹄声，那匹白马也想来蹭烟。陈阵连忙上前，解开马绊，把马牵到狼圈的下风头，再给白马扣上马绊子。密布马身的黄蚊"米糠"，呼地扬上了天。白马长舒了一口气，低下头，半闭眼睛打起盹来。

大蚊灾之下的一盆艾烟，如同雪中送炭，竟给一条小狼、一匹大马和六条狗救了灾。这八条生命都是陈阵的宝贝和朋友，能给予它们最有效的救助，陈阵深感欣慰。小狼和三条小狗，像幼儿一样还不知道感谢，在舒服酣睡，而大白马和三条大狗，却不时向陈阵投去感激的目光，还轻轻摇着尾巴。动物的感谢像草原一样真挚，它们虽然不会说一大堆感恩戴德的肉麻颂词，但陈阵却被感动得愿意为它们做更多的事情。

陈阵想，等聪明的小狼长大了，一定会比狗们更加懂得与他交流。大灾之中，陈阵觉得自己对于动物朋友们越来越重要了。他又给烟盆加了一些干牛粪和艾草，就赶紧去翻晒背运牛粪饼。

在草原，狼群像幽灵鬼火一样，来无影，去无踪；常闻其声，常见其害，却难见其容，使人们心目中的狼越发诡秘，越发神奇。

32
近狼者狼

　　蚊灾刚刚开始，山沟里的艾草割不完，抗灾的关键，在于是否备有足够的干牛粪。无须催促，整个大队的女人和孩子，都在烈日下翻晒背运牛粪饼。

　　在额仑草原，牛羊的干粪是牧民的主要燃料。掰开干粪，里面的成分多是干草纤维，有如马粪纸，点燃后并没有臭味。在冬季，干牛粪用来引火，那时的燃料主要是靠风干的羊粪粒。因为家家守着羊粪盘，每天只要在羊群出圈以后，把满圈的羊粪粒铲成堆，再风吹日晒几天后，就是很好的燃料，比干牛粪更经烧。但是在草原的夏季，羊粪水分多，羊粪不成形，牧民在蒙古包里就不能烧羊粪，只能烧干牛粪。然而在夏季，牛吃的是多汁的嫩青草，又大量地喝水，牛粪又稀又软，不像其他季节的牛粪干硬成形，因此必须加上一道翻晒工序。

　　夏季翻晒牛粪，是件麻烦事和苦差事。每个蒙古包的女人和孩子，一有空就要到营盘周围的草地上，用木叉把一摊摊表面晒干、内部湿漉漉的牛粪饼——翻个，让太阳继续暴晒另一面。再把前几天翻晒过的牛粪饼，三块一组地竖靠起来，接着通风暴晒。然后，又把更早几天晒硬了的牛粪饼，捡到柳条筐里，背到蒙古包侧前的粪堆上。但是刚背回来的牛粪还没有干透，掰开来，里面仍然是潮乎乎的，此时把外干内湿的牛粪堆在粪堆上，主要是为了防雨。盛夏多雨，如不抓紧时间，一遇上急雨，粪场上晾晒多日的牛粪，不一会儿就会被雨淋成稀汤。而堆在粪堆上的半干牛粪，遇雨则可马上盖上大旧毡，雨过之后，再掀开暴晒。

在草原夏季，看一家的主妇是否勤快善持家，只要看她家蒙古包前的牛粪堆的大小便可知晓。知青们刚立起自己的蒙古包时，不懂未雨绸缪，一到雨季，知青包常常冒不出烟来，或者光冒烟不着火，经常要靠牧民不断接济干牛粪，才能度过雨季。到了两年后的这个夏季，陈阵、杨克和高建中都已懂得翻粪、晒粪和堆粪的重要性，他们包门前的"柴堆"也不比牧民的小了。

陈阵和杨克一向讨厌琐碎的家务活。这些鸡毛蒜皮的小事，常常把读书的时间拆得七零八碎，使他们烦心恼火。但是，自从养了小狼以后，一项项没完没了的家务活，成了能否把小狼养大的关键环节，家务活一下子就升格为决定战役胜负的后勤保障的战略任务。于是他俩都开始抢着料理柴米油盐肉粪茶这七件"大事"。

按常年的用量，陈阵包前的"柴堆"已足够度过整个夏季。但突降的大蚊灾，使用柴量成倍增加，牛粪堆很快一日日矮缩下去。陈阵决定用狼的劲头，忍受一切劳苦闷热和烦躁，把柴堆迅速增大几倍。

高原的阳光越来越毒，陈阵这身像防化兵服一样的厚重装束，让他热得喘不过气来。他背着沉重的粪筐，只背运了两三筐粪，就感到缺氧眩晕，闷热难当，步履艰难。汗已流干，防蚊服干了又湿，湿了又干，汗迹花白，此刻已经成为背在身上的、干硬板结的盐碱地了。

但是他望着在轻烟薄云下安稳睡觉的小狼、小狗、大狗和大白马，不得不咬牙坚持。

此外，他肩上还背负着远比半湿牛粪更沉重的压力。他咬牙苦干，不仅是为了小狼和狗们，也是为了羊群。这近两千只羊的大羊群，是他和杨克两个人的劳动果实。两年多来两次接羔，他俩接活的羊羔就达两千多只，已经被分出过两群。他俩顶风冒雪，顶蚊抗晒，日日夜夜与狼奋斗，一天24小时轮班放羊下夜连轴转，整整干了两个春夏寒暑。羊群是集体财产，不能出半点差错。蚊灾加狼灾，如稍有疏忽，就会变成可怕的"双灾"。

这么大的一群羊，每夜非得点五六盆烟才够。如果艾烟罩不住整个羊群，羊群被蚊群刺得顶风狂跑，单靠一个下夜的人根本拦挡不住。一旦羊群冲进山里，被狼群打一个尸横遍野的大伏击，有人再把这责任与养狼的事情联系起来，那可就罪责难逃了。巨大的压力和危险，逼迫陈阵咬紧牙齿，用狼的智慧、勇敢、顽强、忍耐、谨慎和冒险精神，把他养狼的兴趣爱好坚持下去，同时又能磨炼出像草原狼那样顽强桀骜的个性。陈阵忽然感到他有了用不完的力气和不服输的狼劲。

陈阵一旦冲破了疲劳的心理障碍与极限，反而觉得轻松了。他不断变换工种，调节劳动强度，一会儿背粪，一会儿翻粪，越来越感到有目标的劳动的愉快。同时，他渐渐发现了自己如此苦心养狼，好像已经从一开始仅仅出于对狼的研究兴趣，转换成了一种对狼的真切关爱，还有像父母和兄长所担负的那种责任。小狼是他一口奶、一口粥、一口肉养大的孩子，是一个充满野性兽性、桀骜不驯的异类孩子。潜藏于他心底的人兽之间那种神秘莫测、浓烈和原始的情感，使陈阵越来越走火入魔，几乎成为在草原上遭人白眼、不可理喻的人。

但陈阵却觉得这半年来，自己身心充实，血管中开始奔腾起野性的、充满活力的血液。高建中曾对其他包的知青说，养一条小狼，能够使陈阵变成一个勤快人，也就不能算是件坏事。

陈阵在黏稠脏臭的牛粪场上干得狼劲十足。他满筐满筐地往蒙古包背粪，粪堆像雨后的黑蘑菇那样迅速膨胀。邻家的主妇看得都站着不动了，谁也不知道他为什么这么疯干。有的知青挖苦道，这叫做近粪者臭，近狼者狼。

傍晚，庞大的羊群从山里回营盘。杨克嗓音发哑，坐骑一惊一乍，他已经累得连挥动套马杆的力气都快没有了。羊群从山里带回亿万黄蚊，整个羊群像被野火烤焦了似的，冒着厚厚一层"黄烟"。近两千只羊，近四千只羊耳朵，拼命甩耳甩蚊，营盘顿时噪声大作，扑噜噜、扑噜噜的羊耳扇动声一浪高过一浪。

一直悬在半空等待聚餐的厚密蚊群，突然像轰炸机群似的俯冲下来。那些最后一批被剪光羊毛、光板露皮的羊，经过野外一整天的肉刑针刑，早已被叮刺得像疙疙瘩瘩的癞蛤蟆一样，惨不忍睹。密集饿蚊的新一轮轰炸，简直要把羊们扎疯了。

羊群狂叫，原地蹦跳，几只高大的头羊不顾杨克的鞭抽，铆足了劲顶风往西北方向冲。陈阵抄起木棒，冲过去一通乱敲乱打，才将头羊轰回羊粪盘。但是，整个羊群全部头朝风，憋足了劲，随时准备顶风猛跑，借风驱蚊。

陈阵以冲锋的速度，手脚麻利地点起了六盆艾烟，并把盆端到羊群卧盘的上风头。六股浓浓的白烟像六条凶狠的白龙，杀向厚密的蚊群。顷刻间，蚊群像遇上了天神毒龙一般，呼啸溃逃。救命的艾烟将整个羊群全部罩住，疲惫不堪的大羊小羊，扑通扑通跪倒在地。白烟里的羊群一片寂静，一天的苦刑，总算熬到了头。

杨克下马，急忙牵着满身蚊子的马，走进烟阵，又摘掉防蚊帽，解开粗布厚上衣，舒服得大叫："真凉快！这一天快把我憋死了。明天你放羊，准备受刑吧。"

陈阵说："我在家里也受了一天刑。明天我放羊回来你也得给我备足六盆烟，还得给小狼点烟。"

杨克说："那没问题。"

陈阵说："你还不去看看小狼，这小兔崽子挺知道好歹的，钻进烟里睡觉去了。"

杨克疑惑地问："狼不是最怕烟怕火吗？"

陈阵笑道："可狼更怕蚊子，它一看狗来抢它的烟，就不干了，马上就明白烟是好东西。我乐得肚子都疼了，真可惜你没看到这场好戏。"

　　杨克连忙跑向狼圈。小狼侧躺在地，懒懒地伸长四腿，正安稳地睡大觉呢。听到两位大朋友的脚步声，小狼只是微颤眼皮，向他俩瞟了一眼。

　　整整一夜，陈阵都在伺弄烟盆。每隔半个多小时，就要添加干粪；等烟一弱，又要添加艾草。如果风向变了，就得把烟盆端到上风头。有时还要赶走挤进羊群来蹭烟的牛。牛皮虽厚，但牛鼻、眼皮和耳朵仍然怕叮刺。陈阵为了不让牛给羊群添乱，只好再点一盆烟，放到牛群的上风头。为了保证艾烟始终笼罩牛羊和小狼，陈阵几乎一夜未曾合眼。三条大狗始终未忘自己的职责，它们跑到羊群上风头的烟阵边缘，躲在烟雾里，分散把守要津。

　　烟阵外，密集饥饿的蚊群气得发狂发抖，噪音嚣张，但就是不敢冲进烟阵。战斗了大半夜的陈阵，望着被击败的强敌，心中涌出胜者的喜悦。

　　这一夜，全大队的各个营盘全都摆开烟阵，上百个烟盆烟堆，同时涌烟。月光下，上百股浓烟越飘越粗，宛如百条白色巨龙翻滚飞舞；又好像原始草原突然进入了工业时代，草原上出现了一大片林立的工厂烟筒，白烟滚滚，阵势浩大，蔚为壮观。艾烟不仅完全挡住了狂蚊，也对草原蚊灾下饥饿的狼群，起到巨大的震慑作用。

　　辽阔的草原也具有软化浓烟的功能。全队的白烟飘到盆地中央上空，已经变为一片茫茫云海。云海罩盖了蚊群肆虐的河湖，平托起四周清凉的群山和一轮圆月。白烟慢慢消失了，草原又完全回到了宁静美丽的原始状态。

　　陈阵不由得吟颂起李白的著名诗句："明月出天山，苍茫云海间。长风几万里，吹度玉门关……"陈阵从小学起就一直酷爱李白。这位生于西域，并深受西域突厥民风影响的浪漫诗人，曾无数次激起他自由狂放的热血冲动。在原始草原的月夜吟诵李白的诗，与在北京学堂里吟诵的感觉迥然不同。陈阵的胸中忽然涌起李白式的豪放，草原狼的性格再加上华夏文明的精粹，竟能攀至如此令人眩晕的高度……

到下半夜，陈阵隐约看到远处几家营盘已经不冒烟了，随后就听到下夜的女人和知青赶打羊群的吆喝声、羊群的骚动声。显然，那里的艾草已经用完，或者主人舍不得再添加宝贵的干牛粪了。

蚊群又开始越来越密，越来越急躁，半空中的噪声也越来越响。小半个大队的营盘失去了安宁，人叫狗吼，此起彼落。手电的光柱也多了起来。忽然，陈阵听到最北面的营盘方向，隐约传来剧烈的狗叫声和人喊声。不知哪家的羊群冲破人的阻拦，顶风跑开了。只有备足了干粪艾草和下夜人狗警惕守夜的人家，还是静悄悄的。陈阵望着不远处毕利格老人的营盘，那里没有人声，没有狗叫，没有手电光，隐约可见几处火点忽明忽暗，嘎斯迈可能正在侍候烟堆。她采用的是"固定火点，机动点烟"的方法。羊群的三面都有火点，哪边来风就点哪边的火堆。火堆比用破脸盆燃火烧烟的效果更好，只是比较费干粪。但嘎斯迈最勤快，为了保证羊群的绝对安全，她是从不惜力的。

突然，最北边的营盘方向传来两声枪响。陈阵心里一沉，狼群终于又抓住一次战机。这是它们在忍受难以想象的蚊群叮刺之后钻到的一个空子。陈阵长叹一口气，不知这次灾祸落在哪个人的头上。他也暗自庆幸，深感迷狼的好处：对草原狼了解得越透，就越不会大意失荆州。

不久草原重又恢复平静。接近凌晨，露雾降临，蚊群被露水打湿翅膀，终于飞不动了。烟火渐渐熄灭，但大狗们仍未放松警惕，开始在羊群西北方向巡逻。陈阵估计，快到女人们挤奶的时候了，狼群肯定撤兵了。他将二茬毛薄皮袍侧蒙住头，安心地睡过去了。这是他一

253

天一夜中唯一完整的睡眠时间，大约有四个多小时。

　　第二天陈阵在山里受了一天的苦刑，到傍晚，赶羊回包里的时候，他发现自己家像是在迎接贵客：蒙古包顶上摊晾着刚剥出来的两张大羊皮。小狼和所有的狗，都在兴致勃勃地啃咬着自己的一大份羊骨羊肉。进到包里，碗架上、哈那墙上的绳子上也晾满了羊肉条，炉子上正煮着满满一大锅手把肉。

　　杨克对陈阵说："昨天夜里，最北边额尔敦家的羊群出事了。额尔敦家跟道尔基家一样，都是早些年迁来的外来户，东北蒙族。他们家刚从半农半牧区的老家娶来一个新媳妇，她还保留着一觉睡到大天亮的习惯。夜里点了几堆火，守了小半夜，就在羊群旁边睡着了。烟灭了以后，羊群顶风跑了，被几条狼一口气咬死一百八十多只，咬伤了几十只。幸亏狗大叫又挠门，叫醒包里的主人，男人们骑马带枪追了过去，开枪赶跑了狼。要是再晚一点，大狼群闻风赶到，这群羊就剩不下多少了。"

　　高建中说："今天包顺贵和毕利格忙了一整天，他俩组织所有在家的人力，把死羊全都剥了皮，净了膛。180多只死羊，一半被卡车运到场部，廉价处理给干部职工，剩下的死羊伤羊留给大队，每家分了几只，不要钱，只交羊皮。咱们家拉回来两只大羊，一只死的，一只伤的。天这么热，一下子来了这么多的肉，咱们怎么吃得完？"

　　陈阵高兴得合不上嘴，说："养狼的人家还会嫌肉多？"又问："包顺贵打算怎么处理那家外来户？"

　　高建中说："赔呗。月月扣全家劳力的半个月工分，扣够为止。嘎斯迈和全队的妇女，都骂那个二流子新郎和新媳妇的公婆，这么大的蚊灾，哪能让刚过门的农家媳妇下夜呢……咱们刚到草原的时候，嘎斯迈她们还带着知青下了两个月的夜，才敢让咱们单独下夜的哪。包顺贵把额尔敦两口子狠狠地训了一通，说他们真给东北蒙族的外来户丢脸。可是他对自己老家来的那帮民工趁机给好处，把队里三分之一的处理羊，都白送给了老王头，他们可乐坏了。"

陈阵说："这帮家伙还是占了狼的便宜。"

高建中打开一瓶草原白酒，说："白吃狼食，酒兴最高。来来来，咱们哥仨，大盅喝酒，大块吃肉。"

杨克也来了酒瘾，他说："喝！我要喝个够！养了一条小狼，人家尽等着看咱们的笑话了，结果怎么样？咱们倒看了人家的笑话。他们不知道，狼能教人偷了鸡，还能赚回一把米来。"

三人大笑。

烟阵里，撑得走不动的小狼，趴在食盆旁边，像一条吃饱肚子的野狼，舍不得离开自己的猎物那样，死死地守着盆里的剩肉。它哪里知道，这是狼爸狼叔们送给它的救灾粮。

33
狼耳、狼牙、狼老师

　　一场冷冷的秋雨，突然就结束了内蒙古高原短暂的夏季，也冻伤了草原上的狼性蚊群。陈阵出神地望着静静的额仑草原，他懂得了蚊群和狼群之所以如此猖狂的原因——草原的夏季短，而秋季更短，一过了秋季，就是长达半年多的冬季。这是草原上那些不会冬眠的动物的死季，就连钻入獭洞的蚊子都得冻死大半。草原狼没有一身油膘和厚毛根本过不了冬，草原的严冬，将消灭大部分瘦狼、老狼、病狼和伤狼。所以蚊群必须抓紧这个生长的短季，拼命抽血，竭力为抢救自己的生命而疯狂攻击；而狼群，更得以命拼食，为自己越冬以及度过来年春荒而血战。

　　前些日子，分给陈阵包的一匹死马驹，还剩下已经发臭的两条前腿和内脏。小狼又饱饱地享受了一段丰衣足食的好时光，而且剩下的肉还够它吃几天。

　　小狼的鼻子在告诉它自己：家里还有存粮，所以，这些日子它一直很快乐。小狼喜欢鲜血鲜肉，但也爱吃腐肉，甚至把腐肉上的肉蛆也津津有味地吞到肚子里去。连高建中都说："小狼快成咱们包的垃圾箱了，咱们包大部分的垃圾，都能倒进小狼的肚子里。"

最使陈阵惊奇的是，无论多臭多烂多脏的食物垃圾，吃进小狼的肚子，小狼也不得病。小狼耐寒暑、耐饥渴、耐脏臭和耐病菌的能力令人佩服至极。经过千万年残酷环境精选下来的物种，真是令人感动。可惜达尔文从没来过内蒙古额仑草原，否则，蒙古草原狼会把他彻底迷倒。

小狼越长越大，越长越威风漂亮，已经长成了一条像模像样的草原狼了。陈阵已经给它换了一根更长的铁链。陈阵还想给它更换名字，应该改叫它"大狼"了。

可是小狼只接受"小狼"的名号，一听陈阵叫它小狼，它会高高兴兴地跑到跟前，跟他亲热，舔他的手，蹭他的膝盖，扑他的肚子，还躺在地上，张开腿，亮出自己的肚皮，让陈阵给它挠痒痒。而叫它"大狼"，它理也不理，还左顾右盼东张西望，以为是在叫"别人"。陈阵笑道："你真是条傻狼，将来等你老了，难道我还叫你小狼啊？"小狼半吐着舌头，呵呵傻乐。

陈阵对小狼身体的每一部分都很欣赏，最近一段时间，他尤其喜欢玩小狼的耳朵。这对直直竖立的狼耳，挺拔、坚韧、干净、完整和灵敏，是小狼身体各个部位中，最早长成大狼的标准部件，已经完完全全像大狼的耳朵了。小狼也因此越来越具有草原狼本能的自我感觉。

陈阵盘腿坐到狼圈里，跟小狼玩的时候，总是去摸它的耳朵。但小狼好像有一个从狼界那儿带来的条件，必须得先给它挠耳朵根，挠脖子，直到挠得它全身痒痒哆嗦得够了，才肯让陈阵玩耳朵。陈阵喜欢把小狼的耳朵往后折叠，然后一松手，那只狼耳就会噗地弹直，恢复原样。如果把两只耳朵都后折，再同时松手，那么两耳绝不会同时弹直，而总是一前一后，发出噗噗两声，有时能把小狼吓得一愣，好像听到了什么敌情。

这对威风凛凛的狼耳，除了二郎以外，令家中所有的狗十分羡慕、嫉妒甚至敌视。陈阵不知狗耳和狼耳的软骨中，是否也有"骨气"的成分？狗祖先的耳朵也像狼耳一样挺拔，可能后来狗被人类驯服以后，它的耳朵便耷拉下来，半个耳朵遮住了耳窝，听力就不如狼灵敏了。

远古的人类可能不喜欢狗的野性，于是经常去拧它的耳朵，并且耳提面命。久而久之，狗的耳朵就被人拧软了，耳骨一软，狗的"骨气"也就走泄，狗最终变成了人类俯首帖耳的奴仆。蒙古马倌驯生马，首先就得拧住马耳，按低了马头，才能备上马鞍骑上马；汉人地主婆也喜欢拧小丫环的耳朵。一旦被人拧了耳朵，奴隶或奴仆的身份就被确认下来。

小狼的耳朵，使陈阵发现耳朵与身份地位关系密切。

比如，强悍民族总喜欢去拧非强悍民族的耳朵，而不太强悍的民族，又会去拧弱小民族的耳朵。游牧民族以"执牛耳"的方式，拧软了野牛、野马、野羊和野狗的耳朵，把它们变成了奴隶和奴仆。后来，强悍的游牧民族，又把此成功经验用于其他的部族和民族，去拧被征服地的民族的耳朵；占据统治地位的集团，去拧被统治民族的耳朵。于是人类世界就出现了"牧羊者"和"羊群"的关系。刘备是"徐州牧"，而百姓则是"徐州羊"。世界上最早被统治集团拧软耳朵的人群，就是农耕民族。

直到如今，"执牛耳"仍然是许多人和集团孜孜以求的目标。"执牛耳"还保存在汉族的字典里，这是汉族的游牧祖先传留给子孙的遗产。然而，北宋以后的汉族，却不断被人家执了"牛耳"。如今，"执牛耳"的文字还在，其精神却已尽泄。现代民族不应该去征服和压迫其他民族，但是，没有"执牛耳"的强悍征服精神，就不能捍卫自己的"耳朵"。

这些日子，陈阵常常望着越来越频繁出现的兵团军吉普扬起的沙尘，黯然神伤。他是第一批也许是最后一批在蒙古边境游牧草原实地生活和考察的汉人。他不是浮光掠影的记者和采风者，他有一个最值得骄傲的身份——草原原始游牧的羊倌。他也有一个最值得庆幸的考察地点——一个隐藏在草原深处、存留着大量狼群的额仑牧场。他还养了一条亲手从狼洞里掏出来的小狼。他会把自己的观察和思考，深深地记在心底，每一个微小的细节他都不会忘记。

将来，他会一遍一遍地讲给朋友和家人听，一直坚持到自己离开这个世界的时候。可惜，炎黄子孙离开草原祖地的时间太久，草原原始古老的游牧生活很快就要结束，中国人今后再也不能回到原貌祖地，来拜见他们的太祖母了……

陈阵久久地抚摸着狼耳。他喜欢这对狼耳，因为小狼的耳朵，是他这几年来所见过的唯一保存完整的狼耳。两年多来，他所近距离见过的活狼、死狼、剥成狼皮或狼皮筒上的狼耳朵，无一例外都是残缺不全的。有的像带齿孔的邮票，有的没有耳尖，有的被撕成一条一条，有的裂成两瓣或三瓣，有的两耳一长一短，有的干脆被齐根斩断……越老越凶猛的狼的耳朵就越"难看"。在陈阵的记忆里，实在找不到一对完整挺拔毫毛未损的标准狼耳。陈阵忽然意识到，在残酷的草原上，残缺之耳才可能是"标准狼耳"。

那么，小狼这对完整无缺的狼耳，就不是标准狼耳了？陈阵心里生出一丝悲哀。他也突然意识到，小狼耳朵的"完整无缺"恰恰是小狼最大的缺陷。狼是草原斗士，它的自由顽强的生命，是靠与凶狠的儿马子、凶猛的草原猎狗、凶残的外来狼群和凶悍的草原猎人生死搏斗，而存活下来的。未能身经百战、招摇着两只光洁完美的耳朵而活在世上的狼，还算是狼吗？陈阵感到了自己的残忍，是他剥夺了小狼草原勇士般的生命，使它变成徒有狼耳而无狼命，生不如狗的囚徒。

那么，是否把小狼悄悄放生？陈阵一次次问自己。把小狼放回残酷而自由的草原，还它以狼命？可陈阵不敢。自从他用老虎钳夹断了小狼的四根狼牙的牙尖后，小狼便失去了在草原自由生存的武器。小狼原来的四根锥子般锋利的狼牙，如今已经磨成四颗短粗的圆头钝牙，像四颗竖立的芸豆，连狗牙都不如。更让陈阵痛心的是，当时手术时尽管备加小心，在夹牙尖时并没有直接伤到牙髓管，但是，陈阵手中的老虎钳，还是轻微地夹裂了一颗牙齿，一条细细的裂缝伸进了牙髓管。

过了不久，陈阵发现，小狼的这颗牙齿整个被感染，牙齿颜色发乌，像老狼的病牙。后来陈阵每次看见这颗黑牙，心里就一阵阵地绞痛，也许到不了一年，这颗病牙就会脱落。狼牙是草原狼的命根，小狼若是只剩下三颗钝牙，连撕食都困难，更不要说是去猎杀动物了。

随着时间的推移，陈阵已绝望地看清了自己当初那个轻率决定的严重后果——他将来不可能再把小狼放归草原，他也不可能到草原深处去探望"小狼"朋友了。陈阵那个浪漫的幻想，已被他自己那一次残忍的小手术彻底断送，同时也断送了这么优秀可爱的一条小狼的自由。

　　更何况，长期被拴养的小狼，一点儿草原实战经验也没有，额仑草原的狼群会把它当成"外来户"，毫不留情地咬死它。一个多月前，陈阵在母狼呼唤小狼的那天夜里，没有下决心把小狼放生，他为此深深自责和内疚。

　　陈阵感到自己不是一个合格和理性的科研人员，幻想和情感常常使他痛恨"科研"。小狼不是供医用解剖的小白鼠，而是他的一个朋友和老师。

　　狼是草原斗士，它的自由顽强的生命，是靠与凶狠的儿马子、凶猛的草原猎狗、凶残的外来狼群和凶悍的草原猎人生死搏斗，而存活下来的。

34
小狼与老兔决斗

一匹快马沿着牛车车道飞奔而来，马的身后腾起近一百米长的滚滚黄尘。陈阵和杨克一看，就知道是张继原倒班回家休息来了。张继原已完全像个草原大马倌，马快马多，骑马张狂，不惜马力，毫不掩饰那股炫耀的劲头。高建中一脸坏笑地说："嗳，你们看，他把好几个包的蒙古丫头都招出家门了，那眼神儿都像小母马似的追着他跑呢。"

张继原一跳下马，就说："快，快来看，我给你们带来什么东西了。"

他从马鞍上解下一个鼓鼓囊囊的大号帆布包，里面好像是活物，还动了几下。

杨克接过包，摸了摸，笑道："难道你也抓着一条小狼崽，想给咱家的小狼配对？"

张继原说："这会儿的狼崽哪能这么小！你好好看看，小心别让它跑了。"

杨克小心翼翼解开一个扣，先看到里面的一对大耳朵，他伸手一把握住，便把那只活物拽了出来。一只草原大野兔，在杨克手下乱蹬乱扭，黄灰色带黑毛的秋装，发出油亮亮的光泽，个头与一只大家猫差不多，看样子足有五六斤重。

张继原一边拴马一边说："今天晚上咱们就吃红烧兔肉，老吃羊肉都吃腻了。"

正说着，离着七八步远的小狼，突然野性大发，猛地向野兔扑过来。如果不是铁链拴着它，大兔肯定就被它抢走了。小狼在半空中被铁链拽住，噗地跌落在地。它一个翻滚立即站起来，两条前爪向前空抓，舌头被项圈勒出半尺长，两眼暴突，目光凶残，恨不得一口活吞了野兔。

家中的狗们都见识过这种跑跳极快、很难抓到手的东西。狗们都围上来，好奇地闻着野兔，但谁也不敢抢。

杨克看看小狼贪婪的嘴脸，便拎起大兔朝小狼走了几步，拿着兔子向小狼悠了悠。小狼的前爪一碰到兔腿，立刻变成了一条真正的野狼。它满脸杀气，满腹嗜血欲，舌头不断舔嘴的外沿，一对毒针吹管似的黑瞳孔，嗖嗖地发射无形毒针，异常恐怖。当活兔又悠回杨克身边的时候，小狼恶狠狠地望着所有的人和狗，人狼之间顿时界限分明，几个月的友谊和感情荡然无存。在小狼的眼里，陈阵、杨克和最爱护它的二郎，顿时全都成了它的死敌。

杨克吓得下意识地连退三步，他定定神说："我提个建议，小狼长这么大了，还没有亲自杀吃过活物，咱们得满足它一点天性。我宣布放弃吃红烧兔肉，把野兔送给小狼吃，今天咱们看野狼杀吃野兔，可以近距离地感受感受活生生的狼性。"

陈阵大喜，马上表示赞同。他说："兔肉不好吃，要跟沙鸡一块炖才行。这一夏天小狼帮咱们下夜，一只羊也没被狼掏走，应该给它奖励。"

高建中点头说:"小狼不光给羊群下夜,还给我的牛犊下了夜,我投赞成票。"

张继原咽下一口唾沫,勉强说:"那好吧,我也想看看咱家小狼还有没有狼性。"

四个人顿时都兴奋起来。潜伏在人类内心深处的兽性,喜爱古罗马斗兽场野蛮血腥的残忍性,以正当合理的借口,畅通无阻地表现出来了。一只活蹦乱跳的草原野兔,在凶狠的狼、鹰、狐、沙狐和猎狗等天敌杀手围剿追杀中艰难生存下来的草原生命,就这样被四个北京知青轻易否决了。好在野兔有破坏草原的恶名,还有兔洞经常摔伤马倌的罪行,判它死刑,在良心上没有负担。四人开始商量斗兽规则。

草原上无遮无拦,没有可借用的斗兽场,大家都为不能看到野狼追野兔的场面而遗憾。最后四人决定,把野兔的前腿和后腿分开拴紧,让它既能蹦跳,又不至于变成脱兔。

显然这是一只久经残酷生存环境考验的成年兔。杨克在给兔子绑腿的时候，冷不防被这个强壮有力的家伙狠狠地蹬了一下。善刨洞的野兔长有小尖铲似的利爪，把杨克的手背蹬出几道深深的血口子。杨克疼得倒吸一口凉气，说："人说兔子急了也咬人，没想到它真会用爪子咬人。好厉害！你先别得意，待会儿我就让小狼活剥了你！"陈阵急忙跑进包，拿出云南白药和纱布，给他上药包扎。

四个人一起动手，费了好大劲，才把野兔的腿绑紧。野兔躺在地上一动不动，但两只眼睛射出凶狠狡猾的光芒。张继原掰开野兔的三瓣嘴，看了看兔牙说："你们看，这是一只老兔子，牙都发黄了。大车老板都说：'人老奸，马老滑，兔子老了鹰难拿。'老兔子可厉害呢，弄不好小狼会吃大亏的。"

陈阵扭头问张继原："哎，为什么说兔子老了鹰难拿？"

张继原说："老鹰抓兔子，从空中先俯冲下来，用左爪抓住兔子的屁股，兔子一疼就会转身，身子就横过来了。老鹰另一只爪子正好得劲，再一把抓住兔背，这样兔子就跑不了了。老鹰抓稳了兔子，就飞上天再松开爪子，把兔子扔下来摔死，然后才把兔子抓到山顶上去吃。可是，老兔子就不会让老鹰轻易得手。一旦老兔被老鹰抓住了屁股，再疼也不回身，然后豁出命猛跑，往最近的草棵子红柳地里跑。我就亲眼看见过，一只老兔子，硬是带着老鹰一起冲进红柳地，密密麻麻的柳条，万鞭齐抽，把老鹰的羽毛都抽下来了。老鹰都快被抽晕了，只好松开爪子把兔子放走。那只老鹰垂头丧气，像只斗败了的鸡，在草丛里歇了半天才飞走……"

杨克听得两眼发直，说："咱们可得想好了。"

陈阵说："还是把兔子扔给小狼吧。一边是老奸巨猾的大兔，一边是年幼无知、牙口不全的小狼；一边拴着腿，一边拴着铁链，这场角斗还算公平。"

杨克说："咱们都看过小说《斯巴达克思》，按照罗马竞技场的规则，老兔子如果胜了，就应该奖给它自由。"

三人都说："成！"

杨克对野兔自言自语说："谁让你掏了那么多的洞，毁了那么多草皮，对不起啦。"又对小狼大喊："小狼，小狼，开饭喽！"说完一扬手，把野兔扔进狼圈。

野兔一落地，就一骨碌翻过身来，乱蹦乱跳。小狼冲过去，却没处下嘴。它用前爪猛地拨拉一下野兔，兔子一下子倒在地上，缩成一团，像是吓破了胆，胸部急促起伏，浑身乱颤。可是那双圆圆的大眼睛，却异常冷静地斜看着小狼的一举一动。显然，这只野兔在狼爪鹰爪下，不知逃脱过多少次了。

野兔在身体颤抖的掩护下，继续收缩身体，越缩越紧，最后缩成一个极具爆发力的"拳头"，然后收缩利爪，调整"刀口"的位置，犹如暗器在袖。

小狼已经有过吃大肥鼠的经历，见到野兔就以为是一只更大的野鼠。它馋得口水一丝丝地挂下来，上前闻了闻，野兔还在颤动。小狼伸出前爪，想把它按得像手把肉那样"老实"。它东按按，西闻闻，寻找下口之处。

野兔突然停止颤抖，此时小狼的脑袋，正好移到了野兔的后腿处。"不好！"四人几乎同时叫了起来，但已经来不及提醒小狼了。老野兔以最后一拼的力量，钩紧爪甲，像地雷爆炸一样，照准小狼的脑袋蹬去，一爪正中狼头。小狼嗷的一声，被蹬了一个后滚翻，好不容易爬起来的时候，已是满头流血。狼耳被豁开一个大口子，头皮几处抓伤，右眼也差一点被蹬瞎。

陈阵和杨克心疼得变了脸色，两人呼地站起来。杨克急忙掏出白药瓶，打算给小狼上药。陈阵狠了狠心，拦住杨克说："草原上哪条狼不伤痕累累，也该让小狼尝尝受伤的滋味了。"

小狼还从来没有吃过这么大的亏。它躬起身，满脸惊恐、愤怒，但又好奇地盯住野兔看。老兔得手后开始拼命挣扎，翻过身，一瘸一拐，连蹦带拱，向狼圈外挪动。几条狗也生气地站起来，冲着老兔狂吠。二郎实在看不过去，想冲进狼圈咬杀老兔，被陈阵一把抱住。

老兔慢慢拱向圈线，小狼慢慢跟在后面，保持一尺距离。只要老兔后腿稍有大一点的动作，小狼就像被毒蝎咬了一样，噌地后跳。

杨克说："这次角斗应该判老兔赢。要是在野地里，老兔刚才那一下就把小狼打懵了，老兔也早就趁机逃跑了。这家伙20分钟内，连伤一人一狼，好生了得。我看还是把它放生吧。同样是农耕草食动物，汉人要是能有草原老兔的精神，近代的中国，哪能沦为半殖民地？"

陈阵心情矛盾地说："再给小狼最后一次机会吧。如果老兔拱出圈子，就算老兔赢。如果出不了圈子，那还得比下去。"

杨克说："好吧，就以圈线定胜负。"

老兔像是看到了一线生机，连滚带拱往圈外挪。小狼也恼了，似乎觉得眼前这个本属于它圈子里的东西，快要不属于它了。它急得乱蹦乱跳，像对付一只刺猬一样，不敢咬不敢抓，但是，一有机会就用前爪把老兔往圈里拨拉一下，然后马上跳开。而老兔一等小狼跳开，又会再次往圈外拱。拉锯了几个回合，猎性十足的小狼终于找到了老兔的弱点。它避开老兔的后腿，而跑到兔头前面，采用"执牛耳"战术，看准机会，一口叼住了老兔的长耳朵往里拽。老兔一挣扎，小狼就松开嘴。小狼渐渐发现那条厉害的后腿蹬不着自己了，就大胆地咬住兔耳，一直把老兔拽到木桩旁边。老兔眼露惊恐，连蹬带踹一刻不停，像一条钓上岸的大鲤鱼，蹦跳得让小狼无法下口。

陈阵决定给小狼一点提示，他突然大喊："小狼，小狼，开饭喽！"小狼猛然一怔。这声叫喊，一下子唤醒了小狼的饥饿感，它立即从一条斗狼变成了一条饿狼。

只见小狼猛地按住兔头，再用后牙咔嚓一声咬断了老兔的一只长耳朵，然后连皮带毛吞进肚里。兔血喷出，小狼见血眼开，狼性勃发。又凶狠地咬断另一只耳朵，吞下肚。失去耳朵的野兔，酷似一只大旱獭子，乱蹬乱咬，拼死反抗。狼圈内，一条满头是血的小狼，与一只满头涌血的老兔，搅作一团，打得你死我活。狼圈变成了真正充满血腥味的战场。

但小狼还是没有掌握如何先咬死兔子，再从容吃肉的杀技，只是咬一口吃一口，生吞活剥、毫无章法地在老兔身上胡乱摸索猎杀方

法。小狼的牙虽钝，但具有老虎钳般的力度，它咬夹住兔皮便猛甩头，将兔皮一条一条地撕下来。它虽然不懂得一口咬断野兔的咽喉致命处，但是它却本能地找到了野兔的另一处要害——肚子。

可怜的老兔终于被小狼撕豁了肚皮，一嘟噜内脏被小狼狠命拽出来，这些柔软无毛带血的东西，是草原狼最爱吃的食物。小狼两眼放光，把肠肚心肺肝肾统统吞到肚子里。老兔一直战斗到失去了心脏，才停止反抗。

陈阵总算给了小狼一次活得像条真狼的机会。小狼终于长大了，它付出了脸耳破相的代价，从此有了草原狼的"标准狼耳"，而成为具有实战记录的草原狼。但陈阵的心里却好像高兴不起来。小狼赢了，他反倒为老兔感到了惋惜与哀伤。那只可怜的老兔拼尽了全力，死得可敬可佩。它被同样英勇顽强的小狼杀死吃掉了，但它在精神上并没有被打败。蒙古草原的一切生灵，除了绵羊以外，不论是肉食动物还是草食动物，都具有草原母亲给予的凶猛顽强的精神。

羊群已进了营盘。陈阵和杨克暂时中止了这天小狼的放风课程。小狼还沉浸在极度亢奋之中，对于每日傍晚的遛狼活动，居然也忘得一干二净。

四人难得有机会聚在一起做饭吃饭，蒙古包里的气氛异常温暖融洽。陈阵给张继原倒了一碗茶，问道："你还没给我们讲，你是怎么抓到老兔子的？"

张继原也像草原大马倌那样喜欢卖关子了，他停了停说："嗨，这只野兔还是狼送给我的呢。"

三个人一愣。张继原又停了几秒钟才说："今天中午，我和巴图去找马，半路上，刚翻过一个小坡，离老远看到了一条狼，正撅着屁股和尾巴刨土。我们俩正好都骑着快马，一鞭子就冲了过去。狼马上翻坡逃走了，我们冲到狼刨土的地方，一看是个小洞，外面有不少狼刨出的新土。这个洞很隐蔽，藏在草丛下面，要不是洞外有新土，很难发现。巴图一看就说这是个兔洞，但不是兔子的窝，只是它的临时藏身洞。草原野兔除了狡兔三窟四窟以外，还在它的活动范围内，挖了许多临时的藏身洞，一遇敌情，马上就钻进最近的一个临时洞。马倌最恨这种洞，常常伤人伤马。去年，兰木扎布的一匹最好的杆子马，就是被这种洞别断了前腿，废了。这回我俩发现了这个兔洞，气就不打一处来，两人下了马，非把它掏出来打死不可。兔洞有一米多深，用套马杆捅了捅，是软的，里面真有只活兔。狼会刨洞，一会儿就能把野兔刨出来。可是狼跑了，我们拿什么刨洞呢？巴图说他有法子，他解下套马杆的小杆，用刀子在小杆上劈开一个小口子，在口子里塞上点粗草，做成了一个小杈子，把杆伸进洞，慢慢探到了兔子的身子，然后就用杆子顶尖上的杈子夹兔子毛，夹住毛了以后，就开始拧兔毛，最后连毛带皮全拧到杆子上了，一直拧到拧不动为止。再用杆子压住兔子，一点点儿往外拽，不一会儿，巴图就把这只大野兔拧了出来。它刚一露头，我就一把揪住了它的耳朵。"

三人连声叫绝："高！实在是高！"

四人围着炕桌吃小米捞饭、粉蘑炖羊肉和腌野韭菜花。

杨克问张继原："听说马上就要建立兵团了，你在外头跑，消息灵通，给我们说说吧。"

张继原说："内蒙古生产兵团已经正式组建了，咱们的场部成了团部。第一批干部已经下来，一半蒙族一半汉族。建团后的第一件事可能就是灭狼。那些兵团干部一看见狼群咬死那么多马驹子，全都气坏了。他们说过去部队一到草原先帮着牧民剿匪，现在第一件事就是要帮着牧民剿狼，调派精兵强将为民除害。人家好心好意，蒙古老人有苦难说啊。这会儿狼毛快长齐了，狼皮能卖钱了。兵团干部工资也不高，参谋、干事一个月也就五六十块钱，可卖一条狼皮能得20块钱，还有奖励，师部团部的兵团干部，打狼的积极性特高。"

杨克叹了一口气说："蒙古草原狼，英雄末路，大势已去，赶紧往外蒙古逃吧。"

群狼战术是：全面出击，四面开花，声东击西，互相掩护，佯攻加主攻，能攻则攻，攻不动就牵制兵力，让人顾头顾不了尾，顾东顾不了西。狼群的这招要比集中优势兵力，各个击破的战术更厉害。

35
打狼的人来了

清晨，两辆敞篷军用吉普车，停在陈阵包前不远处。小狼见到这两个庞然大物，又闻到一种从没闻过的汽油味，吓得嗖地钻进狼洞。大狗小狗冲过去，围住吉普车狂吼不止。陈阵杨克急忙跑出包，喝住了狗，并把狗赶到一边去。

车门打开，包顺贵带着四个精干的军人，下车径直走向狼圈。陈阵、杨克和高建中不知会发生什么事，慌忙跟了过去。陈阵定了定神，上前打招呼："包主任，又领人来看小狼啦。"

包顺贵微微一笑说："来来，我先给你们介绍介绍。"他摊开手掌，指了指两位三十多岁的军官说，"这两位是兵团来咱们大队打前站的干部，这位是徐参谋，这位是巴特尔，巴参谋。"又指了指两位司机说，"这是老刘，这是小王，都是团部派下来帮助咱们打狼的。"

陈阵的心跳得像逃命的狼。他上前同几位军人握了握手，马上以牧民的方式，请客人进包喝茶。

包顺贵说："不啦，先看看小狼。快招呼小狼出来，两位参谋是专门来看狼的。"

陈阵强笑道："你们真对狼这么有兴趣？"

徐参谋温和地说："这里的狼太猖狂，师、团首长命令我们下来打狼，昨天李副团长亲自下队去了。可我们俩还没有亲眼见过草原上的狼呢，老包就领我们上这儿来看看。"

巴参谋说："听老包讲，你们几个对狼很有研究，打狼掏狼崽有两下子。还专门养了一条狼，摸狼的脾气，真是有胆有识啊。我们打狼还真得请你们协助呢。"

两位参谋和蔼可亲，没有一点架子。陈阵见他们不是来杀小狼的，便稍稍放心，又支吾地说："狼……狼……的学问可大了，几天几夜也说不完，还是先看小狼吧。待会儿，你们先往后面退几步，千万别进狼圈，小狼见生人会咬的。"

陈阵从包里拿出两块手把肉，又拎起一块旧案板，悄悄走到狼洞口。先把案板放在洞旁，然后大声叫喊："小狼，小狼，开饭喽。"

小狼嗖地蹿出洞，扑住手把肉。陈阵急忙将案板一推，盖住狼洞，跳出了狼圈。平时喂狼是在上午和下午，这么一大早喂食还从来没有过。小狼喜出望外，咬住骨头肉就狼吞虎咽。包顺贵和几位军人立即退后了几步。

陈阵打了个手势，四五个人向前挪到狼圈外一米的地方，蹲在地上，围成了小半个圈。突然来了这么多穿绿军装的人，传来一些陌生的气息，小狼一反常态，不敢像以往那样见生人就扑咬，而是垂下尾巴，缩小身体，叼着肉块跑到狼圈的最远端，放下肉，又把第二块肉也叼过来。

小狼抓紧时间抢吃，但非常不满意被那么多人围观，觉得对自己构成了巨大的威胁。它刚啃上两口，突然翻了脸，皱鼻张口露牙，猛地向几个军人扑去，动作之快，凶相之狠，大出几个军人的意料，四

273

个人中有三个吓得一屁股坐倒在地上。小狼被铁链拽住，血盆大口只离军人不到一米远。

巴参谋盘腿坐了起来，拍了拍手上的灰土说："厉害，厉害！比军区的狼狗还凶，要是没有链子，非得让它撕下一块肉去。"

徐参谋说："嗨，当年出生的狼崽就这么大了，跟成年狼狗差不多了，比北京动物园里的大狼还要大。老包，今儿你带我们来看狼还真对，我现在真有身临战场的感觉。狼的动作比狗更突然更隐蔽，咱们要是真见到野狼，击发的动作还得快！"

巴参谋连连点头。小狼突然掉头，蹿到肉旁，一边发出嘶嘶哈哈沙哑的威胁声，一边快速吞咽。

两位参谋还用手指远远地量了量狼头和后半身的比例，又仔细看了看狼皮狼毛，一致认为打狼头或从侧面打前胸下部最好，一枪毙命又不伤皮子。

两位参谋观察得很专业。包顺贵满脸放光，他说："牧民和大多数知青都反对养狼，可我就批准他们养。知己知彼才能百战百胜嘛。往后，兵团首长下连队视察，我就先陪他们到这儿来，见识见识大名鼎鼎的蒙古狼。"

两位参谋都说好，又叮嘱陈阵道，必须要常常检查铁链和木桩。

包顺贵看了看手表，对陈阵说："说正事儿吧，今天一大早赶来，一是来看狼，二是让你们俩出一个人带我们去打狼。这两位参谋都是骑兵出身，是军区的特等射手。兵团首长专门为了除狼害，才把他俩调过来的。昨天徐参谋在半路上还打下一只老鹰，那老鹰飞得老高老高的，看上去才有绿豆那么点大，徐参谋一发命中……哎，你们俩谁去啊？"

陈阵的心猛地一抽：军吉普再加上骑兵出身的特等射手，额仑草原狼这下真要遇到克星了。他苦着脸说："马倌比我们俩更知道狼的习性，也知道狼在哪儿，你们应该找他们当向导。"

包顺贵说："老马倌请不动，小马倌又不中用，有经验的几个马倌，都跟着马群进山了。今天你们俩必须去一个，两位参谋来一趟不容易，下次就不让你们去了。"

陈阵又说："你怎么不去请道尔基，他可是全队出名的打狼能手。"

包顺贵说："道尔基早就被李副团长请走了。李副团长枪也打得准，一听打猎就上瘾。人家开一辆苏联小'嘎斯'卡车，又快又灵活，站在卡车上打狼，比在吉普车上打更得劲。"包顺贵又看了看表说，"别浪费时间了，赶紧走！"

陈阵见推不掉，就对杨克说："那就你去吧。"

杨克说："我真不如你明白狼，还是……还是你去吧。"

包顺贵不耐烦地说："我定了，小陈你去！你可不能耍滑！你要是像毕利格老头那样放狼一码，让我们空手回来，我就毙了你这条小狼！别废话，快走！"

陈阵脸色刷白，下意识地挪了一步，挡了挡小狼说："我去，我去。"

吉普沿着矮草古道向东疾驰。古道沙实土硬，但牧民搬家迁场遗留在道上的畜粪畜尿较多，因此古道上的野草虽矮却壮，颜色深绿。远远望去，草原古道就像一条低矮的深绿色的壕沟，伸向草原深处。

陈阵突然在右前方不远处的草丛中，发现三个黑点，他知道那是一条大狐狸。它的前爪垂胸，用后腿站起来，上半身露出草丛，远远地注视着吉普车。阳光照在狐狸的头、脖、胸上，毛色雪白的脖颈和前胸变得微黄，与淡黄的针茅草穗混为一色。而脖颈部以上的三个黑点却格外清晰，那是狐狸的两只黑耳朵和一个黑鼻头。

陈阵每次与毕利格阿爸外出猎狐的时候，尤其是在冬天的雪地，老人总是指给他看那"三个黑点"，有经验的猎手就会朝"三个黑点"

的下部开枪。狡猾的草原狐狸的伪装和大胆，瞒不过草原猎人，却能把有鹰一样眼睛的特等射手，骗得如同"睁眼瞎"。陈阵没吭声，狡猾美丽的狐狸也是草原的捕鼠能手，他不想再见到血。

吉普车渐渐接近了"三个黑点"，"黑点"悄悄下蹲，消失在深深的草丛之中。

车又行驶了一段，一只大野兔也从草丛中站立起来，

也在注视吉普车。它的身子夹杂在稀疏的草穗里，胸前的毛色也与草穗相仿，但那两只大耳朵破坏了它的伪装。陈阵悄声说："嗨，前面有一只大肥兔，那可是草原大害，打不打？"

包顺贵有些失望地说："先不打，等以后打光狼了再打野兔。"

野兔又站高了几寸，它根本不怕车，直到吉普车离它十几米远，才一缩脖子不见了。

草香越来越浓，针茅汹涌如海。

射手们也感到在冬季草场是不可能发现猎物了。吉普车只好向南开出针茅草原，来到秋季的丘陵草场。这里的牧草较矮，千百年来牧民之所以把这里定为秋季草场，主要是因为丘陵草场的草籽多。到了秋季，像野麦穗、野苜蓿豆荚一样的各种草穗草籽都成熟了，沉甸甸地饱含油脂和蛋白质。

羊群一到这里，都抬起头用嘴捋草籽吃，就像吃黑豆大麦饲料一样。额仑羊群能在秋季长上三指厚的背尾油膘，靠的就是这些宝贵的草籽。而不懂这种原始科学技术的外来户，羊群油膘不够，往往过不了冬。即便过了冬，到春季母羊没奶，羊羔就会成批死亡。

经过毕利格老人两年多的传授，陈阵已经快出师了。他弯腰伸手捋了一把草籽，放在手掌里搓了搓。草籽快熟了，大队也该准备搬家迁往秋季草场了。

牧草矮下去一大半，视线宽广，车速加快。包顺贵突然发现土路上有几段新鲜狼粪。射手们又兴奋紧张起来，陈阵也立刻揪紧了心。如果这里有狼，它们不会防备从没人的北面开来的几乎悄无声息的汽车。

蒙古草原的一切生灵，除了绵羊以外，不论是肉食动物还是草食动物，都具有草原母亲给予的凶猛顽强的精神。

36
草原巨狼像千年石兽一样地倒下

吉普刚翻过一个缓坡，突然，车上的三个人都轻轻叫了起来："狼！狼！"陈阵揉了揉眼睛，只见车头侧前方三百多米的地方，蹿起一条巨狼，个头大得像只金钱豹。在额仑草原，巨狼仗着个大力猛速度快，常常脱离狼群单打独斗，看似独往独来吃独食，实际上它是作为狼群的特种兵，为家族寻找大机会。

巨狼好像刚睡了一小觉，一听到车声显然吃惊不小，拼命往山沟草密的地方冲去。老刘一踩油门，激动得大呼小叫："这么近，你还逃得掉啊！"吉普车嗖地截断了大狼的逃路，狼急忙转身往前面坡顶狂奔，几乎跑出了黄羊的速度，但立即被巴参谋的车紧紧咬住。两辆吉普车呈夹击态势，向狼猛冲。大狼已跑出全速，可吉普车的油门还没有踩到底。

两位特等射手竟互相谦让起来。徐参谋大声说："你的位置好，你打吧！"巴参谋说："你的枪法更准，还是你打。"

包顺贵挥手高声叫道："别开枪！谁也别打！今儿咱们弄一张没有

枪眼的大狼皮。我要活剥狼皮，活皮的皮板好，毛鲜毛亮，这种皮子最值钱！"

"太对了！"两位射手和两位司机几乎同声高叫。司机老刘还向包顺贵伸出大拇指说："看我的，我保证把狼追趴蛋！"司机小王说："我一定把狼追得吐血！"

矮草缓坡丘陵是吉普车的用武之地，又在这么近的距离内，两车夹一狼，巨狼绝无逃脱的可能。狼已跑得口吐白沫，紧张危险的吉普车打狼战，忽然变成了轻松的娱乐游戏。

陈阵到草原以后，从来没有想过，人对狼居然可以具有如此悬殊的优势。称霸草原万年的蒙古草原狼，此时变得比野兔还可怜。

吉普车在两位驾技高超的司机控制下，不紧不慢地赶着大狼跑。狼快车就快，狼慢车就慢，并用刺耳的喇叭声逼狼加速，车与狼，总

是保持五六十米的距离。巨狼速度虽快，但是体大消耗也大，追出二十多里地，狼已跑得大口吐气，大喷白沫，嘴巴张大到了极限，仍然喘不过气来。

陈阵从来没有这么长时间地跟在狼的身后，在汽车上看狼奔跑。草原狼也从来没被追敌追到一刻不得喘息的地步。陈阵有一刻闭上了眼不忍看，却又忍不住睁眼去看。他多么希望大狼跑得快些再快些，或能钻天入地，就像传说中的那条飞狼，能从草地上腾空而起，破云而去；或者钻进它掏挖过的那种深狼洞。然而，巨狼既飞不上天，又找不到洞。草原上狼的神话，在先进的科技装备面前统统神不起来了。但是眼前的巨狼，仍然在拼死拼命地跑，拼尽狼的所有意志，顽强地狂奔，好像只要追敌没有追上它，它就会一直这样跑下去。陈阵真希望车前突然出现大坑、大沟、大牛骨，即便自己被甩下车，他也认了……

两辆车上的猎手，都为碰上如此高大威猛漂亮的巨狼而激动，比灌足了酒还要红光满面。包顺贵大叫："这条狼比咱们打的哪条狼都大，一张皮子就能做条狼皮裤子，连拼接都不用。"

徐参谋说："这张皮子就别卖了，送给兵团首长吧。"

巴参谋说："对！就送给兵团首长，也好让他们知道这儿的狼有多大，狼灾有多厉害。"

老刘拍着方向盘说："内蒙古大草原富得流油，一年下来，咱们可就能安个比城里还漂亮的富家了。"

那一刻陈阵的拳头攥出了汗，他真想从后脑勺上给那个姓刘的一家伙。可是陈阵眼前忽然闪过了家里的小狼，心里掠过一阵亲情软意，就像家里有个嗷嗷待哺的婴儿，等着他回去喂养。他的胳膊无力地耷拉下来，只觉得自己的整个身子和脑子都木了。

两辆吉普车终于把狼赶到了一面长长的大平坡上。这里没有山沟，没有山顶，没有坑洼，没有一切狼可利用的地形地貌。两辆吉普车同时按喇叭，惊天动地，刺耳欲聋。巨狼跑得四肢痉挛，灵魂出窍。可怜的巨狼终于跑不快了，速度明显下降，跑得连白沫也吐不出来。两位司机无论怎样按喇叭，也吓不出狼的速度来了。

包顺贵抓过徐参谋的枪，对准狼身的上方半尺，啪啪开了两枪，子弹几乎燎着狼毛。这种狼最畏惧的声音，把巨狼骨髓里最后的一点气力吓了出来。巨狼狂冲了半里路，跑得几乎喘破了肺泡。它突然停下，用最后的一丝力气，扭转身，蹲坐下来，摆出了最后一个

姿态。

两辆吉普车刹在离巨狼三四米的地方。包顺贵抓着枪跳下车，站了几秒钟，见狼不动，便大着胆子，上了刺刀，端起枪慢慢朝狼走去。巨狼全身痉挛，目光散乱，瞳孔放大。包顺贵走近狼，狼竟然不动。他用枪口刺刀捅了捅狼嘴，狼还是不动。

包顺贵大笑说："咱们已经把这条狼追傻了。"说完伸出手掌，像摸狗一样地摸了摸巨狼的脑袋。巨狼仍是没有任何反应，当包顺贵再去摸狼耳朵的时候，巨狼像一尊千年石兽轰然倒地……

陈阵像罪人一样地回到家。他简直不敢跨进草原上的蒙古包，犹豫了一会儿，还是进了自己家门。

张继原正在跟杨克、高建中讲全师灭狼大会战。张继原越说越气："现在全师上下，打狼剥皮都红了眼。卡车小车、射手民兵一起上，汽油子弹充足供应。连各团的医生都上了阵，他们从北京弄到无色无味的剧毒药，用针管把毒药注射进死羊的骨髓里，再扔到野地，毒死了不知多少狼。更厉害的是跟着兵团进来的民工修路队，十八般武器全都上了阵。还发明了炸狼术，把炸山取石的雷管，塞到羊棒骨的骨管里，再糊上羊油，放到狼群出没的地方，狼只要一咬骨头，就被炸飞半个脑袋。民工们到处布撒羊骨炸弹，还把牧民的狗炸死不少。草原狼陷入了人民战争的汪洋大海，到处都在唱：祖祖孙孙打下去，打不尽豺狼决不下战场。听说，牧民已经到军区去告状了……"

高建中说："咱们队的民工，这几天也来了劲，一下子打了五六条大狼。这批从牧民变成农民的人，打狼技术更高。我花了两瓶白酒的代价，才弄清楚他们是怎么打着狼的。他们也是用狼夹子打，可就是比这儿的牧民狡猾多了。这儿的猎手总是在死羊旁边下夹子，时间长了，狼也摸到规律了。它们一见野地里的死羊，就特别警惕，不敢轻易去碰，往往要等鼻子最灵的头狼闻出夹子，把夹子刨出来，才下嘴吃羊。这帮民工就不用这种办法，他们专在狼多的地方下夹子，旁边既没有什么死羊，也没有骨头，地上平平的。你们猜他们用什么做诱饵？打死你，你也猜不出来……他们把马粪泡在化开的羊油里，再捞出来晾干，然后把羊油味十足的马粪搓碎，撒到下好狼夹子的地方，一撒好几溜，每一溜都连到下夹子的地方，这就是诱饵。当狼路过这地方的时候，会闻见羊油味儿，因为没有死羊也没有肉骨头，狼就容易放松警惕，东闻闻，西闻闻，闻来闻去就被夹子夹住了。你们说这招毒不毒？偷鸡连把米都不用出。老王头说，他们就是用这种法子，把自己老家的狼害给灭了……"

陈阵再也听不下去了，他走向狼圈，轻轻叫着小狼小狼。一整天没见，小狼也想他了，早已亲亲热热地站在狼圈最边缘，翘着尾巴盼着他进狼圈。陈阵蹲下身，紧紧抱着小狼，把脸贴在小狼的脑袋上，久久不愿松开。

草原秋夜，霜月凄冷。空旷的新草场，草原狼颤抖悠长的哭嗥声，已十分遥远……

有脚步声在陈阵的身后停住，传来杨克的声音："听兰木扎布说，他看见白狼王带着一群狼冲过边防公路了，团部的那辆小'嘎斯'没追上。我想，白狼王是不会再回到额仑草原来了。"

陈阵一夜辗转无眠。

37

蒙古草原狼，不可牵

熊可牵，虎可牵，狮可牵，大象也可牵。蒙古草原狼，不可牵。小狼宁可被勒死，也不肯被搬家的牛车牵上路。

全大队的牛群羊群，天刚亮就提前出发了。浩浩荡荡的搬家车队，也已翻过西边的山梁，分组迁往大队的秋季草场。可是二组知青包六辆重载的牛车还没有启动，毕利格老人和嘎斯迈已经派人来催了两次。

张继原这几天专门回来帮着搬家。然而，面对死犟暴烈的小狼，陈阵与张继原一筹莫展。陈阵没有想到，养狼近半年了，一次次大风大浪都侥幸闯了过来，最后竟会卡在小狼的搬家问题上。

从春季草场搬过来的时候，小狼还是个刚刚断奶的小崽子，只有一尺多长。搬家时，把它放在装干牛粪的木头箱子里就带过来了。经过半个春季和整整一个夏季的猛吃海塞，到秋初，小狼已长成了一条体形中等的大狼。家里没有可以装下它的铁箱和铁笼，即便能装下它，陈阵也绝无办法把它弄进去。而且，他也没有空余的车位来运小狼，知青的牛车本来就不够用，他和杨克的几大箱书又额外占了大半车。六辆牛车全部严重超载，长途迁场弄不好就会翻车，或者坏车抛锚。草原迁场的日子取决于天气，为了避开下雨，全大队的搬家突然提前，陈阵一时手足无措。

张继原急得一头汗，嚷嚷道："你早干什么来了？早就应该训练牵着小狼走。"

陈阵没好气儿地说："我怎么没训？小时候它分量轻，还能拽得动它，可到了后来，谁还能拽得动？一个夏天，从来都是它拽着我走，从来就不让我牵。拽狼了，它就咬人。狼不是狗，你打死它，它也不听你的。狼不是老虎狮子，你见过大马戏团有狼表演吗？再厉害的驯兽员也驯不服狼，你就是把苏联驯虎女郎请来也没用。你见狼见得比我多，难道你还不知道狼？"

张继原咬咬牙说："我再牵它一次试试，再不行我就玩狠的了。"他拿了一根马棒，走到小狼跟前，从陈阵手里接过铁环，开始拽狼。小狼立即冲着他龇牙咧嘴，凶狠咆哮，身子的重心后移，四爪朝前撑地，梗着脖子，寸步不让。张继原像拔河一样，使足了全身力气，也拽不动狼。他顾不了许多，又转过身，把铁链扛在肩膀上，像长江纤夫那样伏下身拼命拉。

这回小狼被拉动了，四只撑地的爪子顶出了两道沙槽，推出了两小堆土。小狼被拉得急了眼，突然重心前移，准备扑咬。它刚一松劲，张继原一头栽到地上，扑了一头一脸的土，也把小狼拽了一溜滚。人与狼缠在一起，狼口离张继原的咽喉只有半尺。陈阵吓得冲上去搂住小狼，用胳膊紧紧夹住它的脖子。小狼被夹在陈阵的胳肢窝里，还朝张继原张牙舞爪，恨不得冲上去狠狠给他一口。

两人脸色发白发黑，大口喘气。张继原说："这下可真麻烦了，这次搬家要走两三天呢。要是一天的路程，咱们还可以把小狼先放在这里，第二天再赶辆空车回来想办法。可是两三天的路程，来回就得四五天，羊毛库房的管理员和那帮民工，还没搬走呢，一条狼单独拴在这里，不被他们弄死，也得被团部的打狼队打死。我看，咱们无论如何也得把小狼弄走。对了，要不就用牛车来拽吧。"

陈阵说："牛车？我前几天就试过了，没用，还差点没把它勒死。我可知道了什么叫骨气，什么叫桀骜不驯，什么叫宁死不屈。狼就是宁肯勒死也不肯就范，我算是没辙了。"

张继原说："那我也得亲眼看看。你再牵一条小母狗在旁边，给它做个示范吧？"

陈阵摇头："我试过了，没用。"

张继原不信："那就再试一次。"说完，就牵过来一辆满载重物的牛车，将一根绳子拴在小母狗的脖子上，然后又把绳子的另一端，拴在牛车尾部的横木上。

张继原牵着牛车围着小狼转，小母狗松着皮绳，乖乖地跟在牛车后面走。张继原一边走，一边轻声细语地哄着小狼说："咱们要到好地方去了，就这样，跟着牛车走，学学看，很简单很容易的，你比狗聪明多了，怎么连走路都学不会啊，来来来，好好看看……"

小狼很不理解地看着小母狗，昂着头，一副不屑的样子。陈阵连哄带骗，拽着小狼跟着小母狗走。小狼勉强走了几步，实际上仍然是小狼拽着陈阵在走。它之所以跟着小母狗走，只是因为它喜欢小母狗，并没有真想走的意思。又走了一圈，陈阵就把铁链套扣在牛车横木上，希望小狼能跟着牛车开路。铁链一跟牛车相连，小狼马上就开始狠命拽链子，比平时拽木桩还用力，把沉重的牛车拽得�哐哐响。

陈阵望着面前空旷的草场，已经没有一个蒙古包、没有一只羊了。他急得嘴角起泡，再不上路，到天黑也赶不到临时驻地。那么多岔道，那么多小组，万一走迷了路，杨克的羊群、高建中的牛群怎么扎营？他俩上哪儿去喝茶吃饭？更危险的是，到晚上人都累了，下夜没有狗怎么办？如果羊群出了事，最后查原因查到养狼误了事，陈阵又该挨批，小狼又该面临挨枪子的危险。

陈阵急得发了狼心，说："如果放掉它，它是死；拖它走，它也是死；就让它死里求生吧。走！就拖着它走！你去赶车，把你的马给我骑，我押车，照看小狼。"

张继原长叹一口气说："看来游牧条件下真养不成狼啊。"

陈阵将拴着小母狗和小狼的那辆牛车调到车队的最后，然后把牛头绳拴在第五辆牛车的后横木上，大喊一声："出发！"

张继原为了控制牛车的速度，不敢坐在头车上赶车，而是牵着车队的头牛慢慢走。牛车一辆跟着一辆启动了，当最后一辆车动起来的时候，小母狗马上跟着动，可是小狼一直等到近三米长的铁链快拽直了还不动。这次搬家的六条大犍牛，都是高建中挑选出来的最壮最快的牛。为了搬家，还按照草原规矩，把牛少吃多喝地拴了三天，吊空了庞大的肚皮，此时正是犍牛憋足劲拉车的好时候。六头牛大步流星地走起来，狼哪里犟得过牛，小狼连撑地的准备动作还没有做好，就一下子被牛车呼地拽了一个大跟头。

小狼又惊又怒，拼命挣扎，四爪乱抓，扒住地猛地一翻身，急忙爬起来，跑了几步，迅速做好了四爪撑地的抵抗动作。牛车上了车道，加快了速度。小狼梗着脖子，跟跟跄跄地撑了十几米，又被牛车拽翻。铁链像拖死狗一样地拖着小狼，草根茬剐下一层狼毛。一旦小狼被拖倒在地，它的后脖子就使不上劲，而吃劲的地方却是致命的咽喉。皮项圈越勒越紧，勒得它伸长了舌头，翻着白眼。小狼张大嘴，拼命喘气挣扎，四爪乱蹬，陈阵吓得几乎就要喊停车了。

就在这时，小狼忽然发狂地拱动身体，连蹬带踹，后腿终于踹着了路埂，又奇迹般地向前一蹿，一骨碌翻过身爬了起来。小狼生怕铁链拉直，又向前快跑了几步。陈阵发现这次小狼比上次多跑了两步，它明显是为了多抢出点时间，以便再做更有效的抵抗动作。小狼抢在铁链拽直以前，极力把身体大幅度地后仰，身体的重心比前一次更加靠后半尺。铁链一拉直，小狼居然没被拽倒，它犟犟地梗着脖子，死死地撑地，四只狼爪像搂草机一般，搂起路埂上的一堆秋草。草越积越多，成了滑行障碍，呼地一下，小狼又被牛车拽了一个大跟头，急忙跑了几步，再撑地。

小母狗侧头同情地看看小狼，发出哼哼的声音，还向它伸了一下爪子，那意思像是说，快像我这样走，要不然会被拖死的。可是小狼对小母狗连理也不理，继续用自己的方式顽抗。拽倒了，拱动身体踹蹬路埂，挣扎着爬起来；冲前几步，摆好姿势，梗着脖子，被绷直的绞索勒紧；然后再一次被拽倒，再拼命翻过身……

陈阵发现，小狼不是不会跟着牛车跑和走，不是学不会小狗的跟车步伐。但是，它宁可忍受与死亡绞索搏斗的疼痛，也不肯像狗那样被牵着走。拒牵与被牵——在性格上绝对是狼与狗、狼与狮虎熊象、狼与大部分人的根本界限。草原上没有一条狼会越出这道界限，向人投降。拒绝服从，拒绝被牵，是一条真正的蒙古草原狼作为狼的绝对准则。

小狼仍在死抗，坚硬的沙路像粗砂纸，磨着小狼爪，鲜血淋漓。陈阵的胸口一阵猛烈的心绞痛。

草原狼，千万年来倔强的草原民族的精神图腾，它具有太多让人感到羞愧和敬仰的精神力量。没有多少人，能够像草原狼那样不屈不挠地按照自己的意志生活，甚至不惜以生命为代价，来抗击几乎不可抗拒的外来力量。

陈阵由此觉得，自己对草原狼的认识还是太肤浅了。很长时间来，他一直认为狼以食为天、狼以杀为天，显然都不是。那种认识是以人之心，度狼之腹。草原狼无论食与杀，都不是目的，而是为了自己神圣不可侵犯的自由、独立和尊严。神圣得使一切真正崇拜它的牧人，都心甘情愿地被送入神秘的天葬场，把自己最后的肉身奉献给它，期盼自己的灵魂也能像草原狼那样自由飞翔……

38
受尽屈辱的小·狼

　　倔强的小狼被拖了四五里地后，它后脖子的毛已被磨掉一半，肉皮渗出了血，四个爪子上厚实的爪掌被车道坚硬的沙地磨出了血肉。更可怕的是，当小狼再一次被牛车拽倒之后，耗尽了体力的小狼翻不

过身来了，像围场上被快马和套马杆拖着走的垂死的狼，只能大口喘气。继而，一大片红雾血珠突然从小狼的口中喷出，小狼终于被项圈勒破了喉咙。

陈阵吓得大喊停车，迅速跳下马，抱着全身痉挛的小狼向前走了一米多，松了铁链。小狼拼命喘息补气，大口的鲜血喷在陈阵的手掌上，他的手臂上也印上了小狼后脖子沁出的血。小狼气息奄奄，嘴里不停地喷血，疼得它用血爪挠陈阵的手，但狼爪甲早已磨秃，爪掌也已成为嫩嫩的带血的新肉掌。陈阵鼻子一酸，泪水噗噗地滴在狼血里。

张继原跑来，一见几处出血的小狼，惊得瞪大了眼。他围着小狼转了几圈，急得手足无措，连声说："这家伙怎么这么倔啊？这不是找死嘛，这可怎么办呢？"

陈阵紧紧抱着小狼，也急得不知如何是好。小狼疼痛的颤抖，使他的心更加疼痛和战栗。

张继原擦了擦满头的汗，又想了想说："才半岁大，拖都拖不走，就算把它弄到了秋季草场，往后就该一个月搬一次家了，它要是完全长成大狼，咱们怎么搬得动它？我看……我看……咱们还不如就在这儿……把它放了算了，让它自谋出路吧……"

陈阵铁青着脸，冲着他大声吼道："小狼不是你亲手养大的，你不懂！自谋生路？这不是让它去送死吗！我一定要养小狼！我非得把它养成一条大狼！让它活下去！"

说完，陈阵心一横，呼地跳起来，大步跑到装杂物和大半车干牛粪的牛车旁，气呼呼地解开了牛头绳，把牛车牵到车队后面。一狼心，解开拴车绳，猛地掀掉柳条车筐，把大半车干牛粪，呼啦一下全部卸到了车道旁边。他已铁定主意，要把牛车上腾空的粪筐，改造成一个囚车厢，一个临时囚笼，强行搬运小狼。

张继原没拦住，气得大叫："你疯啦！长途搬家，一路上吃饭烧茶，全靠这半车干粪。要是半道下雨，咱们四个连饭也吃不上了。就是到了新地方，还得靠这些干粪坚持几天呢。你、你你竟敢卸粪运狼，非被牧民骂死不可！高建中非跟你急了不行！"

陈阵迅速地卸车装车，咬着牙狠狠说道："到今天过夜的地方，我去跟嘎斯迈借牛粪。一到新营盘我马上就去捡粪，耽误不了你们喝茶吃饭！"

小狼刚刚从死亡的边缘缓过来，不顾四爪的疼痛，顽强地站在沙地上，四条腿疼得不停地发抖，口中仍然滴着血，却又梗起脖子，继续做着撑地的姿势，提防牛车突然启动。小狼两眼瞪着牛车，摆出一副战斗到死的架势，哪怕被牛车磨秃了四爪四腿，磨出骨茬，也在所不惜。

陈阵心头发酸，他跪下身，一把搂过小狼，把它平平地放倒在地，他再也舍不得让小狼四爪着地了，然后急忙打开柜子车，取出云南白药，给小狼的四爪和后脖颈上药。小狼口中还在滴血，他又拿出两块纺锤形的光滑的熟犍子肉，在肉表面涂抹了一层白药。一递给小狼，它就囫囵吞了下去。陈阵但愿白药能止住小狼咽喉伤口上的血。

陈阵把粪筐车重新拴紧，码好杂物，又用旧案板旧木板隔出大半个车位的囚笼，再垫了一张生羊皮。陈阵还拿出了半张大毡子做筐盖，一切就绪，估计里头勉强可装下小狼。可怎样把小狼装进筐里去呢？陈阵又犯难了。小狼已经领教了牛车的厉害，它再也不敢靠近牛车，一直绷紧铁链离牛车远远的。

陈阵挽起袖子抱住小狼，刚向牛车走了一步，小狼就发疯咆哮挣扎。陈阵想猛跑几步，将小狼扔进车筐里，但是，未等他跑近车筐，小狼张开嘴，猛地低头朝陈阵的手臂狠狠地一口，咬住就不松口。陈阵哎哟大叫了一声，吓出一身冷汗。小狼直到落到地上才松了口，陈阵疼得连连甩着胳膊。他低头看伤，手臂上没有出血，可是留下了四个紫血泡，像是摔倒在足球场上，被一只足球钉鞋狠狠地踩了一脚。

张继原吓白了脸，说道："幸亏你把小狼的牙尖夹掉了，要不然，非咬透你的手臂不可。我看还是别养了，以后等它完全长成大狼，这副钝牙也能咬断你的胳膊的。"

陈阵恼怒地说："快别提夹狼牙的事了，要是不夹掉牙尖，没准我早就把小狼放回草原了。现在它成了残疾狼，它这副牙口，连我胳膊上的肉都咬不透，放归草原可怎么活啊？是我把它弄残废的，我得给它养老送终。现在兵团来了，不是说要建定居点嘛，定居以后我给它砌个石圈，就不用铁链了……"

张继原说："行了行了，再拦你，你该跟我拼命了，还是想法子赶紧上路吧。可是……怎么把它弄到牛车上去？你伤了，让我来试试吧。"

陈阵说："还是我来抱。小狼不认你，它要是咬你，就不会这么客气了。没准，它一抬头一口把你的鼻子咬下来。这样吧，你拿着毡子在一边等着，只要我把小狼一扔进筐里，你就赶紧盖上。"

张继原叫道："你真不要命啦！你要是再抱它，它非得把你往死里咬，狼这东西翻脸不认人，闹不好，它真会把你的喉咙咬断！"

陈阵想了想说："咬我也得抱！现在只能牺牲一件雨衣了。"他跑到柜车旁边，拿出了自己的一件一面绿帆布、一面黑胶布的军用雨衣；又给了小狼两块肉，把小狼哄得失去警惕。陈阵定了定心，控制住自己微微发抖的手，趁小狼低头吃肉的时候，猛然张开雨衣蒙住了小狼，迅速裹紧。趁着小狼一时发懵、黑灯瞎火什么也看不清，不知道该往哪儿咬的几秒钟，陈阵像抱着炸药包一样，抱着在雨衣里疯狂挣扎的小狼，冲到了牛车旁，连狼带雨衣一起扔进车筐。张继原扑上前，将半块大毡罩住车筐。等小狼从撕开口的黑色雨衣中爬出来的时候，它已经成为囚车里的囚犯，两人已经用马鬃长绳绑紧了毡盖，与囚车牢牢地绑在一起。

陈阵大口喘气，浑身冒虚汗，瘫坐在地上，一点力气也没有了。小狼在囚车里转了一圈，陈阵马上又跳了起来，准备防止它再疯狂地撕咬毡子，拼死冲撞牢笼。

牛车车队就要启程，但陈阵还是觉得这样单薄的柳条车筐，根本无法囚住这头强壮疯狂的猛兽。他赶紧连哄带赏，送进囚车几大块手把肉，又柔声细语地安慰小狼，再把所有大狗小狗都叫到车队后面，陪伴小狼。张继原坐到头车上，敲打头牛，快速赶路。

陈阵又从车上找来一根粗木棒，准备随时敲打筐壁，以防小狼凶猛反抗。陈阵骑马紧紧跟在车后，不敢离开半步，生怕小狼故意迷惑他，等他一离开就拼死造反，咬碎拆散车筐，冲出牢笼。连铁链都不能忍受的小狼，哪能忍受牢笼？陈阵提心吊胆地跟在小狼的后面。

但是接下来的情况，完全出乎陈阵的预料。车队开始行进，小狼在囚车里并没有折腾个天翻地覆，而是一反常态，眼里露出了陈阵从未见过的恐慌的神色。它吓得不敢趴下，低着头，躬着背，夹着尾巴，战战兢兢地站在车里，往车后看陈阵。陈阵通过柳条筐缝紧紧地盯着它，见它异常惊恐地站在不断摇晃的牛车上，越来越害怕，吓得几乎把自己缩成一个刺猬球。小狼不吃不喝，不叫不闹，不撕不咬，竟像一个晕船的囚徒那样，忽然丧失了一切反抗力。

　　陈阵深感意外，他紧紧地贴近车，握紧木棒，跟着牛车翻过山梁。他透过柳条筐的缝隙，看见小狼仍然一动不动地站着，用陈阵从来没有见过的紧张陌生的眼光，可怜巴巴地看着陈阵。小狼早已筋疲力尽，爪上还有伤，嘴里仍在流血，它的眼神和头脑似乎依然清醒，可就是不敢卧下来休息。狼对牛车的晃动颠簸，对离开草原地面，好像有着天然本能的恐惧。半年多来，对小狼一次又一次谜一样的反常行为，陈阵总是百思不得其解，不知该如何解释。

　　犍牛们拼命追赶牛群，车队平稳快速地行进。陈阵骑在马上也有了思考的时间，他又陷入了沉思：刚才还那么暴烈凶猛的小狼，怎么

一下子变得如此恐惧和软弱，这太不符合草原狼的性格了。难道天底下真的没有完美的英雄，世上的英雄都有其致命的弱点？即使一直被陈阵认为进化得最完美的草原狼，也有性格上的缺陷？

陈阵看着小狼，想得脑袋发疼，总觉得小狼像一个什么人。看着想着，忽然脑中灵光一闪，他想起了希腊神话中的盖世英雄安泰。难道草原狼也有安泰的那个致命弱点么？在希腊神话中，安泰虽然英勇无敌，举世无双，可一旦脱离了生他养他的大地母亲盖娅，他的身体就失去了一切力量。他的敌人盖尔枯里斯发现了这个弱点，就设法把他举到半空，然后在空中把他扼死。难道草原狼也是这样，一离开草原地面，脱离了生它养它的草原母亲，它就会神功尽弃，变得软弱无力？难道草原狼对草原母亲真有那么深重的依赖和依恋？难道草原狼的强悍和勇猛真是草原母亲给予的？

陈阵突然猛醒，莫非英雄安泰和大地母亲盖娅的神话故事，就来源于狼？非常可能的是：具有游牧血统的雅利安希腊人，在早期的游牧生活中也曾养过小狼。他们在搬运小狼的时候，发现了小狼的这个令人不可思议和发人深省的弱点，从中得到了启发，因而创作了那个伟大的神话故事。陈阵没有想到在蒙古草原上，竟然发现了这个伟大神话的源头和原型。希腊神话虽然已经过去了两千多年，但是草原狼却仍然保持着几千年前的个性和弱点。草原狼这种古老的活化石，对现代人探寻人类先进民族的精神起源和发展，具有太重要的价值。

陈阵胳膊上的伤又开始钻心地疼起来，但他不仅丝毫没有怪罪小狼，反而感谢小狼随时随地对他的启迪和教诲。哲理太深太远，陈阵还得回到眼前的现实——以后秋季草场频繁的搬家怎么办？尤其到小狼完全长成大狼，谁还敢把它抱进车筐？车筐再也装不下它了，总不能腾出一辆专车用来搬狼吧？到了冬季还得专门用一辆牛车装肉食，车就更不够用了。没有搬家用的牛粪，怎么取暖煮茶做饭？总不能老向嘎斯迈借吧？陈阵一路上心悸不安，乱无头绪。

一下坡，车队的六条大犍牛闻到了牛群的气味，开始大步快走，拼命向远处一串串芝麻大小的搬家车队追去。

熊可牵，虎可牵，狮可牵，大象也可牵。蒙古草原狼，不可牵。

39
额仑狼，快逃吧

牛车队快走出山口时，一辆"嘎斯"轻型卡车，扬起滚滚沙尘迎面开来。还未等牛车让道，"嘎斯"便顺着道沿开了过去。在会车时，陈阵看见车上有两个持枪的军人、几个场部职工和一个穿着蒙古单袍的牧民。

牧民向他招招手，陈阵一看竟是道尔基。看见打狼能手道尔基，以及这辆在牧场打狼打出了名的小"嘎斯"，陈阵的心又悬到了嗓子眼。他跑到车队前问张继原："是不是道尔基又带人去打狼了？"

张继原说："那边全是山地，中间是大泡子和小河，卡车使不上劲，哪能去打狼呢？大概去帮库房搬家吧。"

刚走到草甸，从小组车队方向跑来一匹快马。马到近处，两人都认出是毕利格阿爸。老人气喘吁吁，铁青着脸问道："你们刚才看见的那辆汽车上有没有道尔基？"

两人都说看见了。老人对陈阵说："你跟我上旧营盘去一趟。"又对张继原说，"你先一人赶车走吧，一会儿我们就回来。"

陈阵对张继原小声说:"你要多回头照看小狼,照看后面的车。要是小狼乱折腾,车坏了你也别动,等我回来再说。"说完就跟老人顺原路疾跑。

老人对陈阵说:"道尔基准是带人去打狼了,这些日子,道尔基打狼的本事可派了大用场。他汉话好,当上了团部的打狼参谋,牛群交给了他弟弟去放,自己成天带着炮手们,开着小车卡车打狼。他跟大官小官可热乎啦,前几天还带师里的大官儿,打了两条大狼,现在他是全师的打狼英雄了。"

陈阵问:"可是那儿全是山和河,怎么打?我还是不明白。"

老人说:"有一个马倌跑来告诉我,说道尔基带人带车去旧营盘了,我一猜就知道他干啥去了。"

陈阵问:"他去干啥?"

老人说:"去各家各户的旧营盘下毒、下夹子。额仑草原的老狼、瘸狼、病狼可怜哪,自个儿打不着食,只能靠捡大狼群吃剩的骨头活命。平常也去捡人和狗吃剩下的东西,饥一顿,饱一顿。每次人畜一搬家,它们就跑到旧营盘的灰堆、垃圾堆里,什么臭羊皮、臭骨头、大棒骨、羊头骨、剩饭剩奶渣,都捡着吃,还把人家埋的死狗、病羊、病牛犊刨出来吃。额仑的老牧民都知道这些事。有时候牧民搬家,把一些东西忘在旧营盘,等回到旧营盘去找,常常能看见狼来过的动静。牧民信喇嘛,心善,都知道来旧营盘找食的那些老狼病狼可怜,没几个人会在那儿下毒下夹子。有些老人搬家的时候,还会有意丢下些吃食,留给老狼。"

老人叹了口气,又说:"可自打一些外来户来了以后,时间长了,他们也看出了门道。道尔基一家从他爹起,就喜欢在搬家的时候给狼留下死羊,上毒药、下夹子,过一两天再回来杀狼剥狼皮。他家卖的狼皮为啥比谁家的都多？就是他家不信喇嘛，不敬狼，什么毒招都敢使，杀那些老狼瘸狼也真下得了手。你说，狼心哪有人心毒啊……"

老人满目凄凉，胡须颤抖着说："这些日子，他们打死了多少狼啊！打得大狼东躲西藏，都不敢出来找东西吃了。我估摸大队一走，连最强壮的狼都得上旧营盘找东西吃。道尔基比狼还贼哪……再这么打下去，额仑草原的人就上不了腾格里，额仑草原也快完了……"

陈阵无法平复这位末代游牧老人的伤痛。谁也阻止不了恶性膨胀的农耕人口，阻止不了农耕对草原的掠夺。陈阵无法安慰老阿爸，只好说："看我的，今天我要把他们下的夹子统统打翻！"

陈阵和老人骑马翻过山梁，向最近的一个旧营盘跑去。离营盘不远处，果然看见留下的汽车车轮印。汽车的动作很快，已经转过坡去了。两人走近营盘，再不敢贸然前行，生怕钢夹打断马蹄腕。

两人下了马，老人看了一会儿，指指炉灰坑说："道尔基下的夹子很在行，你看那片炉灰，看上去好像是风吹的，其实是人撒的，那炉灰底下就是夹子，旁边还故意放了两根瘦羊蹄。要是放两块羊肉，狼倒会疑心。瘦羊蹄本来就是垃圾堆里的东西，狼就容易上当。我估摸他下夹子的时候，手上也是沾着炉灰干的，人味就全让炉灰给盖住了。只有鼻子最灵的老狼能闻出来，可是狼太老了，鼻子也会老，就闻不出来……"

陈阵一时惊愕，气愤得说不出话来。

老人又指了指一片牛犊粪旁边的半只病羊说："你看那羊身上准保下了药。听说，他们从北京弄来高级毒药，这儿的狼闻不出来，狼吃下去，一袋烟的工夫准死。"

陈阵说："那我把羊都拖到废井里去。"

老人说:"你一个人拖得完吗?那么多营盘哪。"

两人骑上马,又陆陆续续看了四五个营盘,发现道尔基并没有在每一个营盘上做手脚。有的下毒,有的下夹子,有的双管齐下,还有的什么也不下。整个布局真真假假,虚虚实实,而且总是隔一个营盘做一次手脚,两个做了局的营盘之间,往往隔着一个小坡。如果一处营盘夹着狼或毒死狼,并不妨碍另一处的狼继续中计。

两人还发现,道尔基下毒多,下夹子少,而下夹子又利用灰坑,不用再费力挖新坑。因而,道尔基行动神速,整个大队的营盘以他们布局的速度,用不了大半天就能完成。

再不能往前走了,否则就会被道尔基他们发现。

毕利格老人拨转马头往回走,一边自言自语地说:"救狼只能救这些了。"两人走到一处设局的营盘,老人下马,小心翼翼地走到半条臭羊腿旁边,然后从怀里掏出一个小羊皮口袋,打开口,往羊腿上抻出一些灰白色的晶体。陈阵立刻看懂了老人的意图,这种毒药是牧场供销社出售的劣质毒兽药,毒性小,气味大,只能毒杀最笨的狼和狐狸,而一般的狼都能闻出来。劣药盖住了好药,那道尔基就白费劲了。

陈阵心想,老人还是比道尔基更厉害,想想又问: "这药味被风刮散了怎么办?"

老人说:"不会。这毒药味儿就是散了,人闻不出来,狼能闻出来。"

老人又找到几处下夹子的地方。陈阵捡了几块羊棒骨,扔过去砸翻了钢夹。这也是狡猾的老狼对付夹子的办法之一。

两人又走向另一处营盘,直到老人的劣等药用完之后,两人才骑马往回返。陈阵问："阿爸，他们要是回团部的时候，发现夹子翻了怎么办？"老人说："他们一定还要绕弯去打狼，顾不上了。"陈阵又问："要是过几天他们来溜夹子，发现有人把夹子动过了怎么办？这可是破坏打狼运动啊，那您就该倒霉了。"

老人说："我再倒霉，哪比得上额仑的狼倒霉。狼没了，老鼠野兔翻天翻地，草原完了，大伙儿都得倒霉，谁也逃不掉啊……我总算救下几条狼了，救一条算一条吧。额仑狼，快逃吧，逃到那边去吧……道尔基他们真要是上门来找我算账，更好，我正憋着一肚子火没处发呢……"

登上山梁，天上几只大雁凄惶哀鸣，东张西望地寻找着同类，形单影孤地绕着圈子。老人勒住马抬头看，长声叹道："连大雁南飞都排不成队了，都让他们吃了。"老人回头久久望着他亲手开辟的新草场，两眼噙满了浑浊的泪水。

陈阵想起跟老人第一次进入这片新草场时的美景，才过了一个夏季，美丽的天鹅湖新草场，就变成了天鹅大雁野鸭和草原狼的坟场了。他说："阿爸，咱们是在做好事，可怎么好像做贼似的？阿爸，我真想大哭一场……"

老人说："哭吧，哭出来吧，你阿爸也想哭。狼把蒙古老人带走了一茬又一茬，怎么偏偏就把你老阿爸这一茬丢下不管了呢……"

老人仰望腾格里，老泪纵横，呜呜……呜……像一头苍老的头狼般地哭起来。陈阵泪如泉涌，和老阿爸的泪水一同洒在古老的额仑草原上……

40
给小·狼治伤

　　小狼忍着伤痛，在囚笼里整整站了两个整天。到第二天傍晚，陈阵和张继原的牛车队终于在一片秋草茂密的平坡停下车。邻居官布家的人正在支包。高建中的牛群已经赶到驻地草场，他在毕利格老人选好的扎包点等着他们。杨克的羊群也已接近新营盘。陈阵、张继原和高建中一起迅速地支起了蒙古包。嘎斯迈让巴雅尔赶着一辆牛车，送来两筐干牛粪。长途跋涉了两天一夜的三个人，可以生火煮茶做饭了。

　　晚饭前杨克也终于赶到了家。他居然用马笼头，拖回一大根在路上捡到的糟朽牛车辕，足够两顿饭的烧柴了。两天来，一直为陈阵扔掉那大半车牛粪而板着脸的高建中，也总算消了气。

　　陈阵、张继原和杨克一起走向"囚车"。他们刚打开蒙在筐车上的厚毡，就发现车筐的一侧，竟然被小狼的钝爪和钝牙，抓咬开一个足球大的洞。其他两侧的柳条壁上，也布满抓痕和咬痕；旧军雨衣上，落了一层柳条碎片木屑。

陈阵吓得心怦怦乱跳，这准是小狼在昨天夜里牛车停车过夜的时候干的。如果再晚一点发现，小狼就可能从破洞里钻出来逃跑。可是拴它的铁链还系在车横木上，那么小狼不是被吊死，就是被拖死，或者被牛车轮子压死。

陈阵仔细查看，发现被咬碎的柳条上还有不少血迹，他赶紧和张继原把车筐端起来卸到一边。小狼嗖地蹿到了草地上，陈阵急忙解开另一端的铁链，将小狼赶到蒙古包侧前方。杨克赶紧挖坑，埋砸好木桩，把铁环套进木桩，扣上铁扣。饱受惊吓的小狼跳下地后，似乎仍感到天旋地转，才一小会儿就坚持不住了，乖乖侧卧在不再晃动的草地上。它那四只被磨烂的爪掌，终于可以不接触硬物了，小狼疲劳得几乎再也抬不起头来。

陈阵用双手抱住小狼的后脑勺，再用两个大拇指从小狼脸颊的两旁顶进去，掐开小狼的嘴巴。他发现咽喉处伤口的血已经减少，但是那颗坏牙的根上仍在渗血，便紧紧捧住小狼的头，让杨克摸摸狼牙。杨克捏住那颗黑牙晃了晃，说："牙根活动了，这颗牙好像废了。"陈阵听了，比拔掉自己的一颗好牙还心疼。两天来，小狼一直在用血和命，反抗牵引和囚禁，拼争自由，居然不惜把自己的牙咬坏。陈阵松了手，小狼不停地舔自己的病牙，看样子疼得不轻。

杨克小心地给小狼的四爪上了白药。

晚饭后，陈阵用剩面条、碎肉和肉汤，给小狼做了一大盆半流食，放凉了才端给小狼。小狼饿急了，转眼间就吃得个盆底朝天。但是陈阵发觉，小狼的吞咽不像从前那样流畅，常常在咽喉那里打嗝，还老去舔自己那颗流血的牙。而且，吃完以后，小狼突然连续咳嗽，并从喉咙里喷出了一些带血的食物残渣。

　　陈阵心里一沉：小狼不仅牙坏了，连咽喉与食道也受了重伤。可是，有哪个兽医愿意来给狼看病呢？

　　杨克对陈阵说："我现在明白了，狼之所以个个顽强，不屈不挠，不是因为狼群里没有'汉奸'，而是因为残酷的草原环境，早把所有的孬种彻底淘汰了。"

　　陈阵难过地说："可惜这条小狼，为它的桀骜付出的代价也太大了。狼是三个月看大，七个月看老啊。"

　　第二天早晨，陈阵照例给狼圈清扫卫生的时候，突然发现狼粪由原来的灰白色变成了黑色。陈阵吓得赶紧掰开小狼的嘴巴看，见咽喉里的伤口还在渗血。他急忙让杨克掰开狼嘴，自己用筷子夹住一块小毡子，再蘸上白药，伸进狼咽喉给它上药。可是咽喉深处的伤口实在是够不着，两个人使尽招数，土法抢救，把自己折腾得筋疲力尽，一个劲后悔怎么没早点儿自学兽医。

第四天，狼粪的颜色渐渐变淡，小狼重又变得活跃起来，两人才松了一口气。

　　狼之所以个个顽强，不屈不挠，不是因为狼群里没有"汉奸"，而是因为残酷的草原环境，早把所有的孬种彻底淘汰了。

41
狼是草原鼠的克星

　　天气一天比一天冷了,那些打狼的人暂时撤回了师部,陈阵总算松了口气。

　　这天早晨,陈阵和杨克调换了班,跟毕利格老人进山套獭子。老人的马鞍后面拴着一个麻袋,里面装着几十副套子。獭套结构很简单,一根半尺多长的木楔子,上面拴着一根用八根细铁丝拧成的铁丝绳,再用铁丝绳做一个绞索套。下套时,把木楔子钉在旱獭的洞旁边,把套放在獭洞的洞口。但是套索不能贴地,必须离地二指,这样旱獭出洞的时候,才可能被套住脖子或后胯。陈阵套过旱獭,但是收获甚少,而且尽是些小獭子。他这次也想跟老人学点绝活。

　　两匹马向东北方向急行。秋草已经黄了半截,但下半截还有一尺多高的草茎草叶是绿的。旱獭此时频繁出窝,抓紧时间争取再上最后一层膘。它们要冬眠七个月,没有足够的脂肪,是活不到来年开春的,所以此时也是旱獭最肥的时候。陈阵问:"我上回用的套子就是从您那儿借的,可为什么总是套不住大獭子?"

老人嘿嘿一笑说："我还没有告诉你下套的窍门呢。额仑草原猎人的技术是不肯传给外乡人的，就怕他们把野物打尽。孩子啊，你阿爸老了，就把下套的窍门传给你吧。外来户下的套都是死套，大獭子贼精，它会缩紧身子从套子里钻出来。我下的套子是有弹性的，只要轻轻一碰，套子就收紧，不是勒住脖子就勒住后胯，再也跑不掉啦。下套的时候，要先把套圈勒小一点，再张大，一松手，套子不就弹回去了吗？"

陈阵问："那怎么固定呢？"

老人说："在铁丝上弯一个小小的鼓包，再把套头拉到鼓包后面，轻轻扣住。轻了不行，风一吹，套子收了，就白瞎了；重了也不行，套子收不住，也套不住獭子。非得不松不紧，活套才能固定。旱獭钻了一半，总要碰到铁丝，一碰上，套子就刷地脱扣勒紧了。用这个法子，下十套能套住六七只大獭子。"

陈阵一拍脑门说："绝了！太绝了！怪不得我下的套，套不住獭子，原来，我的套是死的，獭子可以随便进出。"

老人说："待会儿，我做给你看看，不容易做好，还要看洞的大小，獭子爪印的大小。做的时候还有一些更要紧的窍门，我一边做一边教你，做好了，你一看就明白。不过，这些窍门你自个儿知道就行了，不要再告诉外人。"

陈阵说："我保证。"

老人又说："孩子啊，你还得记住一条，打獭子只能打大公獭和没崽的母獭子，假如套住了带崽的母獭和小獭子，都得放掉。我们蒙古人打了几百年旱獭，到这会儿还有獭肉吃，有獭皮子卖，有獭油用，就是因为草原蒙古人，个个都不敢坏了祖宗的规矩。旱獭子毁草原，可也给蒙古人那么多的好处，旱獭还救过成吉思汗的命。成吉思汗小时候，让仇人逼进了深山，一家人没牛没羊，就靠打旱獭活命。从前，草原上的穷牧民也是靠打獭子过冬，旱獭救了多少蒙古穷人，你们汉人哪知道啊。"

两匹马在茂密的秋草野花中急行。马蹄踢起许多粉色、橘色、白色和蓝色的飞蛾，还有绿色、黄色和杂色的蚱蜢和蝗虫。三四只紫燕环绕着他俩，飞舞尖唱，时而掠过马腰，时而飞上天空，享受着人马赐给它们的飞虫盛宴。两匹马急行了几十里，这些燕子也伴飞了几十里。当吃饱的燕子飞走，又会有新的燕子加入这伴歌伴舞的行列。

毕利格老人用马棒指了指前面的几个大山包说："这就是额仑草原的大獭山。这里的獭子多，个头大，油膘厚，皮毛也好，是咱们大队的宝山哪。南面和北面还有两片小獭山，獭子也不少。过几天各家都要来这儿了，今年的獭子容易打。"

陈阵问："为什么？"

老人目光黯淡，发出一声长叹："狼少了，獭子就容易上套了。秋天的狼是靠吃肥獭子上膘的，狼没膘也过不了冬。狼打獭子也专打大的不打小的，所以狼也年年有獭子吃。在草原，只有蒙古牧民和蒙古狼，明白腾格里定的草原规矩。"

跑着跑着，两匹马都开始自行减慢了速度，不时低头抢一大口青草吃。陈阵发现马嘴里的青草，要比草地上的牧草绿得多，而且根根粗壮，都是草场上最优质的牧草，草尖上还带着饱满的草穗草籽。

他再低头看，发现草丛下面，到处都是一堆一堆的青草，每个草堆大如喜鹊巢。他知道这是草原鼠打下的过冬粮，正堆在鼠洞口晾晒，晒干以后就一根根地叼进鼠洞。此时草地上的秋草，半截已经变黄，可是草原鼠打的草却全是绿的。这些草堆都是鼠们在几天以前，青草将黄未黄之前啃断的，因而，马见到这么香喷喷的优质绿草，自然就不肯快走了。

老人勒了勒马，走到草堆最密集的地方，说："歇歇吧，让马从老鼠那儿抢回一些好草来。没想到狼群刚一走，老鼠就翻了天，今年的草堆，要比头年秋天的草堆多几倍哪。"

两人下了马，摘了马嚼子，让马痛痛快快地吃绿草。两匹马高兴地用嘴巴扒拉开草堆表层的干草，专挑草堆里面未晒干的青草吃，如同吃小灶，吃得满嘴流绿汁，连打响鼻，吃了一堆又一堆，一股浓郁的青草草香扑面而来。

老人踢开一堆草，草堆旁边露出了一个茶杯口大小的鼠洞，里面一只大鼠正探头探脑，看见有人动它的过冬活命粮，急得吱的一声尖叫，立即冲出洞，咬了一口老人的马靴尖头，又蹿回鼠洞。一会儿，两人身后传来一阵马急抖鞍子的声音，回头一看，只见一只一尺长的大鼠，竟然蹿出洞，狠狠咬了正低头吃草的马的鼻子一口。马鼻流出了血，人马周围一片鼠叫声。

老人气得大骂："这世道真是变了，老鼠还敢咬马！再这么打狼，老鼠该吃人了！"陈阵赶紧跑了几步将马牵住，把缰绳拴在马前腿上。马再低下头吃草就长了心眼，它先用蹄子把鼠洞口刨塌，或干脆就用大蹄子盖住鼠洞，然后再拼命吃草。

老人踢翻了一个又一个的草堆，说："七八步就是一堆青草，老鼠把草场上最好的草都挑光了，偷走了，连配种站的新疆种羊，都吃不上这么好的草料啊。老鼠比打草机还厉害，打草机只能好草赖草一块儿打，可老鼠专拣好草打。这个冬天老鼠窝里存草多，老鼠冻死饿死的就少；明年开春母鼠的奶就多，下的崽更多，又偷草又往洞外掏沙子，明年老鼠就该翻天了。你看看，草原上的狼一少，老鼠都不用偷

偷摸摸地干，都变成和强盗一个样了……"

陈阵望着近处远处数不清的草堆，内心感到悲哀和恐惧。每年秋季，额仑草原都要进行一场人畜鼠大战。草原鼠再狡猾也有它的致命弱点，它们在秋季深挖洞广积粮准备越冬时，必须提前堆草晒草，因为湿草叼进洞，必然腐烂无法储存。

老鼠们每年鬼鬼祟祟的集体晒草行动，无疑等于自我暴露目标，给人畜提供了灭鼠的大好时机。牧民只要一发现哪片草场出现大量草堆，就连忙报警。生产小组就会立即调动所有羊群牛群甚至马群，及时赶到，抢吃草堆。那时草场已经开始变黄，而鼠草堆又绿又香，又有草籽油水，畜群一到，拼命争抢，不消几天，就能抢在鼠草晒干以前，把草堆吃光，让鼠害最严重的草场的老鼠，一冬无粮无草饿死冻死。这是蒙古牧民消灭草原鼠害的古老而有效的办法。

但是，秋季草原灭鼠，人畜还必须与狼群协同作战。狼群负责杀吃和压制草原鼠，每年秋鼠最肥的时候，也是狼群大吃鼠肉的黄金季节。打草拖草的鼠行动不便，很容易被狼逮住。草堆也给狼指明了哪里的鼠最多最大，因此每年秋季草原鼠损失惨重。更重要的是，狼使鼠在关键的打草季节，不敢痛痛快快地出洞打草备草。千百年来，狼和人畜配合默契，不仅有效地抑制了鼠害，还因为老鼠采集的草堆，延长了牧草变黄的时间，使得牲畜多吃了近十天的绿草和好草，等于多抓了十天的秋膘，真是一举两得。这场战争如果缺少狼群参战，就没有那么大的收效了。况且，更远的冬季草场，人畜鞭长莫及，主要还得依靠狼来灭鼠。而那些初到草原的农区人，哪能懂得这场关系草原命运的战争的奥妙呢？

两匹马狂吃了不到半个小时，就把肚子吃鼓了。然而，面对这样

大范围、大规模的草堆，大队畜群的兵力就显然不够了。面对从未见过的战况，老人想了半天说："调马群来？那也不成，这儿是牛羊的草场，马群来了，老规矩就全乱套了。这么多的草堆，就是调搂草机来也搂不完啊。看样子草原真要闹鼠灾了……"

陈阵狠狠地说："是人灾！"

两人跨上马，忧心忡忡地继续往北走。一路上的草堆，断断续续，或密或疏，向边防公路延伸。

两人跑到离小獭山不远的地方，突然从山里传来叭叭的声音，既不像步枪声，又不像鞭炮声，声音响过之后就没动静了。老人长长地叹了口气说："团部找道尔基当打狼参谋，真是找对了人。哪儿有狼，哪儿就有他。连狼的最后一块地盘，他都不放过。"

两人夹马猛跑，山谷中迎面开出一辆军用吉普。两人勒住了马，吉普停在他们面前，车上是两位特等射手和道尔基。徐参谋亲自开车，道尔基坐在后排座上，他的脚下是一个满是血污的大麻袋，小车的后箱盖已被撑得合不上了。老人的目光立即被巴参谋手中握着的长管枪吸引住。陈阵一看便知，这是小口径运动步枪，老人从来没见过这种奇怪的枪，一直盯着看。

两位参谋一见老人便忙着问候："塔赛诺，塔赛诺（您好，您好）。"巴参谋说："你们也去打獭子？别去了，我送您老两只吧。"

老人瞪眼道："为啥不去？"

巴参谋说："洞外的獭子，都让我们给打没了，洞里的獭子也不敢出来了。"

老人问："你手里的是啥家伙？管子咋这老长？"

巴参谋说："这是专打野鸭子的鸟枪，子弹就筷子头那点大，打旱獭真得劲。枪眼小，不伤皮子，您看看……"

老人接过枪，仔细端详，还看了看子弹。

为了让老人见识见识这种枪的好处，巴参谋下了车，拿过枪，四处望了望，见到二十多米外的山坡上有一只大鼠，站在洞外的草堆旁吱吱地叫着。巴参谋略略地一瞄，叭地一枪，便把老鼠的脑袋打飞了。鼠身倒在洞外，老人浑身哆嗦了一下。

徐参谋笑道："狼全跑到外蒙古去了。今天道尔基领着我们兜了大半天，一条狼也没瞅见。幸亏带了这杆鸟枪，打了不少獭子。这儿的獭子真傻，人走到离洞口十来步，它也不进洞，就等着挨枪子儿呢。"

道尔基用炫耀的口气说："两位枪手在 50 米外就能打中獭子的脑袋，我们一路上见一只就打一只，可比下套快多了。"

巴参谋说："待会儿路过您家，我给您留下两只大獭子，您老就回去吧。"

老人还没有从这种新式武器的威力中回过神来，吉普车就一溜烟地开走了。毕利格老人神情呆滞，可能还在回想那支便捷轻巧的长管枪。短短的一个多月，这么多可怕的新人新武器新事物拥进草原，老人已经完全懵了。吉普车的烟尘散去，老人转过身一言不发，松松地握着马嚼子，信马由缰地往家走。

陈阵缓缓地跟在老人的身旁，他想，都说末代皇帝最痛苦，然而，末代游牧老人更痛苦。万年原始草原的没落，要比千年百年王朝的覆灭，更令人难以接受。老人全身的血气，仿佛突然被小小的子弹头穿空，身子顿时佝偻缩小了一半，浑浊的泪水，顺着憔悴苍老的皱纹流向两边，洒在大片大片白蓝色的野菊花上。

陈阵不知道怎么才能帮帮老人，驱散他心里的哀伤。默默走了一会儿，陈阵结结巴巴地说："阿爸，今年秋草长得真好……额仑草原真

美……等明年也许……"

老人木木地说："明年？明年还不知道会冒出什么别的怪事呢……从前，就是瞎眼的老人，也能看到草原的美景……如今草原不美了，我要是变成一个瞎子就好了，就看不见草原被糟蹋成啥样儿了……"

老人摇摇晃晃地骑在马上，任由大马步履沉重地朝前走。他闭上了眼睛，喉咙里发出含混而苍老的哼哼声，散发着青草和老菊的气息，在陈阵听来，歌词有如简洁优美的童谣：

　　百灵唱了，春天来了。獭子叫了，兰花开了。

　　灰鹤叫了，雨就到了。小狼嗥了，月亮升了。

　　……

老人哼唱了一遍又一遍，童谣的曲调越来越低沉，歌词也越来越模糊了，就像一条从远方来的小河，从广袤的草原上千折百回地流过，即将消失在漫漶的草甸里。陈阵想，或许犬戎、匈奴、鲜卑、突厥、契丹的孩子们，还有蒙古成吉思汗的孩子们，都唱过这首童谣？可是，以后草原上的孩子们，还能听得懂这首歌吗？那时他们也许会问：什么是百灵？什么是獭子、灰鹤、野狼、大雁？什么是兰花、菊花？

衰黄而苍茫的原野上，几只百灵鸟从草丛里垂直飞起，扇动着翅膀停在半空，仍然清脆地欢叫……

都说末代皇帝最痛苦，然而，末代游牧老人更痛苦。万年原始草原的没落，要比千年百年王朝的覆灭，更令人难以接受。

42
陈阵梦想有一群野狼朋友

这年初冬的第一场新雪，很快就化成了空气中的湿润，原野变得寒冷而清新。一离开夏季新草场，喧闹的营地已成过去，每个小组又相隔几十里，连狗叫声也听不见了。冬草茂密的旷野，一片衰黄，荒凉得犹如寸草不生的黄土高原。只有草原的天空仍像深秋时那样湛蓝，天高云淡，纯净如湖。草原雕飞得更高，变得比镜面上的锈斑还要小。它们抓不到已经封洞的旱獭和草原鼠，只好往云端上飞，以便在更大的视野里去搜寻野兔。而野兔躲藏在高高的冬草里，连狐狸都很难找到它们。老人们说，每年冬季，会饿死许多老鹰。

陈阵从团部供销社买回一捆粗铁丝。他补好了被小狼咬破抓破的柳条车筐，又花了一天的时间，在车筐里面，贴着筐壁密密地拧编了一层铁丝格网，还编了一个网盖。铁丝很粗，比筷子细不了多少，用老虎钳得两只手使劲，才能夹断。他估计小狼就是再咬坏一颗狼牙，也不可能咬开这个新囚笼，反正粗铁丝有的是，可以随破随补。

在冬季，大雪将盖住大半截的牧草，牲畜能吃到的草大大减少，

317

所以，冬季游牧就得一个月搬一次家。当牛羊把一片草场吃成了白色，就要迁场，把畜群赶往黄色雪原，而把封藏在旧草场雪底下的剩草，留给会用大马蹄刨雪的马群吃。

冬季游牧每次搬家，距离都不远，只要移出上一次羊群吃草的范围便可，一般只有半天左右的路程。小狼再能折腾，要想在半天之内咬破牢笼，几乎不可能。陈阵舒了一口气，他苦思苦想了半个月，总算为小狼在冬季必须频频搬家——这件生死攸关的大事，想出了办法。

游牧的确能逼出人的智慧。陈阵和杨克也想出了请狼入笼的法子：先在地上用加盖的车筐扣住小狼，然后把牛车的车辕抬起来，把车尾塞到车筐底部；再把车筐连同小狼斜推上车，把车放平，最后把车筐紧紧拴在车上。这样就可以让小狼安全上车，既伤不了人，也伤不了它自己。

搬到新营盘下车时，就按相反的顺序做一遍即可。两人希望能用这种方法坚持到新住地，到那时再给小狼建一个坚固的石圈，就可以一劳永逸、朝夕相守了。然后把小母狗和它放在一起养，它们本来就是青梅竹马、耳鬓厮磨的一对小伙伴，天长日久肯定能创造感情的结晶——一窝又一窝的狼狗崽。那可是真正的草原野狼的后代啊！

陈阵和杨克经常坐在小狼的旁边，两人一边抚摸着小狼，一边聊天。这时，小狼就会把它的脖颈，架在他或他的腿上，竖起狼耳，好奇地听他俩的声音。听累了，它就摇着头，转着脖子在人的腿上蹭痒痒，或者仰面朝天，后仰脖子，让他俩给它抓耳挠腮。两人憧憬着他们和小狼的未来。

杨克抱着小狼，慢慢给它梳理狼毛，说："如果将来小狼有了自己的小狼狗，它就肯定不会逃跑了。狼是最顾家的动物，公狼都是模范大丈夫，只要没有野狼来招引它，咱们就是不拴链子，让它在草原上玩儿，它自个儿也会回窝的。"

陈阵摇头说："如果那样，小狼就不是狼了，我可不想把它留在这儿……我一直梦想着有一条真正的野狼朋友。假如我骑马跑到西北边防公路旁边的高坡上，朝路那边的深山高声呼叫：小狼，小狼，开饭喽！它就会带着全家，一群真正的草原狼家族，撒着欢儿朝我跑过来。它们的脖子上都没有锁链，牙齿锋利，体魄强健。它们会跟我在草地上打滚儿，舔我的下巴，叼住我的胳膊，却不使劲儿真咬我……可是，自从小狼没了锋利的狼牙，我的幻想真就成了梦想了……"

陈阵轻轻地叹气道："唉，我真是不死心啊。这些日子我又产生了新的幻想，我幻想自己成了一个牙科医生，重新给小狼镶上了四根锋利的钢牙。然后到明年开春，小狼完全长成大狼以后，就悄悄把它带到边防公路，把它放到外蒙古的大山里去。那里有狼群，没准它的狼爹白狼王，已经杀出一条血路，开辟了新的根据地。聪明的小狼，一定能找到它的父王的。如果近距离地接触，白狼王也可能会从小狼身上嗅出自己家族的血缘气味，接纳咱们的小狼。没准小狼有四根锋利钢牙的武装，就能在那边的草原，打遍天下无敌手。说不定过几年，白狼王会把王位交给咱们的小狼。这条小狼绝对是额仑草原最优秀的狼种，个性倔强又绝顶聪明，本来它就应该是下一代狼王的。如果小狼杀回蒙古本土，那里地广人稀，只有 200 万人口，是真正崇拜狼图腾的精神乐土，而且又没有恨狼灭狼的农耕势力，那样辽阔广袤的大草原，才真是咱们小狼的英雄用武之地……我真是罪过啊，毁了这么出色的小狼的锦绣前程……"

杨克痴痴地望着边境北方的远山，目光渐渐黯淡下去，叹了口气说道："你的前一个梦想，你要是再早十年来草原的话，还真没准能够实现。可是后一个梦想，看来是实现不了了。你上哪儿去搬来一套贵重的牙科设备，连旗里医院都没有。老牧民镶牙，还得上 800 里远的盟医院呢。你敢抱着一条狼，上盟医院吗？你别再幻想下去了，再这么下去，你就要成为蒙古草原的祥林嫂了。你和她唠叨的原因都是狼，可你的立场全在狼这边了……唉，咱俩还是面对现实吧。"

回到现实中，陈阵和杨克最牵挂的还是小狼的伤，它的四只爪掌的伤口已经痊愈，但那颗乌黑的坏牙越发松动，牙龈也越来越红肿。小狼已不敢像从前那样拼命撕拽食物，有时它贪吃忘了牙疼，猛地撕拽，一下子疼得松开食物，张大嘴倒吸凉气，并不断舔吮伤牙，直到疼劲儿过去，才敢用另一侧的牙慢慢撕咬。

更让陈阵感到不安的是，小狼咽喉内部的伤口也一直没有愈合。陈阵连续在肉食上涂抹云南白药，让小狼吞下。伤口倒是不再流血，但小狼进食时吞咽依然困难，而且经常咳嗽。陈阵不敢请兽医，只好借了几本兽医书，慢慢琢磨。

在额仑草原，巨狼仗着个大力猛速度快，常常脱离狼群单打独斗，看似独往独来吃独食，实际上它是作为狼群的特种兵，为家族寻找大机会。

43
小狼笑呵呵地瞟了陈阵一眼

作为过冬肉食的牛羊，已经杀完冻好。陈阵的蒙古包有四个人，按照牧场的规定，整个冬季每人定量是六只大羊，共 24 只，四个人还分得了一头大牛。知青的粮食定量仍没有减下来，还是每人每月 30 斤。而牧民的肉食定量与知青相同，但粮食只有 19 斤。这样，陈阵包的肉食就足够人吃、狗吃和狼吃的了。而且，在冬季，羊群中时常会有冻死病死的羊，人不吃，就可以用来喂狗和喂狼。陈阵再也不用为小狼的食物操心。他们把大部分冻好的肉食储存到小组的库房里，库房是三间土房，建在小组的春季草场，是到团部去的必经之路。蒙古包只留下一筐车的肉食，吃完了再到库房里去取。

草原冬季日短，每天放羊只有六七个小时，仅是夏季放牧时间的一半多一点，除了刮白毛风那种恶劣天气之外，冬季是羊倌牛倌们休养生息的好日子。陈阵打算陪伴着小狼，好好读书和整理笔记。他等着欣赏小狼在漫天大雪中，不断上演新的精彩好戏。陈阵相信狼的桀骜、智慧和神秘，是草原戏剧喷涌的源泉。小狼一定不会让他这个最痴迷的狼戏戏迷失望的。

在漫长寒冷的冬季，逃出境外的野狼们，将面临比平时严酷几倍的生存环境，可陈阵的小狼却生活在肉食可以敞开供应的游牧营地旁。小狼的冬毛已经长齐，好像猛地又长大了一圈，完全像条大狼了。陈阵把手掌插进小狼厚密的狼绒里，不见五指，还能感到狼身上小火炉似的体温，比戴什么手套都暖和。小狼还是不愿接受"大狼"的名字，叫它"大狼"它就装着没听见；叫它小狼，它就笑呵呵地跑来蹭你的腿和膝盖。小母狗经常跑进狼圈和小狼一起玩，小狼也不再把它的"童养媳"咬疼了，还常常把小母狗骑在胯下，练习本能动作，亲昵而又粗暴。杨克笑眯眯地说："看来明年有门儿了……"

第三场大雪终于停住。阳光下的额仑草原黄白相间，站起来看，是一片黄白色的雪原；坐下来看，却是一片金色的牧场。嘎斯迈牧业小组，将像一个原始草原部落，逐渐往辽阔而荒凉的蛮荒草原深处迁徙。陈阵又要带着小狼搬家了，去往另一处没有外人干扰、与世隔绝

的冬季针茅草场。

    陈阵和高建中带上两把铲雪的木锹，装了满满一车干牛粪和两车搭羊圈用的活动栅栏和大围毡，赶着牛车，先去新营盘打前站，铲羊圈。两人用了大半天时间，堆出四大堆雪，铲清了羊圈、牛圈、狼圈和蒙古包的地基，又卸了车。下午赶着三辆空牛车往回走的时候，陈阵心情很愉快，这样一来，顺便就把装运小狼的空车也腾出来了。

    第二天早晨，三个人拆卸了蒙古包，装车拴车，最后又顺利地把小狼扣进囚笼，推上囚车，绑好拴紧。小狼愤怒地咬了几口铁丝壁网，牙疼得使它不敢再咬。牛车一动，小狼又惊恐地低着头，缩着脖，夹着尾巴，半蹲着后半身，一动不动地在牛车上站了半天，一直站到新营盘。

    陈阵把小狼安顿好以后，给了小狼一顿美餐——大半个煮熟的肥羊尾，让它体内多积累一些御寒的脂肪。陈阵还用刀子把羊尾切成条，使它更容易吞咽。

    套着锁链的小狼，始终顽固坚守着两条基本的狼性原则：一是，进食时绝对不准任何人畜靠近。小狼在吃东西的时候依然六亲不认，对陈阵和杨克也不例外；二是，放风时绝对不让人牵着走，否则就一拼到死。

    陈阵尽一切可能尊重小狼的这两条原则。在天寒地冻、白雪皑皑的冬季，小狼对食物的渴望和珍惜，更加超过春夏秋三季。每次喂食，小狼总是龇牙咆哮，两眼喷射"毒针"，非把陈阵扑退到离狼圈外沿一步的地方，才稍稍放心地回到食物旁边吃食，而且还像野狼一样，不时向陈阵发出咆哮威胁声。小狼虽然有伤，但它依然强壮，它用加倍的食量来抵抗伤口的失血。

小狼的牙齿和咽喉的伤，还是影响了它的狼性气概，原先三口两口就能吞下的肥羊尾，现在却需要七口八口才能吞进肚。陈阵心里总有一种隐隐的担忧，不知道小狼的伤能不能彻底痊愈。

人迹罕至的边境冬季草原，弥散着远比深秋更沉重的凄凉。露出雪面的每一根飘摇的草尖上，都透出苍老衰败的气息。短暂的绿季走了，枪下残存的候鸟们飞远了，曾经勇猛喧嚣、神出鬼没的狼群，已一去不复返，凄清寂静单调的草原更加了无生气。陈阵心中一次次涌出茫无边际的悲凉，他不知道苏武当年在北海草原究竟是怎么熬过那样漫长的岁月？他更不知道，在如此荒无人烟的高寒雪原，如果没有小狼和那些从北京带来的书籍，他会不会发疯发狂或是发痴发呆？

杨克曾说，他父亲年轻时在英国留学时发现，那些接近北极圈的欧洲居民，自杀率相当高。而在那片俄罗斯顿河大草原和西伯利亚荒原上，许多个世纪来流行的斯拉夫忧郁症，也与茫茫雪原上黑暗漫长的冬季连在一起。但是为什么人口稀少的蒙古草原人，却精神健全地在蒙古草原和黑夜漫长的雪原上生活了几千年呢？他们一定是靠着同草原狼紧张、激荡和残酷的战争，才获得了代代强健的体魄与精神的。

陈阵开始说服自己，当年的苏武，定是仰仗着与北海草原凶猛的蒙古狼的搏斗，来战胜寂寞和孤独岁月的。苏武成天生活在狼群的包围中，绝不能消沉也不允许委顿。而且，匈奴单于配给苏武的那个蒙古牧羊姑娘，也一定是一个像嘎斯迈那样的勇敢、强悍而又善良的草原女人；那对患难夫妻生下的那个孩子，也定是一个敢于钻狼洞的"巴雅尔"。遗憾的是，后来出使草原的汉使，只救出了苏武夫妇，而那个"巴雅尔"却永远留在了蒙古草原。陈阵越来越坚定甚至偏激地认定，是草原狼和狼的精神，最终造就了不辱使命的伟大的苏武。一个苏武尚且如此，那整个草原民族呢？

狼图腾，草原魂，草原民族的自由刚毅之魂。

知青们岁月荒凉，幸而陈阵身边的小狼，始终野性勃勃。

小狼越长越大，铁链越来越短。敏感而不愿吃亏的小狼，只要稍稍感到铁链与它的身长比例有些"失调"，它就会像受到虐待的烈性囚犯那样疯狂抗议：拼尽全身力气冲拽铁链，冲拽木桩，要求给它增加铁链的长度，不达到目的，就冲个没完。小狼咽喉的伤还未长好，所以，陈阵只得又为小狼加长了一小截铁链。然而，陈阵不得不承认，对已经长成大狼的"小狼"，新加长的铁链还是显短。但是他不敢再给它加长了，否则，铁链越长，小狼助跑的距离就会越长，冲拽铁链的力量就会越强。陈阵担心铁链总有一天会被小狼磨损冲断。

开始采取狱中斗争的小狼，对拼死争夺到的每一寸铁链的长度都非常珍惜。只要铁链稍一加长，它就会转圈疯跑，为新争到的每一寸自由而狂欢。小狼的四爪一踩到新雪地，就像是攻占了新领地，比捕杀了一匹肥马驹还要激狂。还不等陈阵替它清雪扫圈，小狼马上就在新狼圈里，跑得像赌盘转磨一样疯狂。呼呼呼，呼呼呼，一圈又一圈，像是十几条前后追逐的狼队；跑得又像打草机和粉碎机，铁链狂扫，黄草破碎，草沫飞舞。小狼发疯似的旋转，像一个可怕的黄风怪，平地卷起龙卷风一般的黄狼黄草黄沙风圈，让近在咫尺的陈阵看得心惊肉跳。陈阵生怕小狼在高速奔跑和旋转中，被强大的离心力像甩链球一样地甩出去，逃进深山，冲出国境。

每次只要陈阵一坐到小狼的圈旁，他心中的荒凉感就会立即消失，就像有一股强大的野性充填到心中，有一管热辣的狼血输进血脉，体内勃勃的生命力开始膨胀。他的情绪的发动机，被小狼高转速的引擎打着了火，也轰隆轰隆地奔突起来，使他感到兴奋和充实。

陈阵又开始兴致勃勃地欣赏小狼的表演了。看着看着，他就发现，小狼不光是在庆祝狂欢，好像还另有企图。小狼的兴奋过去了以后，还在拼命跑。陈阵感到小狼好像是在本能地锻炼速度，锻炼着越狱逃跑的本领，它企图挣脱铁链的劲头也远远强于夏秋时节。

这条越来越强壮、越来越成熟的小狼，眼巴巴地望着辽阔无边的自由草原，似乎已被眼前触爪可及的自由，刺激诱惑得再也忍受不了脖子上的枷锁。陈阵非常理解小狼的心情和欲望，在自由的大草原上，让天性自由、酷爱自由的狼，目睹着咫尺外的自由，可又不让它得到自由，这可能是世界上最残忍的刑罚。

但是陈阵不得不让小狼继续忍受这样的酷刑。小狼已经失去了齐全锋利的狼牙，更不会厮杀捕猎，面对着雪原上连大狼都难以生存的漫长严冬，它一旦逃离这个狼圈，只有死路一条。小狼不断挣链，更加延缓了咽喉创伤的愈合。陈阵望着小狼，心口常常一阵阵发紧发疼。他只能增加检查铁链、项圈和木桩的次数，严防小狼从自己的眼皮子底下阴谋越狱，逃向自由的死亡之地。

小狼半张着嘴，还在不知疲倦地奔跑，有时还笑呵呵地向陈阵瞟一眼。那眼神中似乎有一丝蔑视、一丝奚落，却又充满了挑衅与激励。小狼冷笑着，迅疾而悄然的目光，从陈阵脸上无声地滑过。

那个瞬间，陈阵心里忽而觉得无比温暖与感动——他的生命力难道已经萎缩了吗？他的意志与梦想难道就此了结了吗？面对着小狼的野性与蓬勃，陈阵惭愧地自问。他发现小狼昂扬旺盛的生命力，正在迅猛地烘干他生命中沤烟的湿柴。那么就让小狼纵情发泄，尽情燃烧吧，他要让小狼跑个痛快。

小狼又疯跑了几圈，开始跌跌撞撞起来。突然，它猛地刹车停步，站在那里大口喘气，身体晃了两下，噗地趴倒在地。陈阵不知发生了什么事，慌忙跑进狼圈，想扶起小狼，却发现它的两只狼眼，明明望着他，却聚不拢视焦，对不准他的眼睛了。小狼挣扎了几下，自己站了起来，晃了两晃，又重重地跌倒在地，像一条喝醉酒的狼。陈阵乐出了声，显然小狼飞速转磨转晕了。狼从来没有在像驴拉磨一样的跑道上如此疯跑过，即使毛驴转圈拉磨，还要蒙上眼睛，更何况是狼了。陈阵第一次见到晕狼，小狼晕得东倒西歪，难受得张大嘴直想吐。

陈阵急忙给小狼打来半盆温水，小狼晃晃悠悠，当的一声，鼻梁撞到了盆边。它好不容易才站稳脚跟，总算探头喝到了水，然后张开四肢，侧躺在地，喘了半天，重又站起来。奇怪的是，小狼刚刚缓过劲来，又像上了赌盘转磨般疯跑。

陈阵心里一阵酸涩，一种更为强烈的自责突然袭来。在这荒无人迹的流放之地，有小狼陪伴，有狼圈里这部生命发动机对他的不断充电，才使他有力量熬过这几乎望不见尽头的冬季。这片肥沃而荆棘丛生的土地，充满了两种民族的性格和命运的冲撞，令他一生受用不尽。然而，他对狼的景仰与崇拜，他试图克服汉民族对狼的无知与偏见的研究和努力，难道真的必须以对小狼的囚禁羁押为前提，以小狼失去自由和快乐为代价，才能实施与实现的吗？

陈阵深深地陷入了对自己这一行为的怀疑和忧虑之中。

该读书了，但陈阵步履迟疑，他感到自己在精神和情感上，仿佛患上了小狼依赖症。他一步三回头地离开了小狼，不知道自己还能为小狼做些什么。

44
小·狼的性格决定了小·狼的命运

小狼的性格最终决定了小狼的命运。

陈阵始终认为，他在那个寒冷的冬天，最后失去了小狼，是腾格里安排的一种必然，也是腾格里对他良心的终生惩罚，使他成为良心上的终生罪犯，永远得不到宽恕。

小狼伤情的突然恶化，是在一个无风、无月亮、无星星和无狗吠的黑夜。古老的额仑草原，静谧得如同化石中的植物标本，没有一丝生命的气息。

后半夜，陈阵突然被一阵猛烈的铁链的哗哗声惊醒。强烈的惊怵，使得他头脑异常清醒，听力超常灵敏。

他侧耳静听，在铁链声的间隙，隐隐地从边境大山那边，传来了微弱的狼嗥，断断续续，如簧如箫，苍老哀伤，焦急愤懑。那些被赶出家园和国土的残败狼群，可能又被境外更加剽悍的狼军团攻杀，只剩下白狼王和几条伤狼孤狼，逃回到边境以南、界碑防火道和边防公路之间的无人区。然而，它们却无法返回充满血腥的故土。狼王在焦急呼号，似乎在急切地寻找和收拢被打散的残兵，准备再次率兵攻杀过去，拼死一战。

陈阵已经有一个多月没有听到额仑自由狼的嗥声了。那微弱颤抖焦急的嗥声，却包含了他所担心的所有信息。他想，毕利格阿爸可能正在流泪，这惨烈的嗥声比完全听不到嗥声更让人绝望。

额仑草原大部分最强悍、凶猛和智慧的头狼大狼，已被特等射手们最先消灭。大雪覆盖额仑草原以后，吉普车已停行，但是那些骑兵出生的特等射手，早已换上快马继续去追杀残狼。额仑草原狼，好像已经没有实力再去杀出一条血路，打出一块属于自己的新地盘了。

陈阵最为担心的事情也终于发生。久违的狼嗥声，忽然唤起了小狼的全部希望、冲动、反抗和求战欲。它好像是一个被囚禁的草原孤儿王子，听到了失散已久的苍老父王的呼声，而且是苍老的求援声。它顿时变得焦躁狂暴，急得想要把自己变成一发炮弹发射出去，又急得想发出大炮一样的轰响来回应狼嗥。

然而，小狼的咽喉已伤，它已经发不出一丝狼嗥声，来回应父王和同类的呼叫。它急得发疯发狂，豁出命地冲跃、冲拽铁链和木桩，不惜冲折脖颈，也要冲断铁链，冲断项圈，冲断木桩。陈阵的身体感到了冻土的强烈震动，从狼圈方向传来的那一阵阵激烈的声响中，他能想象出小狼在助跑！在冲击！在吐血！小狼越冲越狠，越冲越暴烈。

陈阵吓得掀开皮被，迅速穿上皮裤皮袍，冲出蒙古包。手电光下，雪地上血迹斑斑，小狼果然在大口喷血，一次又一次地狂冲。它的项圈勒出了血淋淋的舌头，铁链绷得像快绷断的弓弦，胸口挂满一条条的血冰。狼圈里血沫横飞，血气喷涌，杀气腾腾。

　　陈阵不顾一切地冲上去，企图抱住小狼的脖子。但他刚一伸手就被小狼吭地一口，袖口被撕咬下一大块羊皮。

　　杨克也疯了似的冲了过来，但两人根本接近不了小狼。它憋蓄已久的疯狂，使它像杀红了眼的恶魔，又简直像一条残忍自杀的疯狼。两人慌得用一块盖牛粪的又厚又脏的大毡子扑住了小狼，把它死死地按在地下。

　　小狼在血战中完全疯了，咬地、咬毡子、咬它一切够得着的东西，还拼命甩头挣链。陈阵觉得自己也快疯了，但他必须耐着性子，一声一声亲切地叫着小狼、小狼……不知过了多久，小狼终于拼尽了力气，慢慢瘫软下来。两人像是经历了一场与野狼的徒手肉搏，累得坐倒在地，大口喘着白气。

　　天已渐亮，两人掀开毡子，看到了小狼疯狂反抗、拼争自由和渴望父爱的严重后果：那颗病牙，已歪到嘴外，牙根显然是在撕咬那块脏毡子的时候捬断的，血流不止。小狼很可能已把脏毡上的毒菌咬进伤口里。

精疲力竭的小狼，喉咙里不断冒血，比那次搬家时候冒得还要凶猛，显然是旧伤复发，而且伤上加伤。小狼瞪着血眼，一口一口地往肚子里咽血，皮袍上，厚毡上，狼圈里，到处都是大片大片的血迹，比杀一只马驹子的血似乎还要多，血都已冻凝成冰。

陈阵吓得双腿发软，声音颤抖、结结巴巴地说："完了，这回可算完了……"杨克说："小狼可能把身上一半的血都喷出来了，这样下去血会流光的……"

两人急得团团转，却不知道怎样才能给小狼止住血。陈阵慌忙骑马去请毕利格阿爸。老人见到满身是血的陈阵，也吓了一跳，急忙跟着陈阵跑过来。

老人见小狼还在流血，忙问："有没有止血药？"陈阵赶紧把装云南白药的小药瓶全都拿了出来，一共四瓶。老人走进蒙古包，从手把肉盆里，挑出一整个熟羊肺，用暖壶里的热水化开泡软，切掉了气管等硬物，把左右两肺

断开，然后在软肺表面涂满白药，走到狼圈旁边，让陈阵喂小狼。

陈阵刚把食盆送进狼圈，小狼便叼住一块肺吞了下去。羊肺经过食道吸泡了血，便鼓胀了起来，小狼差点被噎住。涂着白药的柔软羊肺像止血棉，在咽喉里停留了好一会儿，才困难地通过喉咙。泡胀的羊肺止压了血管，并把白药抹在了食道的伤口上。小狼费力地吞进两叶羊肺，口中的血才渐渐减少。

老人摇了摇头，说："活不成了，血流得太多，伤口又在要命的喉咙里，就算这一次止住了，下次它再听见野狼叫，你还能止住吗？这条狼，可怜哪，不让你养狼，你偏要养。我看着，比刀子割我脖子还难受啊……这哪是狼过的日子，比狗都不如，比原先的蒙古奴隶还惨。蒙古狼宁死也不肯过这种日子的……"

陈阵哀求道："阿爸，我要给它养老送终，您看它还有救吗？您把您治病的法子全教给我吧……"

老人瞪眼道："你还想养？趁着它还像一条狼，还有一股狼的狠劲，赶紧把它打死，让小狼像野狼一样战死！别像病狗那样窝囊死！成全它的灵魂吧！"

陈阵双手发抖，他从来没有想过要由自己来亲手打死小狼，这可是他历经风险、千辛万苦才养大的小狼啊。他强忍眼泪，再次恳求："阿爸，您听我说，我哪能下得了手……就是有一星半点的希望我也要救活它……"

老人脸一沉，气得猛咳了几下，往雪地上唾了一大口痰，吼道："你们汉人永远不明白蒙古人的狼！"

说完，老人气呼呼地跨上马，朝马狠狠地抽了一鞭，头也不回地向自己的蒙古包奔去。

陈阵心里一阵剧烈的疼痛，就好像他的灵魂也狠狠地挨了一鞭子。

45
陈阵见到了心中的狼图腾

陈阵和杨克像木桩似的定在雪地上，失魂落魄。

杨克用靴子踢着雪地，低头说："阿爸还从来没对咱俩发过这么大的火呢……小狼已经不是狼崽了，它长大了，它会为了自由跟咱们拼命的。狼才是真正'不自由，毋宁死'的种族。照这个样子，小狼肯定是活不了了，我看还是听阿爸的话吧，给小狼最后一次做狼的尊严……"

陈阵的泪在面颊上冻成了一长串冰珠。他长叹一声说："我何尝不理解阿爸说的意思，可是从感情上，我下得了这个手吗？将来如果我有儿子的话，我都不会像养小狼这样玩儿命了……让我再好好想想……"

失血过量的小狼，摇摇晃晃地站起来，走到狼圈的边缘，用爪子刨了圈外几大块雪，张嘴就要吃。陈阵急忙抱住了它，问杨克："小狼一定是想用雪来止疼，该不该让它吃？"

杨克说："我看小狼是渴了，流了那么多血能不渴吗？我看现在一切都随它，由它来掌握自己的命运吧。"

　　陈阵松开了手，小狼立即大口大口地吞咽雪块。虚弱的小狼疼冷交加，浑身剧烈抖动，犹如古代被剥了皮袍罚冻的草原奴隶。

　　小狼终于站不住了，瘫倒在地。它费力地蜷缩起来，用大尾巴弯过来捂住了自己的鼻子和脸。小狼还在发抖，每吸一口寒冷的空气，它全身就会痉挛般地颤抖，到吐气的时候颤抖才会减弱，一颤一吸一停，久久无法止息。

　　陈阵的心也开始痉挛，他从来没有见过小狼这样软弱无助。他找来一条厚毡盖在小狼的身上，恍惚间觉得小狼的灵魂正在一点一点脱离它的身体，好像已经不是他原来养的那条小狼了。

　　到了中午，陈阵给小狼煮了一锅肥羊尾肉丁粥，用雪块拌温了以后，端去喂小狼。小狼用足全身的力气，摆出狼吞虎咽的贪婪架式，然而，它却再没有狼的吃相了。它吃吃停停，停停吃吃，边吃边滴血边咳嗽。咽喉深处的伤口仍然在出血，平时一顿就能消灭的一锅肉粥，竟然吃了两天三顿。

　　那两天里，陈阵和杨克白天黑夜提心吊胆地轮流守候服侍小狼。但小狼一顿比一顿吃得少，最后一顿几乎完全咽不下去了，咽下去的全是它自己的血。陈阵赶紧骑上快马，带了三瓶草原白酒，请来了大队兽医。兽医看到满地的狼血，说："别费事了，亏得是条狼，要是条狗，早就没命啦。"

　　兽医连一粒药也没给，跃上马就去了别家的蒙古包。

　　到第三天早晨，陈阵一出包，发现小狼自己扒开毡子，躺在地上，后仰着脖子急促喘气。他和杨克跑去一看，两人都慌了手脚。小狼的脖子肿得快被项圈勒破，只能后仰脖子才能喘到半口气。

　　陈阵急忙给小狼的项圈松了两个扣，小狼大口喘气，喘了半天也喘不平稳，它又挣扎地站起来。两人掐开小狼的嘴，只见半边牙床和整个喉咙，肿得像巨大的肿瘤，表皮已经开始溃烂。

陈阵绝望地坐倒在地。小狼挣扎地撑起两条前腿，勉强端坐在他的面前，半张着嘴，半吐着舌头，滴着半是血水的唾液，像看老狼一样地看着陈阵，好像有话要跟他说，然而却喘得一点声音也吐不出来。

陈阵泪如雨下，他抱住小狼的脖子，和小狼最后一次紧紧地碰了碰额头和鼻子。小狼似乎有些坚持不住，两条负重的前腿又剧烈地颤抖起来。

陈阵猛地站起，跑到蒙古包旁，悄悄抓起半截铁钎，然后转过身，又把铁钎藏到身后，大步朝小狼跑去。小狼仍然端坐着急促喘息，两条腿抖得更加厉害，眼看就要倒下。陈阵急忙转到小狼的身后，高举铁钎，用足全身的力气，朝小狼的后脑砸了下去。

小狼没有发出一点声音，软软地倒在地上，像一头真正的蒙古草原狼，硬挺到了最后一刻……

那个瞬间，陈阵觉得自己的灵魂被击出了体外。他似乎听到灵魂冲出天灵盖的铮铮声响，这次飞出的灵魂好像再也不会回来了。陈阵像一段惨白的冰柱，冻凝在狼圈里……

全家的大狗小狗，不知发生了什么事，全跑了过来。看到已经倒地死去的小狼，上来闻了闻，都惊吓得跑散了。只有二郎冲着两位主人愤怒地狂吼不止。

杨克噙着泪水说："剩下的事情，也该像毕利格阿爸那样去做。我来剥狼皮筒，你进包歇歇吧。"

陈阵木木地说："是咱们俩一起掏的狼崽，最后，就让咱俩一起剥狼皮筒吧。按照草原的传统仪式，把狼皮筒高高地挂起来，送小狼去

腾格里……"

两人控制着发抖的手，小心翼翼地剥出了狼皮筒，狼毛依旧浓密油亮，但狼身只剩下一层瘦膘。杨克把狼皮筒放在蒙古包的顶上，陈阵拿了一个干净的麻袋，装上小狼的肉身，拴在马鞍后面。

两人骑马上山，跑到一个山顶，找到几块布满白色鹰粪的岩石，用马蹄袖扫净了雪，把小狼的尸体轻轻地平放在上面。

他俩临时选择的天葬场寒冷肃穆，脱去战袍的小狼已面目全非。陈阵已完全不认识自己的小狼了，只觉得它和所有战死沙场、被人剥了皮的草原大狼一模一样。

陈阵和杨克面对宝贝小狼的白生生的尸体，却没有了一滴眼泪。在蒙古草原，几乎每一条蒙古狼都是毛茸茸地来，赤条条地去，把勇敢、智慧和尊严以及美丽的草原留在人间。此刻的小狼，虽已脱去战袍，但也卸下了锁链。它终于可以像自己的狼家族成员，以及所有战死的草原狼一样，无拘无束、自由自在地面对坦荡旷达的草原了。小狼从此将正式回归狼群，重归草原战士的行列，腾格里一定不会拒绝小狼的灵魂。

他俩不约而同地抬头看了看天空，已有两只苍鹰在头顶上空盘旋。两人再低头看看小狼，它的身体已经冻硬了薄薄一层。陈阵和杨克急忙上马下山，等他俩走到草甸的时候，回头看，那两只鹰已经盘旋下降到山顶岩石附近。小狼还没有冻硬，它将被迅速天葬，由草原鹰带上高高的腾格里。

回到家，高建中已经挑好了一根长达六七米的桦木杆，放在蒙古包门前，并在狼皮筒里塞满了黄干草。

陈阵将细皮绳穿进小狼的鼻孔，再把皮绳的另一端拴在桦木杆的顶端。三个人把笔直的桦木杆，端端正正地插在蒙古包门前的大雪堆里。

猛烈的西北风，将小狼长长的皮筒吹得横在天空，把它的战袍梳理得干净流畅，如同上天赴宴的盛装。蒙古包烟筒冒出的白烟，在小狼身下飘动，小狼犹如腾云驾雾，在云烟中自由快乐地翻滚飞舞。此时，它的脖子上再没有铁链枷锁，它的脚下再没有狭小的牢地。

陈阵和杨克久久地仰望着空中的小狼，仰望着腾格里。陈阵低低自语："小狼，小狼，腾格里会告诉你的身世和真相的。你就在我的梦里咬我，狠狠地咬吧……"

陈阵迷茫的目光追随着小狼调皮而生动的舞姿，那是它留在世上不散的外形。那美丽威武的战袍里，仍然包裹着小狼自由和不屈的魂灵。

突然，小狼长长的筒形身体和长长的毛茸茸的大尾巴，像游龙一样地拱动了几下。陈阵心里暗暗一惊，他似乎看到了飞云飞雪里的狼首龙身的飞龙。小狼的身子又像海豚似的上下起伏地拱动了几下，像是在用力游动加速……风声呼啸、白毛狂飞，小狼像一条金色的飞龙，腾云驾雾，载雪乘风，快乐飞翔，飞向腾格里，飞向天狼星，飞向自由的太空宇宙，飞向千万年来所有战死的蒙古草原狼的灵魂集聚之地……

刹那间，陈阵相信，他已见到了真正属于自己内心的狼图腾。

狼再这么被打下去，额仑草原的人就上不了腾格里，额仑草原也快完了……

尾 声

　　额仑狼群消失后的第二年早春，兵团下令减少草原狗的数量，以节约宝贵的牛羊肉食，用来供应没有油水的农业团。首先遭此厄运的是狗崽们：草原上新生的一茬小狗崽，几乎都被抛上了腾格里。额仑草原到处都能听到母狗们凄厉的哭嚎声，还能见到母狗刨出被主人悄悄埋掉的狗崽，并叼着死狗崽发疯转圈。草原女人们号啕大哭，男人们则默默流泪。草原大狗和猎狗也一天天消瘦下去。

　　半年后，二郎远离蒙古包，又在草丛中沉思发呆的时候，被一辆卡车上的兵团战士开枪打死、拉走。陈阵、杨克、张继原和高建中，狂怒地冲到团部和两个连部，但一直未能找到凶手。所有新来的汉人，在吃狗肉上结成了统一战线，把凶手藏得像被异族追捕的英雄一样。

　　四年后，一个白毛风肆虐的凌晨，一位老人和一位壮年人，骑着马驾着一辆牛车向边防公路跑去，牛车上载着毕利格老人的遗体。大队的三个天葬场已有两处弃之不用，一些牧民死后已改为汉式的土葬。只有毕利格老人坚持要到可能还有狼的地方去。他的遗嘱是让他的两个远房兄弟把他送到边防公路以北的无人区。

据老人的弟弟说，那夜，边防公路的北面，狼嗥声一夜没停，一直嗥到天亮。

陈阵、杨克和张继原都认为毕利格阿爸是痛苦的、也是幸运的老人，因为他是额仑草原最后一个由草原天葬而魂归腾格里的蒙古族老人。此后，草原狼群再也没有回到过额仑草原。

不久，陈阵、杨克和高建中被先后抽调到连部。杨克当小学老师，高建中去了机务队开拖拉机，陈阵当了仓库保管员，只有张继原仍被牧民留在马群当马倌。

伊勒和它的孩子们，都留给了巴图和嘎斯迈一家。忠心的黄黄，跟着陈阵到了连部。但是只要嘎斯迈的牛车狗群一到连部，黄黄就会跟妻儿玩儿个痛快，而且每次车一走，它就会跟车回牧业队，拦也拦不住。每次都要在草原待上好多天，才自己单独跑回陈阵身边。可黄黄每次回来以后，总是闷闷不乐的。陈阵曾担心黄黄半路出事，但见它不管牧业组搬得多远，甚至一百多里地，都能平安回来，也就大意了。他也不忍剥夺黄黄探亲和探望草原的自由。然而，一年后，黄黄还是走"丢"了。草原人都知道，草原狗不会迷路，也不会落入狼口。额仑狼已经消失，即使狼群还在，草原上也从未有过狼群劫杀孤狗的先例。半路劫杀黄黄的只有人，那些不是草原人的人……

陈阵和杨克又回到汉人为主的圈子里，过着纯汉式的定居生活。周围大多是内地来的转业军人和他们的家属，以及来自天津和唐山的兵团战士。然而，他俩从情感上，却再也不能真正地返回汉式生活了。两人在工作和自学之余，经常登上连部附近的小山顶，久久遥望西北的腾格里。陈阵常常在亮得耀眼、高耸的云朵里，寻找小狼和毕利格阿爸的面庞和身影……

1975 年，内蒙古生产建设兵团被正式解散，但是房子、机器、汽车、拖拉机以及大部分的职工和他们的观念、生活方式还都留在草原。水草丰美的马驹子河流域，早已被垦成大片沙地，额仑草原在一年一年地退化。如果听到哪个蒙古包被狼咬死一只羊，一定会被人们议论好几天；而听到马蹄陷入鼠洞，人马被摔伤的事情，却渐渐多了起来。

几年后，陈阵在返回北京报考研究生之前，借了一匹马，向巴图和嘎斯迈一家道别，然后特地去看望了小狼出生的那个百年老洞。老洞依然幽深结实，洞里半尺的地方已结了蜘蛛网，有两只细长的绿蚂蚱在网上挣扎。陈阵扒开草，探头往洞里看，洞中溢出一股土腥味，原先那浓重呛鼻的狼气味早已消失。老洞前，原来七条小狼崽玩耍和晒太阳的平台，已长满了高高的草棵子……陈阵在洞旁坐了很久很久。身边没有小狼，没有猎狗，甚至连一条小狗崽也没有了。

在北京知青赴额仑草原插队三十周年的夏季，陈阵和杨克驾着一辆蓝色的"切诺基"离开了京城，驶向额仑草原。陈阵从社科院研究生院毕业以后，一直在一所大学的研究所从事国情和体制改革的研究。杨克取得法学学士学位以后，又拿下硕士学位和律师资格，此时已是北京一家声誉良好的律师事务所的创办人。这两个年过半百的老友一直惦念草原，但又畏惧重返草原。然而三十周年这个"人生经历"的"而立"之年，使他俩立定决心重返额仑草原了。他俩将去看望他们的草原亲友，看望他们不敢再看的"乌珠穆沁大草原"，看望黑石头山下那个小狼的故洞。

……

山脚下，原来的茂密的苇林早已消失。吉普车穿过低矮稀疏、青黄错杂的旱苇地，爬上黑石山下的缓坡。

杨克问："你还记得小狼的狼洞吗？"

陈阵口气肯定地说："学生怎么会忘记老师的家门呢？我会在离老洞最近的坡底下停下来的，上面一段路还得步行，必须步行。"

吉普车慢慢前行，距小狼的出生地越来越近，陈阵的心骤然紧张起来。他突然感到自己似乎像一个老战犯，正在去一个陵墓谢罪。那个陵墓里埋葬的，就是被他断送性命的七条蒙古草原狼：五条小狼崽还没有睁眼和断奶，一条才刚刚学会跑步，还有一条小狼，竟被他用老虎钳剪断了狼牙，用铁链剥夺了短短一生的自由，还被他亲手打死。天性自由，又越来越尊崇自由的陈阵，却干出了一件最专制独裁的恶事。他简直无法面对自己青年时代的那些血淋淋的罪行。他有时甚至憎恶自己的研究，正是他的好奇心和研究癖，才断送了那七条小狼的快乐与自由。

二十多年来，他的内心深处，常常受着这笔血债的深深谴责和折磨。他也越来越能理解那些杀过狼的草原人，为什么在生命结束后，都会心甘情愿地把自己的身体交还给狼群。那不仅仅是为了灵魂升天，也不仅仅是为了"吃肉还肉"，其中可能还含着偿债的深深愧疚，还有对草原狼深切的爱……

离开草原后，可敬可佩、可爱可怜的小狼，经常出现在他的梦里和思绪里。然而，小狼却从来不曾咬过他，报复过他，甚至连要咬他的念头都没有。小狼总是笑呵呵地跑到他的跟前，抱他的小腿，蹭他的膝盖，而且还经常舔他的手，舔他的下巴。有一次，陈阵在梦里梦见自己躺在草地上突然惊醒，小狼就卧在他的头旁。他下意识地用手捂住了自己的咽喉，可是小狼看到他醒来，却就地打滚，把自己的肚皮朝天亮出来，让他给它挠痒痒……

在这几十年来的一次次的梦境中，小狼始终以德报怨，始终像他的一个可爱的孩子那样，跑来与他亲热……使他感到不解的是，小狼不仅不恨他，不向他皱鼻龇牙，咆哮威胁，而且还对他频频表示狼的友情爱意。狼眼里的爱，在人群里永远见不到，小狼的爱意是那么古老荒凉，温柔天真……

杨克见到这面碎石乱草的荒坡，好像也记起了二十七八年前那场残忍的灭门恶行。他眼里露出深深的内疚和自责。

吉普车在山坡上停下，陈阵指了指前面不远的一片平地说："那就是小狼崽们临时的藏身洞，是我把它们挖出来的，主犯确实是我。我离开额仑的时候，它就塌平了，现在一点痕迹也看不出来了。咱们就从这儿往老洞走吧。"两人下了车，陈阵背上挎包，领着杨克向那个山包慢慢绕过去。

走上山坡，原来长满刺草荆棘高草棵子、阴森隐蔽的乱岗，此时已成一片秃坡，坡下也没有茂密的苇子青纱帐作掩护了。又走了几十米，百年老洞赫然袒露在两人的视线里。老洞似乎比以前更大，远看像陕北黄土高坡的一个废弃的窑洞。陈阵屏着呼吸快步走去，走到洞前，发现老洞并没有变大，只是由于老洞失去了高草的遮挡，才显得比从前大。连年的干旱，使洞形基本保持原样，只是洞口底部落了不少碎石碎土。陈阵走到洞旁，跪下身，定了定神，趴到洞口往里看，洞道已被地滚草、荆棘棵子填了一大半。他从挎包里掏出手电，往里面照了照，洞道的拐弯处，已几乎被土石黄沙乱草堵死。陈阵失落地坐到洞前的平台上，怔怔地望着老洞。

杨克也用手电仔细看了看洞道，说："没错！就是这个洞！你就是从这个洞钻进去的。"杨克又弯下身，冲着老洞呼喊："小狼！小狼！开饭喽！陈阵和我来看你啦！"杨克就像在新草场对着小狼自己挖的狼洞，叫小狼出来吃饭一样。然而，小狼再也不会从狼洞里疯了似的蹿出来了……

陈阵站起身，掸了掸身上的土，又蹲下身，一根一根地拔掉平台上的碎草。然后从挎包里拿出七根北京火腿肠，其中有一根特别粗大，这是专门给他曾经养过的小狼准备的。陈阵把祭品恭恭敬敬地放在平台上，又从挎包里拿出七束香，插在平台上点燃。再掏出一扁瓶毕利格老人喜欢的北京"二锅头"酒，祭洒在老洞平台和四周的沙草地上。然后，两人都伸出双臂，手掌朝天，仰望腾格里，随着袅袅上升的青烟，去追寻小狼和毕利格老阿爸的灵魂……

陈阵真想大声呼喊：小狼！小狼！阿爸！阿爸！我来看你们了……然而，他不敢喊，他不配喊。他也不敢惊扰他们的灵魂，唯恐他

们睁开眼睛，看到下面如此干黄破败的"草原"。

腾格里欲哭无泪……

2002 年春，巴图和嘎斯迈从额仑草原给陈阵打来电话说："额仑宝力格苏木（乡）百分之八十的草场已经沙化，再过一年，全苏木就要从定居放牧改为圈养牛羊，跟你们农村圈养牲畜差不多了，家家都要盖好几排大房子呢……"

陈阵半天说不出话来。几天以后，窗外突然腾起冲天的沙尘黄龙，遮天蔽日。整个北京城笼罩在呛人的沙尘细粉之中，中华皇城变成了迷茫的黄沙之城。

陈阵独自伫立窗前，怆然遥望北方。狼群已成为传说，草原已成为回忆，游牧文明彻底终结，就连蒙古草原狼留下的最后一点痕迹——那个古老的小狼故洞，也将被黄沙埋没。

此后，草原狼群再也没有回到过额仑草原。

1971 年至 1997 年腹稿于锡盟东乌珠穆沁草原—北京。

1997 年初稿于北京。

2001 年二稿于北京。

2002 年 3 月 20 日三稿于强沙尘暴下的北京。

2003 年 9 月 21 日《狼图腾》定稿于北京。

2005 年 4 月 2 日《狼图腾》少儿版——《小狼小狼》定稿于北京。

图书在版编目（CIP）数据

狼图腾小狼小狼/姜戎著. —杭州：浙江少年儿童出版社，2010.1
ISBN 978-7-5342-5664-6

Ⅰ. 狼… Ⅱ. 姜… Ⅲ. 长篇小说-中国-当代 Ⅳ.
I247.5

中国版本图书馆 CIP 数据核字（2009）第 192854 号

责任编辑　袁丽娟
装帧设计　赵　洋
内文插图　朱晨龙
责任印制　阙　云

狼图腾小狼小狼

姜　戎　著

浙江少年儿童出版社出版发行
（杭州市天目山路 40 号）

浙江新华数码印务有限公司印刷　　全国各地新华书店经销
开本 710×1000　1/16　印张 22.25　字数 267000　印数 1—30180
2010 年 1 月第 1 版　　2010 年 1 月第 1 次印刷

ISBN 978－7－5342－5664－6　　**定价：23.00 元**
（如有印装质量问题，影响阅读，请与购买书店联系调换）